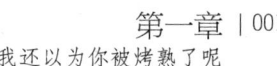

「目录」

第一章 | 001
我还以为你被烤熟了呢

第二章 | 023
初吻

第三章 | 042
城门失火，殃及池鱼

第四章 | 057
人之将冻死，其言也善

第五章 | 076
我会对你负责的

第六章 | 096
人发誓的时候，往往是心里最没底的时候

第七章 | 117
想象中的自己总是比较坚强

第八章 | 132
失恋是一种很玄的东西

第九章 | 150
我不要留你一个人

第十章 | 169
说走就走的旅行和轰轰烈烈的绑架

第十一章 | 184
事后诸葛亮，事前猪一样

第十二章 | 200
扑通、扑通

番外一 | 224
一孕傻三年

番外二 | 242
小卖部家的儿子

后记 | 251
填坑的路漫漫无尽头

第一章
我还以为你被烤熟了呢

01

郊外慈善晚宴的停车场旁，薛灵乔撑着墙，弯身把胃吐空之后，有点狼狈地直起身，用手帕擦了擦嘴。明知道他不能消化固态食物，田净植还恶作剧地不断往他餐盘里放东西，现代女人的爱真是可怕……

一辆车堵在停车场的出口处，后面有位男车主想把自己的车驶出来，不停地按喇叭。见那辆车一直不动，男车主焦急地下车，环视一周只看到经过的薛灵乔。

"前面的车是你的吗？麻烦让一下。"

"不是。"

男车主焦躁地拿出手机，又不知打给谁，慌乱地喃喃自语："怎么办，孩子突然发烧……"

薛灵乔侧头去看，只见车后座坐着个蔫蔫的小孩子，看样子烧得有些厉害。他想了想，问："要帮忙吗？"

"唉？那太谢谢了。"男车主以为他要去通知其他人，满心地感谢。却见薛灵乔走到前方车子的侧面，一本正经地吐气吸纳了几次，做出练气功的姿态，然后"喝"的一声，双手猛推车身，车子竟然一下子"弹"到了路边，让出了一条可勉强通行的路。

薛灵乔收功，甩了甩手，看着目瞪口呆的男车主道："去少林寺待了几年，总算没白混。"

　　男车主只想着赶紧带孩子去医院，才不管他是去什么地方学了什么邪门功夫，连连道谢后开走。

　　其实仔细一想就能知道，即使一个人力气再大，徒手推开一辆车是根本不可能的事。虽然知道这些异于常人的举动可能会带来麻烦，但薛灵乔就是对小孩子的事没办法。小孩子在成年之前都是单纯可爱的，让他无法坐视不理。

　　薛灵乔重新回到宴会现场，找了一圈，却没看到田净植。女艺人们打扮得那么漂亮自然是要去"谋杀"相机内存的，何况是田净植这么嘚瑟的女艺人。

　　"你去哪了，刚才田小姐一直在找你。"洪世光端着红酒杯走了过来。

　　"不知道谁的车挡住了出口，我帮了下忙……"薛灵乔继续环顾四周找田净植，"小植呢？"

　　洪世光指了指远处的仓库："刚才服务生不小心把酒泼到她身上，我本来说让女服务生陪她去换衣服，她说找你陪她……"

　　洪世光的话音刚落，薛灵乔突然脸色微变，捂住了胸口。

　　扑通、扑通、扑通……心跳突然变快，大量的肾上腺素分泌着，血液如洪水般涌进心脏。不过是一瞬间的事，薛灵乔感觉头昏目眩，几欲跌倒。

　　这样的心跳可不是一时受到惊吓那么简单，田净植有危险！

　　薛灵乔转头看向仓库的方向，连跟洪世光解释的时间都没有，立刻以普通人奔跑的速度跑出光源覆盖区后，才快速移动而去。

　　这时有人来向洪世光敬酒，洪世光只能去应酬其他人。

　　晚宴现场依旧觥筹交错，欢声笑语，就像是海面上平静美丽的波光，没有人看到潮水一层层地赶来，正要掀起滔天巨浪。

　　不知道是谁最先看到了火光，对同伴笑道："什么啊，之后还有篝火吗？看起来像是把人家的房子给烧了。"

　　同伴转头看去，远处仓库处的火焰已经越来越高，哪是什么篝火？！

　　"着火了！着火了！"

　　"快打119！"

　　喊叫声让现场顿时乱作一团。张萱萱看到远处熊熊燃烧的火光，一颗心也提到了嗓子眼，却见人群中洪世光拼命地往停车场的方向跑去。其他几个工作

第一章

人员则跑向仓库，张萱萱一把拽住一个女服务生，问："怎么回事？洪先生去停车场干什么？"

女服务生吓得结结巴巴："不知道……但是……田，田小姐不久前，去了……去了仓库的更衣室……"

张萱萱心下一骇，惊恐地看向大火覆盖下的仓库。

02

熊熊烈火中，田净植坐在窗户下，汗如出浆，意识已经有些不清。

所有的事情都发生得太快，晚宴上这么多人，薛灵乔就算来救她，也会冒着暴露身份的危险。生与死的一瞬间，她想了很多，认识薛灵乔之后的一幕幕走马灯般快速从脑海中闪过。奇异的是，她并不觉得后悔，只是有些遗憾。

因为发生得太快了，快到她什么都抓不住。

正在胡思乱想间，田净植感受到了一种说不出的安心。说不上来是什么感觉，她知道薛灵乔来了。

隐约听见仓库的大门被踹开，她眯起了眼睛，只见火光之中，有个高大的身影正大步穿过火舌，整个人好似浴火降临的战神一般，所向披靡。

田净植满脑子都是：他这样过来，被发现了怎么办。

一根燃烧着的不堪重负的房梁突然朝田净植砸了下来，千钧一发之间，薛灵乔用身体护住了她，一只手挡住了蹿着火焰的房梁。

火舌舔着他的手心，烧到起泡溃烂又重新长好，如此反复着。即使是会复原，也会疼的。他像对疼痛失去了感知一样淡定依旧，而田小姐紧绷的神经也猛地松懈下来。

两个人就这么近距离地四目相对了一会，田净植疲惫地露出了一丝微笑："太慢了，本小姐喉咙都喊破了。"

薛灵乔一手把燃烧的房梁推开，用额头轻轻碰了下她的额头，也调侃她："我以为你被烤熟了。"

田净植被逗笑了，其实她内心清楚，他会来的，只是她毕竟是人类，无法控制住恐惧。

"那你喜欢几分熟?"

"这次就算了,忘带酱汁了。"

薛灵乔一把将田净植抱起来,用身体护住她,快速离开了仓库。到了安全处,薛灵乔跪蹲着把田净植小心翼翼地放下来,低声道:"你烫伤了,也吸入了毒烟。"

说完薛灵乔俯下身子,田净植连忙捂住他压下来的嘴巴,看了一眼远处匆忙赶过来的工作人员,盯着他的眼睛嘱咐:"不要,会引起怀疑。"她一字一句地确认,"记住,是我自己跑出来的,你在门口找到的我。"

薛灵乔拉下她的手,犹豫了一下,点点头:"好,但是回家后……"

田净植故意挤对他:"知道了,给你亲。"

薛灵乔认真道:"不是亲!"

她恶作剧得逞,嘿嘿地笑了两声,喉咙里火烧火燎地又咳嗽起来,薛灵乔好气又好笑地轻拍着她的背。

不远处,消防车和救护车赶到了。张萱萱吓坏了,虽然确定田净植没有大碍,还是寸步不离地陪她一起上了救护车。

薛灵乔则被警察留下做笔录,白皙的脸上蒙了层烟灰,衣服也有几处烧烂,一副劫后余生的狼狈相。

警察问道:"所以,仓库门是从外面锁上的,薛先生敲坏了锁,田小姐才从里面跑出来。"

薛灵乔点头:"对,而且……我还闻到了很重的汽油的味道。"

警察在本子上迅速记录时,鱿鱼仔打电话过来。

"副队,口供录得怎么样?"

"快完了,你们那边什么状况?"

薛灵乔静静地坐着,听到电话那边的鱿鱼仔说:"纵火的嫌疑人已经死了,车直接开进了河里。洪先生追嫌疑犯的时候受了伤,现在要马上送去医院……"

"好,我就过去。"

第一章
Chapter.1

　　为什么停车场的出口处堵着一辆车，本来看似不起眼的事，在这时却有了解释。把车停在方便进出的地方，纵火后立刻开车逃离现场，一切都是在计划之中。唯一没防备的是，洪世光看穿了这一点去追，导致纵火犯慌不择路，在追逐中将自己送上了绝路。

　　好在这场宴会有惊无险，也没有其他人受伤，宾客们都安全地离开。

　　之前田净植虽然倒霉，可也就是头顶被鸟拉屎，出门掉下水道里，不带伞就下雨之类的级别。今年却突然和医院有了奇怪的孽缘，隔三差五就要来报到，再这样下去她都可以直接在医院长期租间病房了，说不定还能打个八折。

　　她穿着病号服坐在病床上，脑袋上缠着一圈纱布，精神百倍地看着正在旁边涂指甲油的张萱萱。

　　在医院里还这么涂脂抹粉。

　　"你闲到要跑到医院里来涂指甲油吗？"

　　张萱萱轻描淡写地翘着兰花指："反正也是闲着，我看你最近啊，倒霉指数飙新高，而且还居高不下，好开心。"

　　田净植无语冷笑："拜托张小姐，你也应该人道主义地装作担心一下吧，否则被记者拍到，又要写我们不和。"

　　张萱萱一笑："放心，没有记者可以拍到我。"

　　沙发上突然传来"噗嗤"一声，田净植和张萱萱回头，奇怪地看向坐在沙发上看报纸的薛灵乔，齐声问道："你笑什么？"

　　薛灵乔把报纸翻过来给她们看，只见标题上写着：慈善晚宴变火灾惊魂夜，车祸女王田净植遇险，张萱萱当场飙泪。新闻的配图是一幅张萱萱哭得很夸张很丑的照片。

　　田净植故作惊讶地张大嘴巴："哇，你的粉丝要不要转到我的会里啊？"

　　张萱萱最担心的就是这种哭得像鬼一样的照片流露出去，让田净植看到自己这么担心她，一定嘚瑟到天上去。要不是她已经受伤了，张萱萱真的很想在医院里暴打病人。

　　"你还是担心你自己吧，以后离洪世光远一点，只要沾惹上他就没好

事。"

"好啦,我还不是每次都逢凶化吉。"

"那只能证明老天不收你,不能证明你不倒霉。"

"你跟秋女士还真是毒舌姐妹花。"

薛灵乔在一旁看着报纸静静地听她们斗嘴,心里对张萱萱的"洪世光灾难论"不以为然。显然田净植比洪世光倒霉多了,这次的纵火是冲着小植来的,那么上次的追车事件,洪世光也只是被连累。归根结底,这件事还是冲着他来的。

可是他们之所以要大费周章地去害田净植,是让他失去一个庇护所,也为了让他因为田净植的死去而陷入无法反抗的假死状态。这样他就会重蹈覆辙。

正在思索间,敲门声响起,是洪世光。

洪世光看样子有些疲惫,额头上贴着胶布,笑盈盈地抱着一大束鲜花走进来:"田小姐,身体好些了吗?"

"没什么事,你的伤呢?"

洪世光指了指脑袋:"轻微脑震荡而已,不过田小姐缠这么厚的纱布,真的没问题吗?田小姐是参加我们的慈善晚宴出事的,有问题我们一定会负责的。"

见他满脸愧疚,田净植一把将头上的纱布摘掉,无语地用下巴指了指薛灵乔:"真的没什么事,就是吸入了点毒烟。这个是大乔无聊缠着玩的。"

洪世光看了一眼在沙发上认真看报的薛灵乔,发现薛灵乔也正直直地看着他,审视的目光中,有一丝警惕。

这个人可没田净植命大,说不定下次真的会被害死。

薛灵乔用警告的语气说:"你以后离小植远一点。"

洪世光不知所以地一愣,而张萱萱则以为薛灵乔的保护欲发作,用揶揄的眼神看向田净植。病床上的田净植突然听到这么直白的话,感觉特别狼狈,脸一下子红成了西红柿。

她为什么要脸红,薛灵乔明白了,一定是因为空气不流通。

第一章
Chapter.1

03

　　警察局内，鱿鱼仔正在整理案件资料。水晶走过来用手中的档案打了一下他的脑袋，扔到桌子上。

　　"分局在查的洪世光的追车案并到我们这里来了，资料给你。"

　　鱿鱼仔揉着脑袋，一脸神秘看着水晶道："你不觉得最近发生的事情太诡异了吗？每件事都牵扯到田净植，不觉得很不合理吗？"

　　的确是很不合理，好像一个人一生中会发生的所有危险事件都集中发生了，完全是现实版的"死神来了"。

　　水晶一摊手，认真道："小晏哥说过，操场上有一千个人，一只鸽子从操场上空飞过随机拉了一坨便便，只要田净植在的话，那坨便便一定会落在她的头上。你觉得合理吗？"

　　"嗯，不合理。"

　　"她长得超美家里超有钱，闺蜜也超美家里超有钱，男朋友也超帅超有钱，这合理吗？"

　　"超不合理……"鱿鱼仔坚定地摇头，又觉得不对，"她家里不是很普通吗？"

　　水晶撇着嘴摇着手指："你觉得普通，那是因为你不知道她外公是谁。"

　　"小植姐的外公是谁？"

　　"你最好不要知道，否则你会怀疑人生的。你只需要知道，这世界上有一种人生来就是'女主角'和'男主角'般的存在。所以存在即合理。"

　　水晶说完故作高深地离开，鱿鱼仔也觉得蛮高深的，可是最后也不知道田净植的外公到底是谁。

　　话音刚落，那边李晏之急匆匆地冲进办公室里，直奔鱿鱼仔的位置，着急上火劈头盖脸地一顿数落："昨天纵火那么大的事为什么不通知我？不是告诉你了，有关小植的事就一定要通知我。"

　　"小晏哥冤枉啊，昨天我们出警的时候也不知道啊，知道后立刻通知你了。上次洪世光追车的案子也并过来了。"

李晏之喘着气,顺手拿起桌上的档案:"是这个吗?交给我。"

"你不是在休假吗?"

"我去销假。"

李晏之直接进了局长办公室,局长一看他双眼喷火的样子,就觉得头疼。李晏之的身体都这样了,还不肯好好地去医院治病,是明摆着要鞠躬尽瘁死而后已。他觉得心疼,又无法去改变现状,作为警察想要去查案是职业本能。可惜他无法让这个好好的孩子活得更久一点。

局长叹了口气道:"小晏,你准备什么时候告诉你的父母?"

李晏之沉默了,不知道如何回答。他唯一放不下的就是日趋年迈的父母。

"去销假吧。"局长疲惫地摆手,"无论如何,别留遗憾。"

"谢谢局长。"

李晏之快速看完了追车案的资料,然后带着鱿鱼仔去了洪世光的办公室。

"洪先生,你是说看到纵火嫌疑人往临时停车场跑才去追的,对吧?"

"是的,远远地看到一个人影往停车场跑去。"

李晏之从资料袋里掏出一张照片放到茶几上:"你认真看一下,这个纵火的死者是上次开车追杀你的那个人吗?"

洪世光拿起照片仔细地看着,有些犹豫:"很像,但是我不能确定。"

"我们在上次丢弃的车辆后备箱上找到了他的指纹,我们有理由怀疑追车案和纵火案的凶手很可能是同一个人。"

"想要置我于死地吗?"

"这个就不清楚了,请问,你最近有没有得罪什么人?"李晏之在本子上记录着什么,若有所思。

洪世光迟疑了片刻,还是摇了摇头。

04

田净植出院回家,打开微博发现个新热门话题:一代衰神田净植。这是什么诡异的话题啊?难道没有人讨论张萱萱女神一秒钟丑哭的照片吗?

第一章
Chapter.1

——我男朋友喜欢田净植后股票一直跌,上周还摔断了腿!好可怕!

——我家狗难产!我恨田净植!

——田净植是处女座,我已脱离她的粉丝会了,不解释。

为什么连狗难产都要算到她头上?这都是些什么乱七八糟的啊。

现在的人啊,心都坏了啊。

田净植怒火攻心,一拍桌子大吼:"凭什么不解释,你给我出来解释一下!"

"解释什么?"浴室门打开,薛灵乔刚洗完澡,裸着上身走出来,湿漉漉的头发还滴着水。

自从薛灵乔把她从大火中救出来以后,田净植清晰地感觉到,有什么东西已经发生了变化。或许是因为人在极端恐惧时分泌的肾上腺素与多巴胺和爱情中分泌的多巴胺相似,所以她能很快地认清自己的内心,之前朦胧的心情也变得清晰起来。

田净植心里腹诽着,她可不是什么正人君子。按照现在某些网友们的观念就是:你穿成这个样子在我面前走来走去,不就是想要我非礼你啊。不过田净植也就是想想,她可打不过他。

身边的沙发凹陷下去一块,一股薰衣草沐浴露的香气飘来。薛灵乔完全不知道她在想什么,边擦头发边问:"解释什么?"

田净植赶紧把目光从他身上移开,咽了咽口水:"解释……你为什么让洪世光离我远点?"

薛灵乔轻描淡写地说:"当然是保证别人的安全。"

"你是认真的?"

薛灵乔反问:"难道还有什么?"

"……"

田净植一下子苍老了二十岁,幽幽地说:"怪不得你这么多年都没女朋友,你的伴侣待遇太差了……还有,以后在家里不许这么暴露,我们人妖殊途,你也知道我对美丽的肉体没有抵抗力,你这算什么?钓鱼执法吗?"

薛灵乔好似看到了夕阳下拿着一个烟袋锅子在感叹人生的老太太。

"如果你这么想的话……"薛灵乔用毛巾遮掩了一下自己的前胸,"我也没有办法。"

"田老太"接着幽幽道:"我告诉你,我是不会上钩的,就算上钩了,我也不会负责的。"

薛灵乔正想着"田老太"到底在发什么神经,总不会是真的对自己的肉体感兴趣时,门铃很适时地响起来。

李晏之拿着一束粉红色的玫瑰站在门口,以前他每次来都不会带花,他不是个细心浪漫的情人,但分手后反而能记得了。他心里明白,即使以后每次见面都带上玫瑰,她能收到次数也是屈指可数了。

田净植站在门口,看着他怀里那捧玫瑰,也是有点感慨万千。

"你怎么来了?"

"祝贺你出院,然后我发现纵火案上有几个疑点。"

田净植干巴巴地接过花,一言不发地转身进了门。

二人没什么多余的寒暄,落座之后李晏之拿出那张纵火犯的照片递给她。照片上的男人田净植没有任何印象,毕竟她也没看到那人的长相。

田净植看了一眼,摇头道:"我醒的时候仓库已经起火了,没有看到任何人。"

"我觉得你最近一段时间的意外太多了,你是不是得罪了什么人?"

"没有。"

这种随意的态度让李晏之有些焦虑:"你想清楚再说。"

田净植想了一下:"真没有。"

李晏之无奈地看着她:"还生我的气?"

"干吗生你的气?"

"在车上装追踪器不告诉你,是我的错。我没有监视你的意思,只是自从那次你车祸以后,我总觉得不放心,所以无论你在哪里都好,我只想确认你的安全。"

田净植有些不懂地看着自己青梅竹马的前男友,是他甩了自己没错,但是

第一章
Chapter.1

现在他脸上的担心也是没有作假的。这段时间偶尔她也想过，他们之间是不是有什么误会，是不是李晏之有什么事没有告诉她。而且越想这个可能性越大，只是她想不出来那个缘由。

田净植叹了口气："有一件事情我不明白，能不能老实回答我？"

李晏之一愣，许久没看到她这样认真的眼神，掩饰着内心的苦涩，长睫颤动着："你问。"

"小晏，为什么拒绝我？那个时候被拒绝得太突然，我根本没有时间去细想，后来仔细想过才觉得，你不可能爱上谢伶俐。其实我也知道，谢伶俐不可能抢了我所有的男朋友，她不是什么天仙，我的前任们也不全是人渣，我们分手一定是有我的原因。我虽然对谢伶俐的任性很失望，但她毕竟是我一起长大的姐妹，我只能迁怒别人，不能迁怒于她。但是你不同，你知道她的一切手段，如果不是爱上了别人，也一直在担心我，那你为什么拒绝我？"

她执拗地看着他，只想得到一个答案。

答案就在嘴边，李晏之却一个字也说不出来。不是他不想说，他只是不想让她伤心。

二人都沉默着，徒劳地沉默了半天。

一直等到李晏之的手机响起来，他如蒙大赦般接起："喂？……纵火嫌疑犯的住址找到了吗？……你等等，我找支笔记下来。"

李晏之匆匆地来，匆匆地走。

田净植没有得到她想要的答案，也就算了，毕竟他们之间已经真的结束了。

薛灵乔站在楼梯上，看着田净植怅然若失的样子，也看着他们这对曾经相爱的人互相隐瞒欺骗。人类就是这样愚蠢，总是孤注一掷，也总是自作聪明，直到失去后再去追悔，一次次地犯错，再一次次地后悔。每个人都要如此重复，才不管什么前车之鉴。

他摸了摸心脏的位置，叹了一口气。

李晏之带着鱿鱼仔和水晶一起去了纵火嫌疑犯的家中，那是一套单身公寓。客厅收拾得很整洁，整洁得过了头，纤尘不染，地板都擦得能反光一样。屋子里除了生活必需品，没有任何装饰，冰冷，不带一丝人气。

"哇，这个杀人狂有洁癖啊。"鱿鱼仔吹了个口哨。

"别废话了，开工。"

三人迅速戴上手套和脚套，分开搜索整间公寓。

李晏之走进卧室，屋内摆设依旧干净简单得让人皱眉。一张床、一个单人衣柜、一个床头柜、床头柜上摆着一个闹钟。如果硬要找出装饰来，就是床对面一整面墙都端正地贴着各种照片，红色胶带如残血将一张张照片分区，说不出的诡异感。

这个凶手不仅有洁癖还有强迫症，这对他来说是好事，也是坏事。

李晏之走近那面照片墙，面色变得凝重，因为某一区域里贴的全是田净植的各种偷拍照片。这也证明他的担心没有出错，有人想要田净植的命。

"小晏哥，你看这个！"水晶拿着一个牛皮纸档案袋，面色激动地冲进卧室。

档案袋里只有一张男人的照片，照片上打着大红叉。

李晏之接过照片，顿时愣住："这不是去年意外从楼上跌落的李善吗？"

他翻到照片背面，看到了一排字：李善，楼顶晾棉被意外坠落身亡，2014年8月3日。

水晶在一旁道："我们当时怀疑不是意外，可是没找到证据。"

"这是从哪里找到的？"

"书房壁画后的暗格，还有很多。"

李晏之快速走进书房，鱿鱼仔正将暗格里的牛皮纸档案搬出来。李晏之随手拿起几个档案来翻了翻，不禁倒吸一口凉气，迅速拿出手机："喂，科长，多派一些人过来，这个人应该是个职业杀手，我们搜到很多买凶杀人的证据……"

此时薛灵乔蹲在空调外机处，手里拿着一个档案袋，将屋里的对话听得一清二楚。他在田净植家听到李晏之电话那端说的地址，早一步赶到这里。

而螳螂捕蝉，黄雀在后。

第一章
Chapter.1

城市的另一端，李教授边吃泡面边等待电脑屏幕显示实验结果。慈善晚宴失火那天，他趁着现场混乱的时候偷拿了薛灵乔擦嘴的纸巾。

"身份鉴定报告……干尸头发样本……薛灵乔唾液样本……匹配率99.99……99%。"

李教授看着这一组数据，神经质地笑了起来，眼神也变得疯狂。现在他真的找到证据确定了，薛灵乔就是复活逃走的干尸，他一定要想办法把他抓住，只有这样才能治好安妮的病。

05

田净植在片场收了工，看到薛灵乔站在路灯下等她，她开心地跑过去。

"薛妖怪！你来接我？"她神经兮兮地左右看了一眼确定没人，才撞了他一下，压低声音问，"怎么样，在那个想要烧死我的人家里有什么发现？"

薛灵乔没搭话，看着她，轻轻挑眉："你什么时候胆子变那么大了？被困在火海里好像也没有多怕。"

"那是因为我这个人真的很淡定很理智的。"田净植喊了一声，笑看他，"反正有你在，我就不会有事。你保证过的，只要我有危险，你一定会来的。"

薛灵乔看着她直勾勾的眼神，不知怎的有些心动，不自然地别开眼。

田净植往前走了几步，回头看了一眼，发现他没跟上来，奇怪地问："怎么不走啊，冯冻冻把车停在另一边了。"

"我还有点事，你先回去。"薛灵乔摆摆手，然后很干脆地转身就走。

"你不是来接我的吗……这么晚了你要去哪？"田净植追了几步，看着他的身影消失在拐角，终于意识到他的"有点事"是什么事，气得跺脚，"又是去见单亲妈妈吗？你收了人家保护费啊？！"

薛灵乔自然没有回跆拳道馆，而是去了旧居的湖边去看他家的白龟。湖中明月的倒影犹如水墨浸染的画，四周只有蝉声寂寂地叫着，静谧无比。薛灵乔叹了口气，这就是长生的坏处，没有朋友，只能养个长命的宠物。他从怀里拿出档案袋，抽出袋中的一张照片复印件。

照片里，一个老妇人坐在他旧居书房门口的椅子上，身后站着个年轻男子，看样子应该是一对母子。

一个多月前，他去晚了一步，阚家夫妇在别墅中被人杀害，幕后凶手很可能就是为了销毁这张照片。而现在他终于拿到了它，他的仇人估计做梦也没想到，自己请的职业杀手会把每次的工作都做备份。

对某些人类来讲，诚信根本一文不值。

杀害阚家夫妇、开车追杀、宴会纵火，单单这几件事，这个职业杀手就死有余辜。而那个幕后的买凶人，同样需要付出代价。

"水生，照片上的男人就是放干我的血害我在博物馆躺了一百年的人。"薛灵乔坐在草地上，看着脚边慢吞吞地爬来爬去的大白龟："只要找到这个人，我就能轻易地扭断他的脖子，一切危机解除，我就该离开她了。寄人篱下，受制于人的日子我早过够了……才对。"

他看起来一点都不高兴，甚至是沮丧的。

"一定是因为我身体里的血液来自她，所以我才无法对她说出告别的话，对不对？"

他像在警告自己一样，继续笃定道："一定是这样的！一个充满占有欲的人类，连血液都充满了占有欲，所以我才无法拒绝她，就像诅咒一样！我必须离她远一点……"

薛灵乔看着湖面的碎月，那波光都变成了田净植得意洋洋的脸。

第二天一大早阳光晴好，田净植伸着懒腰走上露台，已经晾干的床单被风吹得招摇，她把脸贴在床单上去闻太阳的味道。

薛灵乔正在床单包围的躺椅里晒太阳，眼睁睁地看着她莽撞地走过来，踢到椅子脚后想抓脚趾，然后失去平衡跌下来。

田净植心里正庆幸自己没做过鼻子，否则假体都可能被撞歪时，一头撞进了一个宽厚的怀里，睁开眼，只见薛灵乔无辜地躺在那里，看着她，充当人肉垫子。

田净植一看到这种"想干掉你却又无可奈何"的笑容，心里洋洋得意，索性趴在他的胸口不走了。

薛灵乔皱了皱眉："你不下去吗？"

"不，人肉沙发耶。"田净植说着在他的胸口蹭了蹭。

薛灵乔触电般脸色微红，突然紧张起来，喝了她一声："喂！"

田净植不知所以地学他："喂！"

"你……"

"我在这里啊，你可以选择抱住我，或者把我推下去。"女流氓又蹭了蹭，嘻嘻笑着，"不敢吗？"

薛灵乔盯着她的头顶，手慢慢地想要去抱她的肩膀，却在碰到她的时候，突然起身把她推了下去。

田净植猝不及防，一下子摔在地上，难以置信地看着他，他居然真的推开她了？！真的是……毫不留情地用力把她推了下去！就像黄花大姑娘遇到了霸王硬上弓的流氓一样推了下去！

田小姐四仰八叉地躺在地上，满脑子里都是四个字的回音：推了下去！了下去！下去！去！……

薛灵乔蹙眉看了她一眼，确定她没摔坏，赶紧见鬼一样地跑了。

田净植傻了半天，直到疼痛袭来，她一抬胳膊，发现手肘破了一块皮，正在流血。

06

"受伤了为什么不马上包扎，感染后会留疤的。"

学校操场一处僻静的台阶上，田净植戴着墨镜，压低帽子坐在角落里，叶琛一边用双氧水给她的手肘消毒，一边像个老师一样教育她。

田净植忍着痛嘟囔："没那么严重吧？"

叶琛耸耸肩，倒也是很同意："也是啦，你遇见的哪一件事都比这个严重……在那样的大火中全身而退，连我这个无神论者都觉得，幸运女神一直是站在你这边的。"

"哈？！幸运女神？"田净植觉得好笑，"你把她叫出来，我一定会跟她拼命。"

叶琛给她裹上纱布，用胶带贴好："好了，看你还这么有精神，肯定是没事了，小晏应该也可以放心了。"

田净植正看着手肘上的纱布，突然听到李晏之的名字，觉得有些肉麻："小晏？你什么时候跟他好到可以叫昵称了？"

"因为要一起找干尸，相处久了，发现对方人很不错。"

干尸？田净植眼珠微转，问道："干尸找得怎么样了？"

"怕是找不到喽。"叶琛摇头，似真似假地开玩笑，"因为它很可能复活自己长腿跑掉了。"

田净植心虚不已，眼珠骨碌碌转，想着叶琛故意试探自己的可能性有多大。只听到叶琛又补充道："不过，我倒是觉得即使复活了，他好像也没什么恶意。你与其关心那具干尸，不如关心一下小晏。"

她倒是有心修复二人的关系，反而是李晏之一直在拒绝。一个当妹妹一样的女孩让她失望，一个当弟弟一样的男孩也让她失望。

田净植不知道自己要失望多少次才会学乖，才能够学会冷酷以对。

"我又不是他女朋友，我干吗关心他？"

叶琛在心里叹了口气，他知道李晏之这么做的原因，却不能告诉田净植。他是个成年男人，知道不该自己参与的事情只能袖手旁观的道理。他只能意味深长地看着她道："有的男人在面对真正想要的东西前，会胆怯，会口是心非的。"

田净植心里一动，想起薛灵乔那难得别扭逃避的样子，莫名觉得叶琛作为一个恋爱经验丰富的男人说的话很可信。

"会口是心非吗？"

叶琛看她那深思的神情，立刻循循善诱："当然，尤其是，如果他有事刻意要隐瞒你，把你推开，往往是因为太爱你，不想你受伤。"

田净植想着自己今天被薛灵乔推开，内心唏嘘不已。你是因为不想我受

第一章
Chapter.1

伤，才把我推开的吗？但是你不知道的是，就是因为你把我推开，所以我才受伤的。

这就是所谓的关心则乱。

田净植想到这里，立刻跳下台阶："我突然有点事，我先走了。"

叶琛认为是自己的话起到了作用，也很高兴，不动声色地跟她道别。

心情大好的田净植急匆匆回到家，只见薛灵乔正坐在沙发上看偶像剧，入迷的样子像个三年级小学生。

她伸手打招呼："薛妖怪，我回……"

没等她说完，薛灵乔迅速关上电视，把她当空气，转身回房间了。

田净植愣在当场，非常受伤地站了一会儿，越想怒气越盛，气呼呼地冲进薛灵乔的房间。

"你闻不到血的味道吗？我被你从椅子上推下来受伤了！"她生气地把纱布扯掉，"你看！"

薛灵乔躺在床上，淡定地看了她一眼，"一点小伤，很快就会痊愈的。"

田净植很委屈："可是我很痛！"

他当然知道她很痛，他就是要她记住这种痛，不要再做危险的事。

比如试图靠近他。

"疼痛这种感受会产生恐惧感，时刻提醒人不要做危险的事，很正常，不需要治疗。而且，对于一个正常人类来说，你活得有点太肆无忌惮了，就像上次的大火，你非但没有害怕，反而还有心情跟我开玩笑。"

田净植气得要命，不知道他为什么要冷漠成这样，一时间有些语塞。

薛灵乔继续道："现在你应该养成习惯，无论去哪里都要带着冯冻冻……不对，最好带上职业保镖。"

"我带什么保镖啊？有你不就行了？！"

薛灵乔打断她："我很快就会离开的。"

田净植一下子怔住了，尴尬地看了他半晌，抿了抿唇，喉咙像被什么堵住了一样。两个月前她还希望他快点从自己眼前消失，而现在突然得到这样的答案，好似有人在她的脑袋里扔了一颗炸弹般，升起一朵蘑菇云，把她进门前那些喜悦轰得渣渣都不剩。

有时候她也怀疑，为什么自己可以一厢情愿地投入一段段恋爱中，每次都能全身而退。有没有什么男人能让她舍弃原则甚至尊严，什么都不剩地退出。

之前她以为自己是成熟，其实并不是，她只是没遇上。

眼前的这个人，阳光下好似会闪闪发光一样的人，她遇上了，又一头栽了进去。

这次，她磕到了石头上。

前七任男朋友每一个都是那么温柔，真的那么温柔。

她不知道要说什么，转身离开了卧室。

薛灵乔低着头，看到地上染血的纱布，就好似她受伤的不是手臂，而是心脏，那无动于衷的眼中终于现出黯然。

07

遇到挫折就认输绝对不是田净植的作风，否则以她这种倒霉体质，早就该滚回去重新投胎了。山不过来，她就过去。没有路，她就披荆斩棘过去。

田净植在卧室里翻来覆去地难受了一下午，想对策，骂人，挤眼泪，自我垂怜，把自己当做言情女主角一样折腾。

傍晚时，薛灵乔像个没事人一样出门继续去跆拳道馆教课。

果然先爱上的人就像拿了一手的烂牌，无论对方扔了多少筹码，她不想离桌，只能跟，输得倾家荡产也要跟。她一下子坐起来，磨了一会儿牙，做了个决定：她要去决斗！

田净植像个女战神一样杀气腾腾地出现在跆拳道馆门口，隔着玻璃看到薛灵乔正带着一群"小萝卜头"在上课。

有个小朋友看到她，"啊"了一声，惊奇地指着她说："啊，有个黑带姐姐！"

薛灵乔顺着小朋友的目光看去，只见田净植抄着口袋，戴着墨镜，光着脚

第一章
Chapter.1

很酷地站在自己身后。她宽大的外套里面穿了跆拳道服，系着的竟然是黑带。田净植看到薛灵乔，一昂头，把包扔到一边，单手脱掉外套。

"今天真清净啊，你的那些大学生追随者呢？"田净植看了看周围，不屑道。

薛灵乔内心好比非洲大草原上浩浩荡荡地跑过去一群角马。

"她们有考试。"

田净植冷哼一声，开始夸张地热身："真遗憾，她们无法见识到男神被打趴下的那一幕了。"

薛灵乔内心的那群角马轰轰烈烈地跑过去，又地动山摇地跑回来，无语地看着她："你想干吗？"

田净植将手指关节捏得啪啪作响，一脸坏笑："是时候让你见识一下我的实力了。我根本不需要保镖，也不需要你。"

虽然不知道她耍什么花样，但薛灵乔微微一笑："好，我跟你比。"

"千万不要手下留情。"她指了指他，然后大拇指向下，"否则你会死得很惨的。"

"你放心。"

小朋友们看到高手对决，都迅速在两边站好鼓掌。两人礼貌性地鞠躬后比赛正式开始。

薛灵乔负手而立，如松般挺拔优雅。这个样子在田净植看来根本就是看不起她，她当年可是练过的，只见她摆出一个超危险的攻击姿势，大喝一声："受死吧！"

在她发出攻击的一瞬间，薛灵乔轻巧地抓住她的手臂，轻轻一侧身，直接把她按在了地上。

田净植像只沙袋一样重重地摔在地上，完全被摔蒙了……不对啊，秒杀！她十几年前可是苗苗班身手最利落的小朋友！

薛灵乔也没想到她没用到这个地步，也有点尴尬，旁边的小朋友没心没肺地大声欢呼起来。

踢馆的下场就是，田净植自讨苦吃，不仅没让薛妖怪就地伏法，而且还把自己的老腰给赔进去了。她沮丧地在原地坐着，等到薛灵乔把小朋友们一个个送走。

一直生龙活虎的田小姐像只被拍在墙上的蛾子一样狼狈，薛灵乔不知不觉地就心软了，想看看她手臂上的伤，想看看她摔坏没有，心里别扭着。他慢吞吞地收拾好东西，走到她面前，踢了踢她的屁股。

田净植屁股挪了挪，不说话。

"走不走？"

"你先走吧。"田净植说，"我坐一会儿再走。"

他蹲下来，戳了戳她的腰，田净植像蚂蚱一样差点蹦起来，但是一动，又捂住腰大叫："疼疼疼！"

薛灵乔被她弄得好气又好笑，声音也软下来："算了，我背你。"

回去的路上，薛灵乔背着田净植，海风湿漉漉地打来，她难得安静，他也难得享受这一段宁静的时光。灯光一盏盏地亮起来，月亮升起。薛灵乔恍然间有了错觉，好似他背着她穿过了无数个白昼，穿过山河日月，穿过漫长的时间长河，就能这样一直走下去。

这么想着，就好像真的能实现一样。

薛灵乔不禁问自己，为什么要一直活着？但是他的出现总有他出现的道理，虽然他现在不知道，但是总有一日会知道。

他慢慢走了一会儿后，侧头问她，"腰还很疼吗？"

"废话。"田净植咕哝着，有些昏昏欲睡。

"你的黑带到底怎么得来的？"

"网店做活动十块钱包邮的。"

原来如此，薛灵乔忍不住笑开来，眉眼都融化在灯光中。

田净植不服气地瞪他一眼："笑什么，我小学的时候可是很厉害的，还参加过比赛的！"她伸手揪住薛灵乔的耳朵，继续骂："还有你，干吗那么用力！想给我接骨吗？"

薛灵乔皱了下眉，用力打了一下她的屁股。

"既然只有小学生水平就不要摆出世外高人的样子，还要求别人不要手下

第一章
Chapter.1

留情。"

田净植张大嘴巴，面红耳赤："你打我的……我的……"

薛灵乔哼一声："对，打了！故意去做危险的事不应该挨打吗？"

田净植心虚得无话可说了，撇了撇嘴，把下巴磕在他的肩膀上，又伸手抱紧了些。

薛灵乔继续背着她静静地走在马路上，地上两人的影子交叠在一起，分不出你我的样子，让田净植突然笑出来。

薛灵乔纳闷："又笑什么？"

田净植趴在他肩上，认真道："薛妖怪，其实你……很喜欢我吧？"

薛灵乔脚步一顿。

田净植继续道："虽然说有约定在先，可是你完全可以不管我的。你这样担心我、保护我，你一定非常、非常喜欢我。"

薛灵乔反身把田净植放了下来。田净植不解地看着他，薛灵乔的表情很冷，眼中空荡荡的，什么都找不到。

"怎么了？"坦荡之后田净植突然又心虚了。

"我好像做了让你误会的事。"

"什么？"

薛灵乔顿了顿，决定全盘托出般的认真："对不起，有一件事我一直没告诉你。就是关于车祸时，我为什么要救你。"

田净植心里警钟大响，她有预感薛灵乔将说出不得了的话，而且那是她不想听的话。但是她无法阻止他，所以僵在那里听着。

"实际上，我很犹豫要不要救你。你用血液救了我，只要我反哺血液，我们之间就像有了雷达一样，连心跳都是保持同步的。"

田净植强笑道："我知道啊，我发生危险你都可以有感应。"

"对，你危险我会有感应，这会提醒我来救你，也等于是救我自己。因为一旦你死了，我会同时在一段不确定长短的时间里陷入休眠。如果这段时间里，我没有隐藏起来，或者被人找到，那么我将任人宰割。"

田净植愣住了，难以置信地看着他。

薛灵乔继续道："对不起，做了让你误会的事，从一开始，我就应该说清楚的。"

田净植有些傻眼："所以，你只是为了保护你自己而已，其他的，都是我在自作多情。"

所以，又是她误会了？

薛灵乔看着她，并没有辩解，只是静默地站着，双眼都是冷的。

田净植静静地看了他一会儿，问："人活久了难道就没有心了吗？"

薛灵乔上前一步，拍了拍她的头。他想告诉她，你很好，你真的很好，我也很喜欢，只是我不能喜欢。但是他也只能拍拍她的头，像安慰个分不到糖果的小朋友。

对不起，如果我有糖果，我一定给你。

田净植退后一步，盯着薛灵乔，像看到怪物一样，实际上他就是怪物。她混乱了，摆了摆手："别过来！……就这样吧，我认输了……快点找到你的仇人，然后离开我……不是毫无保留的爱，我根本就不稀罕的，所以你也不用担心我会死缠烂打……让我们都各自回到以前的生活吧。"

田净植转过身慢慢地退场，留下薛灵乔一个人站在路灯下目送她独自远去。

今日或者未来某天，他注定要成为目送对方离开的那一个。

第二章
初吻

01

"你根本就没有爱过我,你真正爱的人一直都是你自己。"田净植盯着地面,眼泪缓缓流出来,在脸上汇聚成悲伤小溪流。

不远处,导演与其他工作人员紧张地盯着摄像机画面。

哀伤变成绝望,田净植一直哭了很久,摄影机上的画面楚楚动人。导演满意地大喊一声"Cut",田净植还沉浸在悲伤中,他快步走过去提醒她:"已经OK啦!"

田净植愣愣地流着泪,没有回神,导演猛地拍了拍她的肩膀:"田净植?!"

她回头看着导演,眼圈还是红红的,弱弱地哭着喊了声:"导演……"

导演一脸莫名其妙,继续安慰她:"没事啦没事啦,还不是杀青戏呢。你奉献了这部戏里最好的一场戏。"

田净植蔫蔫的,被导演夸了也没什么精神。冯冻冻提着大包小包提醒她收工。

田净植一愣:"没行程了?前几天不是说有个商场的开业庆典请我去吗?"

冯冻冻心想着祖宗你玩我呀,哭丧着脸:"田小姐,你不是说没时间让我拒绝了吗?"

"我现在又有时间了,接下来!"

"这不太好吧？是要去外地呢。"

田净植瞪了他一眼："你怕坐飞机吗？"

"不是，可庆典的时间是明天上午啊。"

"所以冯助理，你还不去确定行程是要干什么？"

冯冻冻有些为难地笑了笑："好吧，我打电话问下他们需不需要神秘嘉宾。"

田净植满意了，面无表情地大步向前走掉。冯冻冻看着她的背影，叹了口气，田小姐又是哪根神经搭错线了啊？

已是深夜，田净植家的客厅里，薛灵乔正独自坐在沙发上看电视。自从跟田净植说清楚后，他一直心不在焉，拿着遥控器不停地换台。忽然间，电视屏幕上一张熟悉的脸映入眼帘，他的手停了下来。

这是田净植前段时间录制的一个访谈节目。电视里，田净植打扮得非常优雅，坐在演播厅中，摆出她可爱的脸面对着主持人。

主持人道："我听说，田小姐正处在热恋之中？好像田小姐的爱情从来不会刻意对媒体和粉丝隐瞒，一直很坦然。"

田净植微微一笑，大方地回应："这没什么好隐瞒的。不过因为是圈外人，我们也不会刻意公开，还是希望大家一如既往地给我们私人空间。"

主持人怎么可能轻易放过她，对镜头一个坏笑，继续道："田小姐的二人世界，你们懂的。你觉得男朋友是被你哪一方面的魅力所吸引的？"

田净植自信地摊手，一脸小得意："显而易见，是我全面的魅力。"

薛灵乔靠在沙发里盯着电视，看到这里，嘴角自然地扬起个温柔的弧度。自信坦荡如田净植，一向都不吝啬对自己的赞美，很盲目，莽撞得可爱。他以前不是没遇到过很优秀的女人，只是她们虽然很好，但是不如她有趣。

电视里，主持人收起笑容，继续深入探讨八卦："田小姐，那反过来，你是被他哪一方面的魅力所吸引的呢？"

田净植想了想，开始数手指，"这个嘛……他长得帅，身材好，有钱。哇，真差劲，一只手都数不满！"

节目插播广告，薛灵乔有些怅然，他并没有田净植说的那么好，他起身走

第二章

到她卧室门口，犹豫了片刻，还是敲了门："田净植，我给你带了宵夜，一会就凉了……田净植，电视里正在播你的访谈节目，你要不要下来看？……田净植，你不在吗？"

他摸摸胸口，没什么感应，难道她真的不在家？薛灵乔推门进去，只见卧室里黑漆漆的，果然不在。

她今天根本没有夜戏。

薛灵乔突然有点理解那几天自己夜不归宿时田净植的心情了，那种陡然而来的失落。

看到手机通讯录里田净植的名字，他迟疑了一下，还是打给了冯冻冻。

"您好，您所拨打的电话已关机。"

02

田净植彻夜未归，冯冻冻也毫无音讯。

次日清晨，薛灵乔起得很早。吃早餐时，他将手机放到一旁，时不时看一眼，但毫无动静。

他下意识摸着胸口，心跳没什么异常，一切都很好，不用担心，完全不用担心。薛灵乔强迫自己镇定下来，看着餐桌上他为田净植准备的面包和水果，强忍着愈来愈无法忍耐的失落感。

他打开笔记本，在微博里输入"田净植"三个字。搜出来的第一条微博是这样的：绿塔商城V：#开业庆典现场播报#神秘嘉宾宅男女神田净植压轴出场，获赠绿塔商城终生钻石会员卡。

微博的配图是一张商城老板和田净植在台上的合影。照片里田净植笑靥如花，之前的伤心一点也没有落进她的眼睛里。也是，田净植的"自愈"能力可比他强多了。他已经拿到了仇人的照片，只要找到照片上的人，他就可以大功告成离开这里。从理论上来说，他和田净植一起相处的时间不会太多了。作为"长辈"，只要安排好她的生活无后顾之忧就可以放心离开。

就像他之前计划好的那样。

薛灵乔想了想，拿衣服出门。

一站式服务公司的办公室里，女经理递给薛灵乔一本宣传册，微笑道："薛先生，我们的家庭管家服务是一条龙全包括的，由私人管家带领整个团队，包括厨师、保姆、医生、司机、园丁、理财师等等，以后薛先生如果有了小孩，我们还会安排专门的儿童陪护……"

薛灵乔意兴阑珊地翻着介绍册，不以为意："你们公司才开业三个月？"

女经理帮薛灵乔直接翻到宣传册最后一页，笑得更加的恭维："您可以看看这里，我们现在是开业前三个月有优惠活动，一次性购买10年服务的套餐，可以打九折的。"

"一个刚开业的公司就敢一次性收10年的钱？你们要是倒了，我找谁去？"

女经理微微一笑："薛先生，不用担心，我们公司背后是有财团支持的，我们只在这个时候才有折扣，过了这段时间就恢复原价了哦。"

什么财团支持都是空话，公司不盈利的话，财团一样撤销支持。以田小姐那浮游生物般的智商，他不在的时候多半会被坑得无家可归。

算了，还是先给她找个给力的保镖吧，要是人没了，其他的都是空谈。

保镖公司是承接张萱萱安全的那家，生意很火爆，倒是不担心倒闭的问题。负责的经理找来一排黑衣保镖站在会客室，让薛灵乔挑，就跟去菜市场挑大白菜似的。

"薛先生，他们都有着强健的体魄，灵活的身手，超凡的应变能力，可以说是我们公司保镖中的保镖，保镖中的堡垒……您看，哪一个比较合您的心意？"

薛灵乔从左往右依次看过去，高矮胖瘦不齐，都不合心意。最后一个保镖长得倒是挺帅，肤白貌美大长腿，薛灵乔在他面前停下脚步，上下打量他。那保镖身姿挺得笔直，全身上下都在叫嚣，选我选我。

经理见机推销："薛先生，他是我们这最受欢迎的保镖，不少太太小姐们都雇过他，好评率五颗星哟。"

薛灵乔呵呵一声，这不就正是问题所在吗？

第二章

"薛先生,有什么问题吗?"

薛灵乔收回目光,微微一笑:"算了吧,我不喜欢他的血型。"

"……"

03

绿塔商城的活动休息室内,失眠整晚的田净植小姐正坐在沙发上闭目养神。

冯冻冻拿着两杯咖啡走进来,小心问:"田小姐,你是不是昨天晚上没休息好?"

田净植眼皮都没抬:"很好。"

"真的不用给大乔哥回个电话吗?"

"不。"

冯冻冻见田净植没睁眼,侧过身子拿出手机,还没翻出薛灵乔的名字,就听见田净植的高分贝:"不!"

明显着是两口子闹矛盾,冯冻冻正准备收起手机,薛灵乔的电话适时打进来。

冯冻冻欣喜地把手机递过去:"大乔哥的电话,田小姐你自己来接吧。"

田净植烦躁地瞪他一眼:"不要接。"

冯冻冻郁闷地关掉响铃声,想了想,鼓起勇气开口道:"田小姐,我觉得你不能这样,我们还是给大乔哥回个电话吧,否则他会很担心的呀。"

田净植终于转过头,冷冷地看着冯冻冻。

"冯助理,请你务必搞清楚。第一,你是我田净植一个人的助理。第二,他只是借宿在我家,我没有理由向他汇报我的行踪。明白了吗?"

"明白,明白……"冯冻冻撇嘴,两人吵架干吗为难他一个小助理,"田小姐,我们现在要出发去机场了。"

"那下飞机之后没有其他工作安排吗?"

"田小姐,你昨天晚上就没休息好,不适合再去工作!"

"有还是没有？"

"没有。"

"那下飞机后我们直接去Shopping。"

"哦……啊？"

下了飞机直奔商场，田净植到了商场一反抠门常态，拿着信用卡走哪刷哪，冯冻冻全身上下挂满了大包小包。将来他找女朋友一定要找个只喜欢淘宝，不喜欢出门的宅女，越宅越好。

买完东西回到车里，田净植依旧戴着墨镜，面无表情，看起来阴森森的。冯冻冻一声不敢吭，缩着脖子装龟仙人。

车子开在路上，一直不知道在想什么的田净植突然问："去年宅男女神网络票选我是不是得第一？"

"嗯，比第二名高出很多票的呀。"

田净植扶了扶墨镜："是不是有成千上万的男人愿意拜倒在我的石榴裙下？"

冯冻冻点头："嗯，如果把变态都算上的话，说不定能过亿呢。"

"那，有男人会不喜欢我吗？"

冯冻冻斩钉截铁："没有，除非他喜欢男人。"

"那冯冻冻，你愿意娶我吗？"

"……"冯冻冻一下子方向盘没打好，差点撞到前车的屁股。他惊魂未定地看了一眼后视镜："田小姐，你是不是跟大乔哥吵架了？不是早就说好了人妖殊途不玩真的吗？你这个样子冻冻很伤心呀。你知不知道，你这是典型的失恋了，拼命工作、拼命购物、拼命喝酒……"

什么叫失恋，根本就没恋上。

田净植打断他："没错，我就是失恋了。拼命工作拼命购物，现在只差喝酒了，冻冻，你陪我去喝酒吧！"

"……"

酒吧里灯光幽暗，也不缺伤心的人，没有人去注意角落里面目模糊的田净植。她并不是个遇到什么事情就去买醉的人，只是她心里很憋屈很苦，不知如

第二章
Chapter.2

何是好。她只喝了很少的酒就晕乎乎地趴在桌上，茫然地盯着某一处发呆。冯冻冻坐在外面，刻意挡住田净植，以免被其他人认出来。

他心里急得要死，只能在她身边不停地碎碎念："田小姐，咱们该回去了。"

田净植缓缓扭头看着他，眼圈微红，看着他，又像是透过他看着另一个人。

冯冻冻从来没见过田净植的这种表情，有点不知所措："田小姐，你还好吗？"

田净植端起酒杯往冯冻冻的酒杯上碰，自顾自地又喝了一口，伤感道："冻冻，就你对我最好了。我脾气这么差，你还一直陪在我身边。"

他当然知道她脾气差，但是一日为粉丝终生为粉丝，他宁愿喜欢一个生龙活虎的田净植，也不愿去喜欢一个戴着伪善面具的偶像。

"田小姐，你不要伤心了，我是你的头号粉丝，我会一直在你身边的。"

"真的？"田净植有了点精神，"你别骗我。"

"当然了，你那点工资如果没有强烈盲目的爱做支持怎么能坚持得下去？"冯冻冻心急地表忠心，"而且你私下哪里有半点女神的样子，我从来只是腹诽吐槽你，也没离开你呀。"

田净植振奋了一点，没错，薛灵乔在她的生命中并不是必需品，还有人无论她是什么样子都爱她。

"嗯，我不伤心，我很快乐，你去给我点一首……《分手后的天空也是粉红色》。"

冯冻冻傻眼："田小姐，没有这首歌啊。"

"别胡说，我的天空就是粉红色，去点啊！"田净植晕乎乎地推了他一把，重新趴到桌子上又醉过去，额头磕在桌子上发出很大的撞击声。旁边桌上的人吓了一跳，看过来。

再这样下去，冯冻冻可无法收场了，连忙打电话给薛灵乔："大乔哥，快来救场啊！"

04

　　薛灵乔来得很快，看到桌上醉倒的田净植，一脸嫌弃样。
　　冯冻冻在后面跟着，弱弱道："大乔哥，你不要生气……"
　　薛灵乔皱了皱眉头，拿起桌上的帽子扣到田净植的头上，压低帽檐挡住她的脸，然后弯腰将她抱起来。
　　酒吧里的女生们惊呼一声，好似看到了活生生的玛丽苏霸道总裁剧情，羡慕得尖叫。薛灵乔尽量把田净植的脸埋在怀里，一脸很霸道很总裁地大步离开酒吧。
　　已经过了午夜，街道上人烟稀少，只剩下高楼大厦上炫目的霓虹。
　　保姆车内，薛灵乔正在开车，田净植被他放在后排，靠着大包小包睡着了。冯冻冻不时地回头观察田净植的状态，一脸的庆幸。他做个助理简直是赚着卖白菜的钱却操着卖白粉的心。
　　"大乔哥，幸亏你来了，否则我真不知道要怎么把田小姐送回家去。我真的不明白，你们为什么吵架啊？就算是田小姐哪里做得不对，你都五百岁了，也该让她一下啊！"
　　薛灵乔看他一眼，很费解："尊老怎么说也排在爱幼前面对不对？"
　　冯冻冻用他不富裕的智商想了想，逻辑通顺，挑不出错误，只能点头说："对啊。"
　　回到家，薛灵乔把"人形布袋"扔在她的卧室里。他下楼去倒了杯水，再回来时，只看到床上的被子掀开了，人不见了。
　　天台上，田净植缩在躺椅上，似醒非醒地看着远方。
　　远处灯火阑珊，极远处的灯塔投出一束光，为海上的船指引着方向。
　　薛灵乔不知道拿她怎么办，蹲在她面前。她好似笼罩在光弧里，风送来海风的咸腥味，她面容朦胧，脆弱得一碰即碎。
　　薛灵乔想起《美人鱼》里那只得不到爱而变成泡沫的美人鱼，他不自然地别开眼。
　　"薛妖怪，你怎么还没走？"

第二章
Chapter.2

　　田净植其实已经认清了这个事实，无论她的爱到了什么程度，对方不爱她的话，都是徒劳无功。她去疯狂工作、去购物、去酗酒，在对方眼里除了像个无理取闹的堕落少女，什么都无法改变。

　　"你说得没错，你都活了五百多年了，什么女人没见过啊，怎么可能喜欢上我……我这个女神啊，抠门又没品，还说脏话……我交了七个男朋友，最后都没结果，不差你这一个，反正我天生就是运气差……你就安心地走吧，躲到深山野岭去，别让人找到……几十年……不对，运气好的话，我可能很快就倒霉死了，你就可以解脱了。"

　　她想错了，并不是不喜欢。

　　如果他只想要解脱的话，其实有很多办法，只是他不想。

　　他的手贴上她的额头，很烫："别说胡话了，你在发烧。"

　　田净植拉下他的手："现在的女人就是这么没出息，不撞南墙不回头……明明别人一点都不在乎，还是会难过……薛妖怪，你怎么还不走？我已经不需要你了，看笑话也应该看够了啊……"

　　她想错了，并不是要看笑话。

　　如果他只是想看笑话的话，怎么会这样守着她。

　　她觉得无法撼动薛灵乔，其实只是不明白而已，所以才能说出这种让人沮丧的话。

　　这一刻，薛灵乔只想堵住她这张只会说傻话的嘴巴，他低头，轻轻地吻住她的嘴唇。

　　突如其来的吻让田净植挣扎了一下，她醉酒又发烧，一时间无法判断这是真实还是虚幻，或许只是梦也说不定。茫然中，她紧紧地抱紧他的脖子，只希望明天永远都不要来。

05

　　第二天下午醉生梦死的田小姐睡眼惺忪地从二楼下来，屋子里空荡荡的，果然薛灵乔不在。

田净植心里说不上是失落还是意料之中,一边打开冰箱找水喝,一边打电话给冯冻冻。

"冯冻冻,晚上咱们再去喝酒呀。"

对面传来冯冻冻激烈地打游戏的背景音:"田小姐,不能这样呀。你昨天晚上喝那么多今天都不难受的吗?"

"不难受啊。你是助理,我想喝,你陪我就是了,废话什么。"

田净植拿出手,用胳膊肘带上冰箱门,正要往客厅走,突然愣了一下,把水放在一边,揭开手臂上的纱布。臂肘光洁,一点伤痕都不见。一时间,昨夜里朦胧的记忆袭来,她眼睛微微张大,有些难以置信。

冯冻冻听了这边沉默了半天,以为田净植在生气,只能妥协说:"好啦好啦,你要喝我就陪你,但是能不能在家喝……"

田净植迅速打断他:"你这助理怎么当的?我说喝酒你都不知道劝一下的吗?"

说完后立马挂断电话。

田净植摸了摸自己的脸,很烫。昨夜的长吻在脑海中发酵沸腾,她的心跳越来越乱,在客厅里拿着手机走来走去,突然停住,看着对面的沙发变得有几分厌烦。

"薛妖怪,我又没病,为什么要给我治疗?而且还是我不清醒的时候……好,就算我感觉很难受但你也没必要治疗那么久吧……你问我怎么知道?我只是迷糊了而已,你一个干尸躺在那里都能有感知,我就不能有知觉?薛妖怪你可别乱说,我哪里主动了?"她冷笑了一下,高贵冷艳地抬起下巴:"你就承认喜欢我吧,赌上你妖怪的尊严。"

对面沙发上只是空气,田净植一口恶气吐出来,死尸一样地倒在沙发上。

昨夜只是一时冲动非礼了醉酒某人的薛灵乔很早就出门,一方面是心虚,一方面他约了保险公司的业务经理在咖啡店见面。卡座内业务经理在保单上签字后推给薛灵乔。保单受益人:田净植。

薛灵乔拿起投保文件签好字。业务经理离开后,他忽然听到不远处的卡座

第二章

里传来李晏之的声音。这家咖啡店离保险公司很近,是业务经理约见客户的常用基地。李晏之似乎也在这谈保险事宜。

其中一位业务经理道:"我的那位同事意外去世已经有半个月了,唉,生命真是脆弱啊。"

李晏之道:"人终有一死,只要不留遗憾就好。"

"也是。李先生真的很豁达,那么这份保险……"

"照常进行吧。"

坐在一旁的助理问:"受益人没有变更是吧?"

"当然。"

"那没问题了。李先生,以后我就是您新的保险顾问,有任何问题都可以直接找我。"

"好的,拜托你了,有事我再联系你。"

李晏之离开后,业务经理和助理一副八卦的口气,谈论起刚才看到的名字。

"经理,不会只是同名吧?"

业务经理道:"你看清楚投保人的职业,警察!娱乐新闻报道过,田净植曾经被一个青梅竹马的李姓警察男友拒婚,不会有那么巧的。"

"拒婚?那为什么受益人还是……"

"都说了是青梅竹马了。我看了他之前的保单,受益人一直都是田净植。"

助理语气一酸,叹气道:"怎么突然觉得有点感人?"

一直到二人离开,薛灵乔还久久地在原位坐着,直到面前的咖啡冷透。

06

田净植没好气地把一堆材料扔在前座副驾驶。

冯冻冻侧头瞄了一眼,是各种管家公司、保镖公司的资料。只听田净植愤然道:"竟然想用这些东西把我打发掉吗?口是心非的家伙。"

冯冻冻不敢吭声，默默地启动车。

田净植继续一个人开辩论会："有一个成语叫'无心插柳'，虽然一开始是很自私的为了他自己，但是相处之后，有感情是很正常的。对人类来说最公平的是什么？时间和死亡。但这两样在他身上都是失效的。所以他对感情……有些迟钝和犹豫也是很正常的，不是吗？"

冯冻冻忍不住回她："田小姐，你不要自欺欺人了。看到远处有一点微弱的光就以为是希望，等你真正走过去发现那光是幻影，只会让人更加绝望的呀。"

"我已经是溺水的人了，抓住一根稻草说不定水面上还有一艘草船呢。"

"那我只能祝你好运了……可是田小姐，好运这种东西你遇到过吗？"

田净植一愣，突然觉得哪里不对，抓起抱枕就朝冯冻冻的头上砸去："你什么时候学会用这种口气跟我说话的？"

冯冻冻摸了摸头，弱弱地撒娇："哎呀，我在开车呢！"

田净植瞪了他一眼，没大没小的。她缩在座位上，看着窗外掠过的风景，满心都是无力感。路过跆拳道馆时，田净植看到了熟悉的身影。她脸色一变，不爽地推了一下冯冻冻，"快，停车！"

远处，薛灵乔和小乖母子不紧不慢地从跆拳道馆走出来。

小乖妈微微一笑，对薛灵乔道："要不是薛教练一直这么关照我们，我真的不知道怎么办。可惜我也没什么可以报答您的。"

薛灵乔微微点了下头："举手之劳，请不要放在心上。"

小乖看了看教练，又看了看自己的妈妈，笑眯眯道："妈妈，你可以抱一下教练啊，就像小乖帮妈妈做了事，妈妈也会抱小乖一样。"说完小乖还一脸纯真期待地看着他们，薛灵乔和小乖妈对视了一眼，都觉得有些好笑，但是又不想伤害小孩子的感情，只能互相拍了拍对方的背以示拥抱。

田净植鬼鬼祟祟地跟在他们后面，并没有听到他们说了些什么，突然看到这么"亲密"的举动，顿时恶向胆边生，一下子从花丛里窜出来，几步走到他们面前，周围都弥漫着不祥的气息。

她一下车，薛灵乔其实就知道了。他平静地看着她："你怎么又跟着

第二章
Chapter.2

我？"

　　田净植"嚯"了一声，嘴巴翘上了天："这条路你买下来了啊？我顺路不行啊！"她看了看小乖母子，又看向薛灵乔，冷笑道，"原来你真的喜欢有家室的女人，口味果然很独特啊！"

　　听她口不择言，薛灵乔微怒："别胡说，快向小乖妈妈道歉！"

　　田净植继续冷笑："怎么，心虚啊？回忆一下你昨天晚上都做了些什么好事吧！"

　　小乖妈有些尴尬地看着薛灵乔，打圆场道："薛先生，这位小姐是……好像有点面熟啊……"

　　田净植回过神来，迅速用手挡脸转身就走："路人甲！没有关系！"

　　她气呼呼地快步往反方向离去，重新坐回保姆车，用力甩上车门。

　　冯冻冻看着一脸怒气的田净植，有些同情："田小姐，没有得到想要的答案吗？"

　　田净植冷笑："有了。完全就像海妖的歌声，听起来很美，等你走过去，就发现他满嘴利齿，一口就把你吞掉！"

　　"可是大乔哥好像连吞你都懒得吞啊。"

　　"……"

07

　　薛灵乔无法原谅随意出口伤人的田净植，跟她冷战，又无处可去，跑到冯冻冻家去借宿。

　　田净植一个人守着空荡荡的屋子越想越生气，一个电话给张萱萱打过去，装哭着以"我受不了了，我快要死了"为主要内容欺骗张萱萱来陪自己。张萱萱不知道她又闹什么事，一收工就赶紧过来。可并没有看到田小姐悲惨地趴在地板上哭天抢地，而是笑眯眯地叫了下午茶等着她。

　　"所以来找我就是想告诉我，你跟你男朋友吵架了，然后你男朋友搬去跟你的助理同居了？"

"就是这样。"田净植一脸期待地看着张萱萱。

张萱萱不感兴趣地皮笑肉不笑了一下，然后继续专注看书。

田净植对她的表现很是伤心失望，不同仇敌忾还是好闺蜜吗？

她不爽地翻身坐起来："让你来聊八卦，你怎么还随身带着一本三流言情小说……"

张萱萱再次皮笑肉不笑，她一个玩票女艺人比一个专职女艺人还要敬业，真的是不好意思。

"很抱歉，我是在工作。这本书要改电视剧，我见完洪世光之后还要去见一下制作人。你看，书名叫《不配》，很适合你和大乔的关系。"

田净植认同道："嗯，我也觉得他是有点配不上我。"

张萱萱像看笑话似地看着田净植："你是被大火烧坏脑子了吧。也不知道大乔到底喜欢你哪一点。"

她也不知道，薛灵乔到底喜欢她哪一点，或者说，有哪一点是他喜欢的？田净植撇嘴，扭扭捏捏地问："你觉得大乔爱我吗？"

张萱萱很少看到她这么没信心的样子。以前无论被劈腿多少次都能站在道德的制高点冷笑别人配不上她，现在她这为情所困的模样还真是第一次见。张萱萱合上书，叹息道："情侣之间吵架很正常，而这样的问题几乎是完全否定了对方。所以你之前是稀里糊涂地和他交往了几个月吗？"

田净植摆弄着手机，眼神飘忽地默认了。

张萱萱非常惊讶，到底发生了什么事才能让她自我贬低到这个程度？张萱萱不得不重视起现在的局面，因为田净植根本就是在钻牛角尖："这根本不像你，即使你再爱一个男人，也不能因为一个男人而摧毁了你的自信。而且，我用我的第六感向你保证，你家大乔应该很喜欢你。"

你的第六感哪次准过？！

田净植无奈地笑了笑，敷衍道："可能是吧。当局者迷。我活到这么大，第一次这么想要一个人喜欢我。"

"不要胡思乱想了，你这辈子所有的好运气都用来遇到一个好男人了。"

田净植惊道："有那么夸张吗？我是不是应该八抬大轿把他请回家？"

第二章
Chapter.2

"这个主意还不错。"张萱萱耸耸肩,笑着继续看书。

田净植讨了个没趣,跳下床凑到张萱萱旁边,眼睛瞄向她的书,甜甜地装可爱:"这部戏要不要女二号?"

"……"

此时出租屋的客厅里,冯冻冻顶着黑眼圈坐在沙发上。薛灵乔观察了一下屋子,虽然有点逼仄和混乱,但胜在收拾还算干净,没有异味。他拨了拨窗帘,是有定时清洗,窗台上的灰尘也只有薄薄的一层。在他的勒令下,冯冻冻把床单换了一遍,又擦了窗台,整个人哭丧着脸,无精打采地问:"大乔哥,这样可以了吧?"

薛灵乔点头,很满意地评价:"重点是要保持,所有东西都应该老实待在它原来的地方。"

"我保证不让它们乱跑。"

"还有,晚上只能委屈你睡沙发了。"

冯冻冻怯怯地点头:"大乔哥,你……打算在我这住多久?"

薛灵乔很惊讶:"这么快就想赶我走?"

冯冻冻快速摇头,他哪敢啊:"我只是觉得,虽然你被田小姐赶了出来,但是窝在我这里也太委屈了。"

薛灵乔坐在他的电脑前,很快地打开视频网站,悠悠道:"提醒你一下,田小姐想赶我走,几个月都没有成功,但这次是我自己要离开的。"

可是,田小姐真的很不想让你走啊!她可爱你爱得要死嘞!这种话冯冻冻怎么敢说,只能抱着抱枕一脸忧伤地躺倒在沙发上,为什么他们情侣吵架,受伤的是我啊?

第二天一大早冯冻冻去找田小姐理论,刚进花园就被田净植用虎口掐住了脸,被迫张开嘴巴。田净植观察一会后又将手伸到他的衣领上,往旁边一扯,露出了一大片胸脯。

冯冻冻吓一跳,双手护胸后退一步:"田小姐,你要干吗?"

田净植拍着手,淡定道:"检查一下薛妖怪有没有对你做什么奇怪的事情。"

　　冯冻冻讪笑:"半夜把我叫起来收拾房间,然后赶我到沙发上睡觉,然后告诉我牙膏必须从底部往上挤,再然后警告我所有的东西都应该在它原来的位置上,这样叫不叫奇怪的事情?"

　　田净植一怔,想起这都是自己的习惯,内心发软,一声不吭地回身往屋内走。

　　冯冻冻郁闷地跟上去:"田小姐,你什么时候把大乔哥领回来?"

　　"他又不是我的宠物,我为什么要领回来?而且现在,他归你了。"田净植一个回头,冷冷警告,"不过你不能对他有非分之想。"

　　冯冻冻抽了抽嘴角:"你不是已经不要他了吗?"

　　田净植呵呵冷笑,磨着"手刀"大杀四方的凶狠架势:"我不要他,也不许别人对他有非分之想。来一个杀一个,来两个灭一双!"

　　冯冻冻嘴角无语地又抽了抽,田净植继续吩咐道:"还有,每天新鲜的果蔬汁、牛奶要准时供应,偶尔也要炖补汤给他改善生活。要是薛妖怪在你家瘦了,你下个月就不用来上班了……还有,每天向我汇报他的生活,说了什么话,见了什么人,有没有想我……"她干咳了两声,有些不自然地继续道,"还有,不要随便带人去你家里,尤其是女人,你女朋友也不行……算了,这条作废,你也找不到女朋友……"

　　冯冻冻一脸绝望:"还有吗?"

　　田净植思考片刻:"还有,不要受伤!我讨厌跟别人用同一根针管。"

　　同一根针管,什么意思?冯冻冻一头雾水,但也不敢多问,现在是非常时期,只能自求多福。

08

　　相比起田净植因为失恋的各种状态,她的闺蜜张萱萱小姐则淡定得多,虽然是商业联姻,但跟未婚夫洪世光的秀恩爱行动总是准时在进行。有钱人家的千金小姐跟古代的公主似的,享受其金钱带来的便利,也要尽其应尽的义务。

第二章

洪世光约张萱萱出来喝下午茶，山中的餐厅，近处是茂密植被环绕的山，远处是海浪翻滚的海。

这样浪漫的午后，他们的话题却始终谈着纵火事件，心有余悸。

"慈善夜纵火的余温差不多了，还好没有人伤亡。"张萱萱优雅地往红茶中加完奶，缓缓搅拌着，"否则就得不偿失了。"

洪世光点点头："是啊，我们也算走运了，先不说这个……对了，我接受了一家视频网站的名人专访，推广慈善的，说是下午放到网上，你晚点转发一下吧。"

"没问题。"

"也让田小姐转一下吧，你们是女神，人气高有宣传力。"

"买一送一，你可赚大了。"

洪世光笑笑，低头看了一眼时间："你慢慢吃，离你去见制片人还有不少时间。"

张萱萱回以微笑，一抬头却看到叶琛挽着一个上了年纪的优雅女性说笑着走进餐厅。叶琛正好转身，跟张萱萱四目相对。张萱萱有种大白天见鬼的感觉，被茶水呛到，连连咳嗽起来。

"怎么了？"

"没事，没事。"

洪世光体贴地抽了纸巾给张萱萱递过去。张萱萱接过来，一扭头看到了负手站立笑眯眯的叶琛，像个老狐狸一样审视着他们。

叶琛笑道："周三是我的幸运日，好像每次周三出门都能遇到张小姐……你旁边的这位，不给我介绍一下吗？"

洪世光看这位的架势，怕不是来纯粹打招呼的，还是非常得体地站起来和叶琛握手："你好，不用介绍了，我知道你叶先生，萱萱的绯闻对象。"

"你好，洪先生，我也经常在新闻上看到你，张小姐的挂名未婚夫。"

张萱萱维持着滴水不漏的笑容，一动不动地坐着。

洪世光热情道："我和萱萱每次都是单独约会，很少约朋友一起，既然碰上了，就一起坐吧。"

叶琛也热情道:"洪先生不介意和挂名未婚妻的绯闻对象坐在一起,我可是很介意跟绯闻对象的挂名未婚夫坐在一起。"

像是说了一句绕口令,语气中却有些意味深长。

洪世光一笑:"听起来没什么区别。"

叶琛却半真半假地扬起眉毛,扶住张萱萱的椅背,低声说:"有的,我喜欢张小姐,不喜欢看她和别的男人坐在一起。虽然知道是假的婚约,我也很吃醋哦。"他面不改色地说完,又恢复微笑道,"我的阿姨还在等我,先失陪了。"

洪世光盯着他远去的背影,有些惊讶得说不出话来,这人还真是不太要脸呢。

倒是张萱萱眼底浮现笑意,嘴巴却还硬道:"真是无礼。"

可惜女人都不喜欢顺从的男人,反而喜欢无礼的男人。

"不过看起来,你并不讨厌他。"

张萱萱只是笑了笑,相对于知难而退的男人,她更喜欢迎难而上的男人,如此而已。

看到未婚妻这种态度,洪世光也只能苦笑。

无论什么样的社会热点都会被新的话题所替代,追车案和纵火案的社会关注度已经逐渐消散,但幕后凶手并没有落网。从职业杀手的房间里搜出来不少档案,很多旧案需要再次调查,虽然分出去很大一部分给别人,但李晏之感觉自己的精力已经越来越不够用了。

他身体的疼痛愈来愈剧烈,单纯的止痛药已经无法满足他被癌细胞逐渐吞噬的身体。所以他才更焦躁,眉心都挤出了无法抹平的纹路。

"找到那么多买凶杀人的证据,却偏偏没有洪世光和小植被追杀有关的证据。鱿鱼仔,你确定搜查干净了?"

"当然搜查干净了,就差没把房子给拆了。"

李晏之用手指轻轻敲打着办公桌,陷入了沉思中:"会不会是有人比我们更早进到屋里,拿走了一些证据?"

第二章

"不太可能吧，我们到的时候，门可是反锁的。这个杀手有强迫症，估计活儿没做完就没留纪念吧。"

李晏之觉得完全有这个可能性。

"那起别墅入室抢劫案的赃物有消息了吗？"

"没有，我安排了不少线人，都没有反馈，大概是凶手不怎么缺钱吧。不过，不缺钱的话会去抢劫吗？"

也不排除这个可能性，但是不太对，那些赃物很可能只是烟幕弹，凶手把现场搞得乱七八糟，也许只是为了掩盖真正丢失的东西。直觉告诉李晏之，一切都没那么简单。

"鱿鱼仔，帮我把死者妹妹的电话号码找出来。"

鱿鱼仔转身去找电话，李晏之隐隐按住肺部祈祷自己不要那么快倒下，再给他一些时间。

第三章
城门失火，殃及池鱼

01

冯冻冻玩了半天游戏，一转头看到薛灵乔还坐在窗边看书。

"大乔哥，你要喝牛奶吗？"

"好。"

一点不带客气的，冯冻冻只能放下鼠标去倒牛奶。

"大乔哥，你今天都干什么去了？"

"找人。"

冯冻冻将牛奶放到他面前，顺势在对面坐下来："找仇人吗？"

薛灵乔盯着冯冻冻，眼神意味深长："你是希望我快点走？"

不是希望你快点走，是希望你赶紧跟田小姐和好如初，不要让我一个助理做夹心饼干。

冯冻冻急忙摆手："不是不是，我就问问，想看一下有没有可以帮忙的。"

"如果我有一张照片的话，有什么办法可以找到照片上的人？"

"照片？我想想啊……"冯冻冻的脑子飞快运转，"有了，我们可以将照片放到网上去，给他编一个超级奇葩超级禽兽的故事，发动网友的力量，很快就可以人肉出来。"

"很快？"

第三章

"当然，只要故事好，说不定一个小时就搞定了呀。"冯冻冻跃跃欲试："大乔哥，你要是不相信，我们现在就可以试试看。"

只要一小时他就可以跟田净植这个倒霉鬼分道扬镳了。

薛灵乔摇摇头，目光重新回到书上："算了，发到网上很容易打草惊蛇，我还是自己找吧。"

那你问什么？完全跟田小姐是一路货色！

冯冻冻鬼鬼祟祟地躲进卫生间，拿起手机翻到了田净植的号码。

田净植本来敷着面膜躺在床上，看到冯冻冻发来的短信后瞬间坐起，差点把面膜都甩飞了。

什么？原来薛妖怪已经拿到了照片，竟然不告诉我……真是太过分了！田净植迅速打字：我要和他绝交。

"算了，他信了怎么办？"田净植想了想，把字删掉，四仰八叉地躺下。怪不得薛妖怪最近总是在说离开后的事，原来他已经找到了照片，离开她根本就是倒计时的事。又不是古代，去进京赶考都要提前三个月动身，在现代从祖国的大南边到大北边坐飞机不过四个小时。要想找一个人，就算刻意躲避，也不是无迹可寻。

所以薛灵乔要走，她根本无能为力。

田净植心头一跳，低头拼写短信：不准帮他找人！

这样他就不会那么快离开她了，尽管有点小卑鄙，但也只能拖一天是一天了。习惯一个人，真的是一件很不好的事情。

出神间，冯冻冻回了短信过来：大乔哥拒绝了我的帮助，好像不是很着急。

田净植看着手机，有些困惑。不着急？他不会是不想离开她吧？虽然不知道薛妖怪到底是怎么想的，但田净植心情的确好了很多。

早上去片场开工，田净植在化妆间一落座就开始发微博。

——我和爱车都很好，好开心！

配图是她倚靠在保姆车旁边的自拍照。

"你这几天微博发得很勤快嘛。"张萱萱从她身后伸出脑袋，"搞什么？"

田净植装模作样地叹气："没办法，粉丝涨得太慢，只能多跟他们互动了，否则什么时候才能演女主角啊！"

张萱萱翻了个白眼："其实你只是想让那个粉丝看到吧。"

田净植嘴硬："才不是，他可是你的保镖团长。"

"我又没说是大乔。"

"还能不能好好聊了？"

张萱萱耸耸肩，看了下四周，没见她那个点头哈腰的小助理，有些奇怪："你今天没带助理？"

田净植低头刷微博："他在干更有意义的事……来来来，我们合影一张发微博，彻底澄清不和传闻。"

张萱萱无语地跟田净植的头凑到一块。田净植一举起手机，她立刻露出了一个阳光灿烂的笑容，不愧是实力派的大花瓶。

02

冯冻冻坐在电脑前刷开田净植的微博，看到最近更新的一条，配图为一双男皮靴和一双女鞋，配文很滑稽：两双鞋一共是四只。

这都是些什么鬼！冯冻冻头疼地扶额，偷瞄了一眼坐在沙发上看书的薛灵乔。

"怎么了？"薛灵乔问。

"没……没什么。"

冯冻冻抓起手机走进洗手间，打开水龙头后，给田净植打电话。

"田小姐，没有话说就不要发微博嘛。下午还有记者打电话过来问你是不是被盗号了。"

田净植自我感觉非常良好："啧，这叫卖萌秀恩爱，很吸引人的，你懂不懂啊？"

"可是很蠢耶，而且大乔哥都不用我的电脑的。"

第三章

田净植警觉地听到声音，吼道："你那边什么声音？把水关掉。"

"……"

等冯冻冻关上水，田净植才继续道："没有合照发当然只能发鞋啊，要不然粉丝还以为我分手了呢。"

冯冻冻无语："以前你也没有发过跟大乔哥的合照啊。"

田净植被戳到弱点，立刻发飙："冯助理，你不想干了是不是？"

水龙头关掉之后，薛灵乔自然就听到了冯冻冻打电话的声音。他饶有兴趣地征用了冯冻冻的电脑，开始看田净植的微博。

——无论你走到哪里，都是在同一片天空下。

配图是一张云彩照。

——防火防盗防闺蜜。

配图是田净植和张萱萱的合照。

薛灵乔会心一笑，继续往下翻。冯冻冻打完电话出来的时候鼠标停在田净植转发的张萱萱的一条微博上，内容是洪世光接受专访谈慈善的视频。

薛灵乔起身坐回沙发上，冯冻冻没发觉自己的电脑被动过，下意识地点开视频。

视频里的专访是在洪世光的办公室进行的。洪世光一身得体的黑色西服，言笑晏晏，一贯的病弱文雅。

女记者问："这些年，洪氏集团在做慈善方面可谓是不遗余力。洪先生，请问您是怎么说服董事会坚定不移地执行您的慈善计划呢？"

洪世光微笑回道："回馈社会一直都是洪氏企业文化里最重要的一条，其实从我父亲还在时就已经有了，所以无论是元老还是新董事，大家都很有默契。"

"刚才洪先生提到洪氏集团的元老，您的堂哥洪世龙也算是其中之一吧。我听说他这些年都没有参加董事会，请问他对慈善的态度和您是一样的吗？"

听到这个问题，洪世光若有所思，停顿了片刻才说："我堂哥确实不参与公司经营，而是将权力授予给了董事会，董事会做出的决定当然也代表了他的意愿。"

看到这里冯冻冻唏嘘不已："上次慈善晚宴幸亏有大乔哥在，否则冻冻可能就再也见不到田小姐了。"

薛灵乔抬起头，视线停留在视频上："等我报了仇，田净植自然也不会有那么多危险了。"

冯冻冻欲言又止："可是……大乔哥真的忍心抛下田小姐和冻冻一走了之吗？"

薛灵乔沉默着回避了这个问题。等他再次看向电脑屏幕，举到嘴边的牛奶杯猛地停了下来。他脸色一变，迅速移动到电脑前。

冯冻冻只感觉疾风吹过，自己的转椅被一股力量向后拉了一段，差点摔倒。

薛灵乔站在电脑前，把视频往后退了一点，只见视频的左上角贴出的资料照片，照片下面写着"洪世龙"几个字。

绝对没错！虽然穿着不同，年代不同，但这个人和他手中的那张照片上的人是同一个！薛灵乔的眼神中闪露出危险和愤怒，他终于找到他了。

03

片场里，田净植正和张萱萱剑拔弩张地对峙着。

张萱萱咬牙切齿地望着她，眼里有泪光："你对他不是爱，你只是不想他被人抢走而已！"

田净植毫不留情地一巴掌打了过去，邪恶地笑起来："那又怎样？我得不到他，也绝不让给你！"

张萱萱难以置信地看着她，愤怒无比。

"Cut！"导演高兴地拍手，满意无比："准备下一场。小植情绪很到位，过了！助理快拿冰给萱萱敷脸！"

田净植开心地摆出胜利的手势，对导演做鬼脸。一转头，看到张萱萱捂着脸瞪着自己，瞬间变成小奴婢状，卑躬屈膝扶着张萱萱。

"娘娘，您小心，奴婢扶您去休息。"

第三章
Chapter.3

张萱萱接过助理送上来的冰，调侃她："你刚才不是打得挺开心的吗？"

田净植连忙求饶："娘娘息怒，奴婢错了。不是您信不过奴婢演技，让奴婢真打吗？"

张萱萱哼一声，被田净植卑躬屈膝地搀着走回保姆车。

"早知道就借位了，我干吗要担心你没演技借位被导演骂啊！好烦，今天还有《你好，长腿叔叔》的试镜。"张萱萱看到镜子里红肿的脸，忽然有点后悔。

田净植顿时双眼放光，上去给女神捶腿："是《不配》改编的那个剧吗？要不我替你去试镜？"

张萱萱拿冰砸了一下她的头，重新敷到脸上："老实点吧，耽误了我试镜，我绝对烧了你家！"

捡漏没戏了，田净植撇撇嘴，只好老实地坐回一边。

"看你心情不错，跟大乔和好了？"

田净植一脸开心："没有呀！"

张萱萱奇怪地看着她："你没事吧？"

田净植继续开心："没有呀！"

"你有病吧？"

"神经病呀！"

田净植摇头晃脑跳新疆舞，全身上下都写着俩字：嘚瑟。

"田小姐这两天真的很不正常，精神亢奋得好像捡了五百万……"冯冻冻坐在电脑前一边查资料一边说话。没有得到回应，冯冻冻回过头，看向沙发上专注看电视的薛灵乔："大乔哥，你有没有在听我讲啊？"

他当然知道田小姐又在搞鬼，喷了一声："你不是在帮我查洪世龙的资料吗？怎么废话那么多？"

"我在查，可是这个人实在是太低调了吧，完全没东西可查。"

薛灵乔笑了一下："呵呵，你这便便侠也是浪得虚名。"

竟然侮辱他"便便侠"的名号，冯冻冻气得调整呼吸，冷静冷静，你打不过他，你打不过他。如此循环往复三次，为了身家性命堪堪忍住。

"大乔哥,你真的一点都不关心田小姐吗?"

薛灵乔头也不抬:"不关心。"

冯冻冻不禁在心底腹诽,我看你是没良心,我们田小姐对你那么好!

薛灵乔一点都不在意他想什么,拿着遥控器随意换着台,倒是心情不错的样子。冯冻冻撇着嘴去柜子里拿泡面。

薛灵乔悠悠道:"不要吃泡面了,田净植说泡面吃多了,死后很难烂。我下午没事给你做了便当,放在冰箱里。"

便当?还有这种好事!冯冻冻一愣,难以置信地打开冰箱,发现里面真的有一盘紫菜包饭,他简直受宠若惊:"哥……你亲手给我做了便当?"

薛灵乔微微一笑:"住在这里打扰你,内心很是抱歉,所以就做点吃的给你。"

冯冻冻一感动,突然有些哽咽。他大乔哥虽然没良心,不温柔,但他知道,大乔哥是个好妖怪。

薛灵乔温柔地看着他:"尝尝看。"

冯冻冻开心地拿起一个紫菜包饭,放到嘴里嚼了两口。一时间,脸色变得有些奇怪。

"很好吃吧,这可是田净植最喜欢吃的。"

冯冻冻艰难咽下,一脸痛苦,好不容易吐出两个字:"好……吃……"

"喜欢就行,只要我一有空就会做给你吃的。"

冯冻冻在心里流着泪,嘴上却带着笑,有苦难言:"谢谢大乔哥。"

这么惨烈的经历,冯冻冻一见到田净植就忧伤地汇报了,没想到田净植听了大为恼火:"什么?他做便当给你吃?你凭什么让他做饭给你吃啊!"

"田小姐以为我愿意吃吗?简直就像是打赌输掉后的惩罚游戏……"说着说着冯冻冻开始啜泣:"吃了整整一盘,人家都觉得自己快要死掉了!我做错了什么,要吃那么恐怖的东西!"

田净植想起薛灵乔的黑暗料理,的确不是常人所能忍受的,看到冯冻冻哭得伤心,一腔怒火变成了不忍。

田净植抽了张纸巾给他,安慰道:"好了好了,别哭哭啼啼的。你有什么

第三章

好委屈的,他做的紫菜包饭真的是他所有料理中唯一吃了不会中毒的。"

"田小姐中过毒?"

田净植坦然地翻了个白眼,云淡风轻地摆摆手:"是啊……大半夜在床上翻来覆去,好像肠穿肚烂一样!"不过她痛得要死时,薛灵乔堵住她的嘴巴,为她做治疗。想到这里,田净植捂着脸笑出来。

冯冻冻吓傻了,妈呀,肠穿肚烂也能开心成这个样子!田小姐真的好奇怪,这样下去真的没问题吗?

04

过了两日,薛灵乔接到拍卖行经理打来的电话,告诉他凤凰玉璧有消息了。那位收藏家愿意割爱,但是他在古董收藏界里,也没有听过薛先生的名号。这次涉及的金额太大,他希望找个知名人士做担保。

对方提出这样的要求确实是在情理之中,薛灵乔认识的知名人士里最可靠的就是洪世光。

听到是祖传玉璧的事,洪世光很慷慨地愿意帮忙。交易很顺利,从拍卖行出来,洪世光顺便载了薛灵乔一程。

薛灵乔摸着手中的盒子,神色柔和,这是母亲唯一留给他的东西,辗转百年之后终于又回到了他手上。他打开盒子,将玉璧拿在手中细细把玩,爱不释手。

洪世光审视着那块玉璧:"这不像是寻常人家的东西,你祖上是个显赫的家族呢。"

"祖上是读书人,也算不上显赫。多谢你百忙之中抽出时间来帮我这个忙。"

"应该的,在跆拳道馆里我也没少受你照顾,朋友之间就不用客气了。"

薛灵乔假装漫不经心地摆弄着玉璧,平静道:"对了,我看到小植转发你的采访,你的堂哥跟你长得有点像。"

洪世光点点头,感慨道:"是啊,因为这份家业,我们堂兄弟之间关系再不好，血缘却是骗不了人。"

"你最近没有见过他吗？"薛灵乔试探道。

"没有，我只有刚继承公司的时候见过他一次，争了个你死我活。估计我找他，只有登报才行。"

薛灵乔笑了笑，看向窗外时，表情多了几分凝重。

而此时掰着手指数日子的田净植又从亢奋转回失落，整个人蔫巴巴的，等戏期间缩在角落的椅子上伤春悲秋。张萱萱看多了她这六月天的脸，在旁边哼着歌做指甲。

田净植纠结了很久，突然有气无力地问："张小姐，如果你是男人而且活了五百年才遇上我，你会喜欢我吗？"

张萱萱吹了吹指甲，斩钉截铁："不会。"想了想，张萱萱又反问她，"如果你闺蜜的前男友想追你，而且恰好也是你喜欢的类型，你会从吗？"

田净植立刻点头："会。"

说完她才意识到什么，惊讶地转头看向张萱萱，一脸八婆地凑过去："叶人渣在追你啊？"

"在我的未婚夫面前说喜欢我以后，还要收工后约我见面，算不算追我？"

"当然算啊，那你怎么回答的？"这件事简直太劲爆了，叶人渣竟然这么有种，没被沉江也是走了大运。

张萱萱微微一笑："当然没回答，世界上那么多男人，我干吗一定要闺蜜的前男友啊？"

田净植看到张萱萱还闭着眼睛，眼珠子一转，悄悄地拿起她的手机，一脸坏笑。

张萱萱想到叶琛，又莫名地烦躁起来，拿起旁边的水杯喝了一大口，悻悻道："不过该死的，他真的是我的菜！"

一转头，张萱萱看到一旁的田净植正在发信息。

"你拿我的手机干什么？"

田净植没回话，继续打字。张萱萱凑过去一看，脸色顿时大变，伸手去

第三章
Chapter.3

抢。

"田净植,你找死!你在发什么,快还给我!"

田净植一下子被她扑倒在地,疼得大叫,还好抢在最后一刻按了发送。张萱萱抢回手机,看到她发送的内容,瞠目结舌。

——我今天晚上十点收工,你在片场门口的咖啡店等我,不见不散!

不见不散,不见不散……田净植揉着摔疼的肩,见张萱萱坐在地上发傻,奸笑起来。张萱萱气得又打了她几下,田净植疼得龇牙咧嘴:"那你当面拒绝他不就行了!"

"还用你说!"张萱萱继续打她。

"我警告你不要再打我的头了!"

"打你头又怎样,跟我绝交啊!"

田净植败下阵来,双手抱头,低声道:"那你轻点打。"

"……"

05

李教授在家庭实验室的研究又有了新的突破。他给资助人发送了一封邮件:这种超级生命体的基因自我修复能力迅速,无法破解其细胞分裂代数,生命力极强,我已找到了他的致命弱点,详细内容请看附件报告。

电话很快就打过来,依旧是那个熟悉的声音,冰冷沙哑:"我要的不是他的致命弱点,我要的是彻底杀死他的方法。"

李教授试图解释:"我在努力,这需要你提供更多的血液样本……"

对方愤怒地打断他:"教授,我已经提供了两次血液样本,你没有资格跟我讨价还价!"

"对不起,我对这种超级生命体的认识太少,我需要更多的时间和样本。"

"可是你的女儿估计没有多少时间等待你去慢慢研究了。"

"我会努力的,我一定要治好我的女儿。"想到自己的前妻和女儿,李教授试着问,"我能和她们通话吗?"

"当然可以,你和她们都是自由的。"电话那端沉默了几秒,忽然话锋一转,"教授,我会再提供一份血样给你,这一次必须是好消息。"

电话挂断,李教授虚脱地仰靠在转椅上,看着天花板呆了半天,才起身给叶琛发邮件。

——叶琛,晚上十点在我家门口的咖啡店见个面。另外,白天不要找我。

叶琛已经很久没见到老师了,邮件里不知所谓的措词让他有些不安。叶琛赶到约定的咖啡厅,李教授正坐在窗边喝咖啡,手里拿着份晚报,看起来精神倒是不错,并没有什么异样。

"你迟到十分钟。"李教授提醒道。

"抱歉老师,有点事拖住了,我想打电话给你,可是手机没电了。"叶琛从包里拿出手机和充电器,找了个插座接上电源。

李教授放下报纸,正色道:"不要打电话给我,有事就用邮件联系。"

叶琛一愣:"老师?你到底……"

"我没事,你放心。"李教授故作轻松地摆摆手,把一个纸袋推到他旁边:"我实验室里的培养皿需要你继续照顾了,这是我们研究课题的资料,你应该会需要。还有我办公室钥匙也在里面,你交给孙教授,我已经跟他讲过了,他会接替我接下来的工作。"

老师为什么突然交代他这些事?难道他再也不回研究中心了吗?叶琛猜测着:"是不是安妮出了什么事,你要去美国吗?"

李教授一顿,神色悲伤:"对,为了我女儿。"

听到这个答案,叶琛稍稍放心了一些:"安妮的病情开始恶化了吗?"

李教授沉默了几秒,有些意味深长地看着他:"对不起,叶琛,安妮病得很严重,我必须这么做。"

"我理解的,老师你放心地去吧,研究中心有什么事情,我会邮件跟您联系的。"

李教授苦笑了一下,拿起那杯凉掉的没奶没糖的咖啡一饮而尽,也没尝出

第三章
Chapter.3

任何苦味。

叶琛离开咖啡店，重新开机才看到张萱萱发来的那条短信，而此时已经是晚上十一点了。他心下一沉，连忙拨电话过去，但提示无法接通。叶琛气喘吁吁地跑到片场附近的咖啡店。

"对不起，我们已经打烊了。"女服务生正在收拾桌面，看叶琛一脸焦急的拨电话，神秘道："你要是早来十分钟，就能看到活生生的张萱萱哦。"

她才走十分钟？叶琛一怔，连忙转身追出去，街道上空荡荡的，哪还有人影。他闭了闭眼，拨通了田净植的号码，问她有没有跟张萱萱在一起。

田净植已经收工在家做瑜伽了，听完叶琛这个倒霉催的话，无比同情："我活到这么大还没见过让萱萱白等的人，你真是没有男主角的命还得了男主角的病，活该被拉进手机黑名单……好了，明天我会帮你试着解释一下的，就这样，拜拜。"

田净植挂断电话后叹了口气，我自己都失恋了，还来撮合你们，拜托，我这么伟大，你们也争点气好吗？

06

一套瑜伽还没做完，手机又响起来了。田净植正要发火，一看屏幕上显示的"父亲大人"，立马换成了乖乖女的口气："老爹，你怎么这么晚打电话……我在家啊……大乔？"田净植转了转眼睛，开始胡扯，"他……他在洗澡呀……"

老田"哦"了一声："你的门铃没电了，怪不得我敲门也没人应，我和你妈带着菠萝来看你了，你快来开一下门。"

吓？！田净植一听，整个人都不好了！

"你和妈在楼下……等等啊，我这就去开门。"

田净植挂了电话一下跳了起来，赶紧翻找薛灵乔的号码，这次真是死定了！撒谎当面被拆穿，秋女士又要拿断绝关系来威胁她了！真是亲妈！

"薛妖怪，我爸妈又在搞突然袭击，我撒谎说你在洗澡，你快点飞回来！立刻!马上!"

交代完薛灵乔,田净植慢悠悠地下楼,在门口做深呼吸拖延时间。老田的拍门声又响了起来,田净植不得已打开门,故意打着哈欠伸懒腰:"老爹、秋女士,你们怎么这么晚过来,我明天早上还要拍戏。"

秋美云把猫递给她,走进门女王睥睨天下的架势环视一圈:"菠萝这两天不怎么吃饭,我猜它是想你了,所以就过来了。"

田净植抱着猫亲了一口,摸摸肚子:"肚子这么圆,它一定是自己又跑去邻居奶奶家吃饭了。"

"女婿呢?"

田净植呵呵笑了下:"他……还在洗澡。"

老田嘟囔道:"女婿也真是的,一个男人洗澡要洗这么久。"

田净植呵呵傻笑:"他……他有洁癖。"

秋美云一转头看到门口只有一双高跟鞋,顿时微妙地笑了一下:"小植,你最近和女婿相处得怎么样?"

这种语气让田净植立刻警惕起来,继续发挥自己所剩无几的演技:"挺好的啊,我们的感情非常稳定。"

"哦,那就好,既然菠萝没事,等女婿洗完澡,我们打个招呼就走了。"

田净植干笑几声,连忙道:"大乔洗澡很磨蹭的,要洗很久,不如你们先回去,明天我们一起回家吃饭?"

秋美云吹吹刚做好的指甲,坐在沙发上,打开电视淡定无比:"怎么刚来就赶我们走呢?不着急,我们等着。"

看来他们今天不见到薛妖怪是不会走的,田净植只能继续拖延时间,希望薛妖怪懂事点,不是人也懂得做人的道理,即使吵架了,也要解救队友于水火。她把猫放到老爹怀里,鬼鬼祟祟地退后几步:"那我上去催他快一点。"

说完像火烧尾巴一样跑上了楼。

秋美云和老田交换了个眼神,气定神闲地呵呵了两声:"你女儿好像在玩单人版的恋爱游戏。"

"啊?"老田有点傻眼。

第三章

田净植冲进浴室，打开花洒，打电话，急得团团转。

"薛妖怪，快接，快接啊……"

突然间，屋子里陷入一片黑暗，田净植吓了一跳，摸黑打开卧室门就看到秋女士和老田用手机照着脸，阴森森地站在门口，田净植捂着心脏吓得大叫一声："啊啊啊！我的妈呀！"

秋美云喷了一声："你妈在此，叫什么。"说完要往里走，田净植闭上嘴巴，立刻张开双臂挡住门，尴尬地笑："秋女士，楼下有蜡烛，先去点上好不啦？"

秋女士伸头看向浴室："哦……都停电了女婿还在洗澡吗？"

"停电也不耽误洗澡啊……"她伸手去推爸妈，"哎呀你们别管了，快去找蜡烛。"

老田沉不住气，生气地挥开田净植的手："鬼话！什么都看不见还洗什么澡？你是不是又骗我和你妈？"

田净植被戳到实处，虚张声势地拔高声音："怎么可能？我干吗骗你们？"

"你一心虚就声音大！"

"我哪里有心虚？！老田你这样太没礼貌了吧？"

"叫老田就是恼羞成怒啦。田净植，你想想，你从小到大哪次说谎有成功过啊？"田父不由分说地推开田净植往浴室走。

田净植抢先一步再次挡住浴室门。

"我警告你马上把门打开，一、二……"

田净植心想着死了死了，然而门却从里面打开了，只见薛灵乔挂着个毛巾穿着个大裤衩站在门口，头发还湿哒哒的。

薛灵乔一脸错愕地看着他们："怎么停电了？父亲大人、母亲大人，你们怎么来了？"

影帝诞生！

秋美云和老田对视了一下，没想到是这样的状况，半天尴尬得说不出话来。"影帝"又摸了摸田净植的脑袋，搂小猫小狗一样地搂着叮嘱她不要乱动，小心跌倒。秋美云女士是怀疑他们分手才来的，现在看他们旁若无人地秀恩爱，警告解除，带着老田和菠萝开心地走了。

危机解除后，薛灵乔重新把电闸推上去，田净植打着手电筒跟在他身后，恼火地吐槽："从小就是这样，秋女士这个昏官加上老田这个刽子手，也是绝配了。"

薛灵乔说："总之低空安全飞过。"

"我都快吓死了，还真以为要断绝母女关系了。"

"为了防止令尊令堂杀个回马枪，今晚我就不回去了。"

"肯定不会的，杀回马枪根本不是他们的风格。"

薛灵乔无语地干咳一声，有些不自然道："哦，那我就不用在这里了。"

"嗯，没错。"

回答得这么干脆，薛灵乔脸色一冷，头也不回地走了。

刚才薛妖怪看上去有点不高兴？田净植独自坐了一会儿，突然醒悟过来，薛妖怪说留下来时她应该给他台阶下的，怎么偏偏就嘴贱了？！

果然跟薛妖怪这个单身狗在一起久了，情商都变低了，田净植倒在沙发上后悔得肠子都青了。

第四章
人之将冻死，其言也善

01

《传说中的屋子》的杀青戏在山上拍摄。田净植拍完自己的最后一场戏独自一个人坐在半山腰的凉亭上看风景。这两日田净植还陷入那晚上和薛灵乔的对话中，越想越懊恼，恨不得穿越回去杀死自己："我怎么会那样回答薛妖怪呢？难道我注定孤独一生吗？不行不行，我今天一定要用我的智慧拿下他！"

田净植拿出手机，翻出薛灵乔的号码，犹豫着该怎么发短信。

——薛妖怪，我错了，你回来吧！

不行，不能这么怂！

——薛妖怪，本女神赦免你的罪了，你收拾好行李回来吧！

这么说似乎太高傲了点，万一薛妖怪又生气了怎么办？

唉，烦死了！田净植焦躁地抓着头发，好像头发掉光了她就能想出个不损尊严又完美的办法来一样。

忽然，有人从背后拍了一下她的肩膀。

田净植顿时心中一喜，不会是薛妖怪吧？这么默契！她开心地回过头，看清楚来人，一脸莫名其妙："您怎么……"

此时的薛灵乔闭着眼睛躺在旧居湖边的草地上晒太阳，突然感觉心头一阵悸动。他猛地坐起来，不过那一刹那的难受很快便恢复了常态。薛灵乔正奇怪，手机传来信息提示音，是田净植发来的信息，里面有一张标记好的地图。

——马上来这里。

看到信息，薛灵乔觉得有些头疼，她又在玩什么花样。论搞鬼田净植称第二，没人称第一。薛灵乔根本没意识到自己变成了斯德哥尔摩综合征患者，一脸愉悦地对趴在湖边的大白龟解释："玩花样知道什么意思吧？就是一种有益身心健康的游戏……不过我不会配合她的。"

她得不到关注会空虚，但空虚只是暂时的，会有新的人和事将她的生活重新填满。

薛灵乔把手机放进口袋，再次闭上眼睛躺下。阳光落在长睫上如翅膀般不停抖动，闭了半天眼睛，重新睁开，他突然发现自己坏掉了。只是一个短信而已，他不仅浮想联翩，而且躺在这里花时间却觉得空虚。一般来说时间太长的人没有目标会空虚是自然的，可薛灵乔一直以来，茫然过也徘徊过，却从没空虚过。

书上说空虚是生命力的杀手，不是每个生命都有生命力，而他却一直是有的，不知道未来的某日会不会渐渐被空虚所吞噬。

五分钟后，薛灵乔坐上了一辆出租车："你好，我要去这里。"

"你是去收鱼吗？"司机问。

"鱼？"

"那里是海产仓库，没什么人去的，我以为你是去收鱼呢！"

薛灵乔莞尔："不收鱼，去玩游戏。"

下车之后一眼望去，这个海产仓库荒凉而静寂，确实不太像常有人来的样子。薛灵乔站在仓库群之间仔细打量着四周，田净植来这种地方玩什么游戏？莫非真的来买鱼？这又是哪门子的闲情逸致。

薛灵乔拿出手机正准备打个电话给田净植，心脏却突然突兀地跳得越来越乱也越来越无力，像坏掉的灯泡一样闪了几下，又回归寂静。薛灵乔知道情绪波动都有可能引发心脏的共鸣，太激动或者伤心都会，但那种清晰的情绪他能够很快地分辨。但这次不一样，这不正常，他第一次遇到这种状况，只勉强能感受到她的心跳在变缓变得微弱。

虽然没有确定一定发生了不好的事，但薛灵乔的手心发潮，下意识地吞咽着口水，身体的反应已经无法逃避地承认了这一点。

第四章
Chapter.4

手机很快又收到一条新短信。

——33号仓库。

02

光线从仓库四面透风的天花板上透进来，光柱犹如有了实体，粉尘被映照成了金色翻涌着。

仓库内散发着许久不通风而滋生的霉味。简陋的办公桌上摆着一台笔记本，屏幕上实时呈现出仓库内外的监控画面。男人穿着隔离衣在准备好的担架床上整理着手术刀、血袋、输液管等医用器具。

仓库里太空旷，手术刀碰撞发出的细碎的声音都有了回音。而小小的脏兮兮的鱼缸中，红色金鱼缓缓游动着，田净植的手机也静静地躺在其中。

屏幕里，薛灵乔刚赶到33号仓库的门口。

男人回头看了一眼，立刻停下了手中的动作，看着薛灵乔的一举一动。

薛灵乔看着铁门上的数字33，上面红漆已经剥落褪色，轻轻一推，仓库的门就开了。他皱了皱眉，快步走了进去。天窗里的一抹微光直直地落在他的头顶，薛灵乔屏住呼吸感受着田净植的存在，心跳来源是南面角落里一个隐蔽的冷库。他知道这是陷阱。薛灵乔也并不是活腻了，但是他确定人在里面，他必须去，如果他不去，那么田净植一定会死。

薛灵乔没有丝毫的犹豫推门而入，果然看到了缩在角落里瑟瑟发抖的田净植。

"田净植！"他跑过去，抱住已经失去意识的田净植，用力拍她的脸："田净植你醒醒！不要睡！"

不要睡过去，不要睡过去，我好不容易才找到你。

田净植不堪其扰般皱紧眉头躲着他的手，缓缓睁开眼睛。看到薛灵乔的一瞬间，有些云里雾里，明明是夏天怎么好似三九天般寒冷呢。

"薛妖怪……我们在哪里？好冷……"

薛灵乔脱下外套把她整个裹住，没好气地训她："你自己想想你怎么会像一条冰冻鲜鱼一样被丢进冷库里。"

田净植迷迷糊糊道："你把我丢进来的……"

"是啊，做了一百年干尸不过瘾，干脆拖着你一起来做冰冻鲜尸，样子还好看一点。"

冷库里的温度越来越低，田净植冷得牙齿直打颤，颤颤巍巍道："那我们是全世界最好看的冰冻鲜尸……"

俩人还好心情地斗了一下嘴，田净植才彻底清醒过来，看了一下周遭所处的环境，很冷，有几箱三文鱼，往好处想不愁被饿死。

薛灵乔走到冷库门口，用尽力气去推钢门，但门纹丝不动。刚刚进来的时候他就听到了锁门的电子音，好了，倒霉会传染的，他们被困住了。

"你都推不开吗？"

"我是力气大，又不是TNT炸药，这门可是银行金库的规格。"

田净植裹着他的外套依旧快被冻傻了，她吸了吸鼻子，努力让脑子清醒起来。在凉亭里，她被人用浸了乙醚的纱布捂住口鼻，那人不是别人，正是李教授。他很愧疚地说：田小姐，对不起了，我不想伤害你，可是我需要你那个怪物男朋友……

田净植一个激灵，惊慌失措地看向薛灵乔："是李教授！薛妖怪，他已经知道你就是那具干尸了，他的目标是你！"

薛灵乔并没有感到意外，重新回到田净植身边，拉紧外套裹住她："李教授吗？看来他已经知道我的弱点了。"

"你手机呢，快报警！"

薛灵乔摇摇头："没有信号。"

田净植这才真正的害怕起来，因为她发现薛灵乔这次真的是无能为力，跟她一起被困住。她会冻死，然后薛灵乔会冻成无力的婴儿被抽干血开膛破肚。而薛灵乔本不该有此结局。

冷库外传来轻微的脚步声，在门口停住，接着传来"嘀嘀"的电子音。

田净植看到薛灵乔脸色变得更沉重，一下子紧张起来："怎么了？"

"他把温度调低了。"

第四章
Chapter.4

"他要冻死我们？"

"不，他只是想要我的血。"

薛灵乔抬头看到冷库的一角有监视器的红点，他看向监视器，也相信监视器对面的人在看着他。

"你好，薛灵乔。"

田净植吓了一跳，寻找着声音的来源。

薛灵乔把箱子上的一个对讲机捡起来，他盯着监视器，眼神淡然而无惧，沉声道："你好，李教授，我知道你想要什么，我们可以谈谈。"

"我没有必要跟你谈条件，你血液里的修复酶在零下三十度的环境里会渐渐休眠，同时你的机体保护机制也陷入一种假死的状态。然后我就可以割断你的喉咙，把你的血放干……就像一百年前你被人放干血一样。不过这次你就没有这么好运了，你不会再有复活的机会。"

田净植不知是仓库内温度太低的缘故，还是自己内心的惊骇让她无法动弹，但这次她是真的笑不出来了，下意识地拽紧薛灵乔的衣角冲他摇头。她看不到自己现在的样子有多糟糕，但薛灵乔看得到。她嘴唇青紫，眉毛和睫毛上开始凝霜。她只是个普通人，再冻上一两个小时，她就死了。不是像他一样休眠，而是任何生命特征都消失的那种。

所以薛灵乔任她把脑袋摇下来都不会管她，只是大脑里迅速地判断着如何劝服对方把田净植弄出去。

"你要的是我，放了田净植，我是怪物，你杀了我，警察无法给你定罪，她死了，你也要偿命。"

对讲机里传来李教授诡异的笑声："只要能救我的女儿，我这条命已经无所谓了。如果你休眠后，田净植还活着，我会放过她。但是在那之前我不会开门，我不能冒那个险。"

"你女儿的命是命，田净植也是别人的女儿，况且她还是你喜爱的晚辈。"薛灵乔摩挲着田净植的背，"你知道她撑不到那么久的！"

李教授冷酷道："那就是你害了她。"

薛灵乔一时间失语，一直缩在他怀里颤抖的田净植突然抢过他手中的对讲机，用力地摔在地上。对讲机发出刺耳的噪音后，坏掉了。薛灵乔愣愣地看着那个对讲机，又看向吃力呼吸着的田净植。

她很脆弱，一碰即碎般，可眼神却是明亮的，郑重摇头："他根本没打算放过我，不要求他，不要跟他讲条件，我不会丢下你的。"

薛灵乔眸色沉沉，在阴暗中凝视着她。

微光中，田净植柔顺地看着她，这里如此寒冷，可她的内心却犹如置身在春日的阳光下。他们贴得这么近，也许以后再也没有机会贴那么近。他们好像天生不合一样，她脾气坏，他性子冷，他们不停排斥对方，不停地争执。

他们都爱对方，可是又互相折磨。

这一刻田净植看到了他的内心，一团用冰来包裹的火焰，他总是一个人，他想办法离开她，因为他注定终将是一个人。

田净植轻拍她的手，微笑着："你没有害我，是我本来就倒霉。恶魔从不说真话，所以不要听信恶魔的话。"

不顾安危为他着想的田净植，总是口是心非的田净植，让薛灵乔心下动容。

他捏了捏她的脸，微微一笑："知道了，我不信。"

不用多余的语言，田净植偎依在他怀里，心中一片平静，也许就此死了也不错。

03

笔记本屏幕里，冷库中田净植和薛灵乔互相拥抱着取暖，这不过是垂死前的挣扎而已。

他也不想让田净植死，曾经他也很喜欢这个孩子，她活泼爱笑，安妮也很喜欢她。但很多事情都是这样，输不起的时候，有些没有必要的牺牲是无法避免的。李教授别开眼，回身走向手术台，静静擦拭他的手术刀。

薛灵乔听到田净植牙齿的打颤声在越来越弱，拍拍她的脸："喂，田净植，别睡！"

第四章
Chapter.4

　　薛灵乔不断搓着田净植的手，两人的眉毛和睫毛上都凝结了一层白霜，田净植靠在他怀里，已经昏昏欲睡。薛灵乔有些慌了，继续拍打田净植的脸："别睡！快清醒过来！"

　　田净植虚弱地睁开一条眼缝："可是我很困。"

　　"越冷越不能睡，睡了会冻死的。"薛灵乔抱紧她。

　　"我头好晕，不冷，只是很困。"

　　笨蛋，你睡了就再也醒不过来了。薛灵乔用额头抵住田净植的额头，不停地和她讲话："睡着后你的心脏就会停止跳动，你再坚持下，冯冻冻发现我们失踪了会带警察来救我们的。"

　　田净植扯了扯唇角："小晏会把李教授的鼻子打个稀巴烂。"

　　薛灵乔对她微笑，坚定道："没错。"

　　田净植连笑的力气都没有了，喃喃道："薛妖怪，我有些话很想跟你说。"

　　"你说。"

　　"我一直觉得你很可怜，活了五百年，你一定很孤单很痛苦过，看着家人朋友一个个的死去，最后只剩下你一个人。"

　　薛灵乔一愣，眼底掠过一丝忧郁，贴着她的脸摩挲着。

　　田净植喘了口气，缓缓道："可是我很感激，你走过五百年，经历了沧海桑田历史变迁，最后走到了我的面前。你偏偏，走到了我的面前。"

　　薛灵乔柔声回她："对，我只走到了你的面前。"

　　田净植努力微笑着："所以……一定要活下去……未来还有人等着你走到她的面前……"

　　说着说着，她渐渐没有了声息。

　　薛灵乔一怔，再次拍着她的脸，慌张道："田净植，别停下，继续说话，田净植……我不会走到别人面前的……你说话啊……算了，我今天清仓大甩卖好了……"

　　薛灵乔猛地咬破舌尖，一低头，堵住了田净植的嘴。他在治疗，也在深情拥吻着她。

时间不知道过了多久，李教授再一次看向笔记本屏幕。他有些癫狂地笑了起来，很快，很快他就可以拿到薛灵乔的血。

安妮，再等一等爸爸，爸爸马上就能救你了，爸爸马上就能救你了。

爸爸会陪着你长大，陪着你走过人生中的每一个重要时刻。只要再等一等，我们就会得到幸福了。

"砰！"

一声巨响将李教授从即将成功的喜悦中惊醒。李晏之踹开门，和部下拿着枪闯了进来。

"别动！你被包围了！"

李教授难以置信地愣在原地，鱿鱼仔拿出手铐直接铐在了他的手腕上。李教授看着自己的手腕，再看看周围的人，觉得像在做梦一样，巨大的落差让他面如死灰地被按在桌面上。李晏之看向桌上的笔记本，薛灵乔和田净植拥抱在一起，快成了霜做的两个人。

"小植和薛灵乔在冷库里！"

李晏之站在冷库的门前，看着锁："水晶，是密码锁！"

"稍等！"水晶快速打开笔记本查阅，"找到了，这个型号的密码锁，密码输错三次，自动锁定一个小时。"

"该死！"李晏之大声朝身后的鱿鱼仔喊，"赶紧关掉冷库的电源！"

"收到！"

李教授被两个警察押解过来。他面色苍白，一脸绝望，不停地喃喃自语："我马上就能救安妮了，马上就可以……"

李晏之快步冲上去，强压着愤怒："密码是多少？"

李教授听到"密码"二字，终于有些清醒似的，抬了一下头："我说了，你信吗？"

"我信！"

"六个六。"

李晏之稍稍犹豫了一下，这种时候他已经没有更多的选择。水晶看到李晏之点头，快速输入了密码。

第四章
Chapter.4

密码锁发出"嘀嘀嘀"的提示音，密码错误。

李教授假装恍然大悟："啊哈，我记错了，其实是六个一。"

李晏之握紧拳头，气得冲上去要打人，被鱿鱼仔强行拦住。他根本没想过要把田净植和薛灵乔放出来！李晏之双眼通红，恶狠狠地盯着他："先把他带回局里。"接着李晏之紧锣密鼓地布置道："鱿鱼仔，快去联系爆破组和救护车，让他们赶过来，实在不行就要把门炸开。"

水晶在一旁提醒道："从监视器来看，里面空间比较小，而且我们没办法通知小植姐和薛灵乔让他们做好准备，可能会受到致命伤。"

关心则乱，李晏之整个人都乱了。他强迫自己冷静下来，他站在那道门前神经质地走来走去。

突然，李晏之想到了一个人，他立刻拿出手机拨出去。

叶琛刚上完一堂课就有李晏之的电话打进来，正要开两句玩笑，只听对面传来焦急的声音："我现在来不及跟你解释太详细，小植和薛灵乔在冷库里关了很久了。李教授平时会用什么密码，人命关天，你仔细想一想……有没有可能是六个一这样的密码？"

虽然突然听到这样的消息很震惊，但叶琛默契地没有浪费时间："不可能，老师不喜欢用简单的密码，他喜欢对他有意义的数字，比如生日和纪念日。"

"听着，现在已经输错一次密码，只有两次机会了！"

叶琛想了一下，当即道："他女儿安妮的生日，010421。"

李晏之拿着手机走到密码锁前，毫不犹豫地输入这串数字。

"嘀嘀嘀"，密码错误。

李晏之几乎要疯了，拳头狠狠地砸向铁门。

叶琛听到他焦急的声音，顿时也有些慌："你别急！怎么会不对，一定是顺序错了！"

"会不会根本就不是生日？"

叶琛握着电话愣了愣，对老师来说，最重要的除了女儿，还有什么呢？他安静地看着窗外，脑海里不断地搜索着信息。

突然间，有什么东西在脑海里一闪而过。

"今天？"

李晏之一头雾水，但现在冷库里的田净植经不起任何的错误。

"今天是什么纪念日？"

叶琛坚定的声音传来："今天就是纪念日！绑架的纪念日！"

李晏之的手指放在密码锁上，停了一停，他只有这最后一次机会，他也只能相信叶琛了。

输入今天的日期，他屏住呼吸，短暂的停顿后，只听"嘀"的一声，门竟然弹开了。

门背后，薛灵乔正抱着田净植坐在地上，亲昵地用下巴摩挲着田净植的额头，也几近昏迷还在强撑。薛灵乔虚弱地笑了笑，冲李晏之竖起大拇指。

"小植没事，快把她抱出去……我需要休息一下……"说完这句话，薛灵乔闭上眼睛，昏睡了过去。

04

一个普通的下午变得漫长，从冯冻冻和张萱萱报警，到他们在凉亭里找到浸润着乙醚的手帕，然后赶到这里揪心地救人，李晏之忍着身体的不适，整个人都快虚脱。

然而，这并不是结束。

李晏之还没来得及好好喘口气，就接到了同事打来的电话。

"对不起，小晏哥，李教授在押往局里的路上被人劫走了！"

"该死，他竟然还有同党！"李晏之在脑海里迅速整合着信息，"照顾好受伤的兄弟，我带人先去一趟研究中心。"

叶琛站在研究中心的门口，看到李晏之带着着人从警车上走下来，停在他面前。

"不好意思，奉命搜查，我尽量让他们注意点。"李晏之抱歉道。

叶琛点点头，侧身让开，也是一脸的疲惫。

第四章
Chapter.4

"一会他们还要搜一下李教授的办公室。"

"嗯，不用顾及我，我会全力配合。"

"谢谢，能找个地方单独聊聊吗？"

叶琛想了想，叹了口气道："去老师的办公室吧。"

其实叶琛是后悔的，如果不是他帮着老师一直隐瞒，说不定根本不会发展到绑架杀人的地步。老师到底在干什么，他的行为在他看起来根本就是无章法可循，完全是疯了。

叶琛将李教授之前把道具的刀换成真刀的事全盘托出后，李晏之非常诧异："你是说李教授早就知道干尸复活了？而且那次小植拍戏受伤也是李教授干的？"

叶琛觉得又抱歉又难过："对不起，是我的错，因为顾及师生情谊所以一直没有告诉你。还有……老师是因为女儿病得很严重，所以才想要找到那个怪物或是拿到小植血液里的修复酶。"

李晏之愤怒地拍了一下桌子："可是他差点要了小植的命！"

"我没有替老师辩解的意思，只是陈述事实。"

"对不起，这也不是你的错。"李晏之闭了闭眼睛，镇定下来："你能想到有谁会冒险劫警车救他吗？"

"我不清楚。自从干尸丢了之后，老师整个人都变得有些古怪，我也分不清楚他对我说的话哪句是真，哪句是假。"

很长一段时间他根本没什么机会见到李教授，更不可能知道他在策划这么疯狂的事情。

李晏之吐了口气道："之前追杀小植的凶犯已经死了，但是没有找到买凶人。如果那个买凶人也是冲着怪物来的，那会不会他跟李教授为了共同的目的形成了同盟关系？"

叶琛分析道："这种可能性应该很大，我记得最开始我就对你说过，如果有人知道那具干尸的特殊性，一定会想办法得到它，更何况复活后他的价值更大。而小植是车祸事件唯一的幸存者，也是找到干尸的唯一线索。"

"那知道这具干尸特殊性的都有哪些人？"

"我不清楚老师是否有对别人讲过,但至少研究中心的资助人应该是知道的,把干尸租借过来做研究就是资助人的想法。"

李晏之一愣:"你们的资助人是谁?"

其实这一点也一直是叶琛疑惑的,这个资助人一直都很神秘,只是每年会定期收到钱,而且是海外汇款。

"我会去查查看。不过如果他故意隐瞒……可能会比较棘手。"李晏之刚说到这手机就响了起来。他接起电话,脸色变得越来越沉重。

"怎么了?"叶琛担忧道。

"我派了另一队人去了李教授的家,结果有人比警察去得更早。你知道不知道李教授家里有个秘密的家庭实验室?"

家庭实验室?叶琛一头雾水。

李晏之继续道:"警察到达的时候,那个家庭实验室已经被烧掉了。"

很明显,这是在毁灭证据,在李教授背后,一直有人在默默支持,而这件事就连叶琛也是隐瞒得死死的。

李晏之脸色凝重,叮嘱叶琛:"在找到怪物之前,这件事最好不要向别人透露,否则要么会被当成疯子,要么可能给那个怪物带来危险。"

叶琛沉重地答应了,这件事情因他们研究中心而起,他当然明白其中的轻重。

05

田净植醒来的时候,薛灵乔正半躺在病床上看书。

她的脑袋枕在薛灵乔的胸口,右臂抱着薛灵乔的腰,右腿还毫无形象地搭在薛灵乔的双腿上,像一只贪得无厌的无尾熊。她醒来后呆滞了一会儿,之前被绑架的记忆慢慢地涌进脑海里。田净植叹了口气,在他怀里找了一个更舒服的姿势,不动了。最好就这样一直抱着,变成连体婴儿一样不分开就好了。

薛灵乔看了她一眼,声音温和:"你饿不饿?"

田净植摇头,她不想动。

第四章

薛灵乔低下头继续看书，却听到田净植的肚子传来了怪异的"咕噜"声。

"我去给你拿吃的。"

"不要。"

"你的胃已经在抗议了，为什么不要？"

田净植仰起头，可怜兮兮地看着薛灵乔，嘟嘴道："你一会还能让我这么抱着吗？"

薛灵乔内心一软，好笑地点点头。他买来了粥，坐在病床边喂田净植，田净植喜滋滋地望着他："现在是不是我提什么要求你都会满足我？"

"还有比喂饭更奇葩的要求吗？"

田净植思考了一下，当然有。

于是，喂完了粥，田净植要求和薛灵乔一起泡个热水脚。

薛灵乔看着水盆里田净植故意踩着自己的脚，不懂这是哪门子的示爱方法。

田净植靠在他身上，闭着眼睛洋洋得意："真舒服啊，我第一次体会到凛冬过后万物复苏的感觉。"

看着她唇边的笑容，薛灵乔不由自主地跟着微笑，她其实是个很容易满足的人。

田净植睁开眼睛，盯着薛灵乔看了一会，突然道："薛妖怪，你现在格外的温柔。"

"我平时都很暴躁吗？"

"不是，是现在感觉整个人都在发光。"

温柔得发光，温暖得发光，让人喜欢到无法自拔的发光。

薛灵乔伸手在她眼前晃了晃："你是不是冻傻了？"

田净植一把抓住他的手："薛妖怪，我是说真的……我更喜欢你了，怎么办？"

薛灵乔看了她一眼，不自然地抽回手。这个世界上，有一些感情，是他不能、也不敢去回应的，尤其是对田净植，尤其在处处给她带来灾难以后。这样下去，他一定会害死田净植。

"我再去加点热水。"薛灵乔端着水盆起身往外走。

市郊的豪华庄园内,那人把手中的杯子愤怒地摔在了地上。站在他旁边的李教授被这突如其来的举动吓得打了个寒战,知道自己做了无可挽回的事,只能脸色灰败地站着。

"你知不知道,你差点坏了我的大事!"

李教授不敢说话,他的女儿和前妻都在他的手里。

"我警告过你,不要轻举妄动。看来你根本没有把我的话放在心上,年纪大了,是不是记性也变差了?要不要我提醒你一下?"

张侦探掏出手机递给李教授,李教授看到屏幕里的图片,吓得跌坐在地上。

"这一次是手指,下一次……就是整只手了。"

李教授惊惧得趴在地上,大声求饶,丝毫没有了正常人的样子,状若疯癫:"不要,求求你,再给我一次机会……求求你,不要伤害我的家人……求你……对不起。安妮的状况很不好,我怕她等不到那个时候,所以才铤而走险。我本以为可以抓到薛灵乔,这样很多问题都可以解决了。"

那个人笑了一下,嘲讽道:"很多人都是死于自以为是。"

他走到浑身抖如筛糠的李教授面前,拍了拍他的肩膀:"你是个生物学教授,你擅长的是做研究,而不是当杀手。这里有全套的实验设备,我最后再给你一支怪物的血液,你哪里都不用去了,必须给我尽快研究出彻底杀死怪物的方法,不要再挑战我的极限。否则,我会送你们一家在天国团圆的。"

那个人转身往门口走去,走了几步,突然脚步一顿,看着地上的玻璃碎片,冷冷道:"李教授,我今天帮你收拾了残局,也麻烦你帮我收拾一下吧。"

李教授一句话都说不出来,坐在地上,看着那堆碎片,好像看到了不远的自己。

第四章
Chapter.4

06

  因为有薛灵乔的陪伴，田净植受到了这么大的惊吓也没有做噩梦，一晚上都睡得很安稳。真不知道该说她坚强好，还是根本就没心没肝。次日上午薛灵乔去警察局录口供，水晶接待了他，将他带到问讯室里。

  "薛先生，你看下这份证词有没有问题，如果没有的话在右下角签上名字就可以了。"

  "好。"

  "非常感谢薛先生能够配合我们调查。"

  薛灵乔抬头看着水晶，感激地道："应该是我拜托你们才对，事关小植的安全，希望你们能够尽快抓到凶手。"

  水晶对帅哥都很温柔，微笑道："请放心，我们会尽力的。"

  走出警察局，薛灵乔碰上了刚从外面执行完任务回来的李晏之。他没什么话好跟李晏之说的，他们也不怎么欣赏对方。错身而过时，李晏之却叫住了他。

  "薛先生，能请你喝杯咖啡吗？"

  "什么时候？"

  "现在。"

  猫主题的咖啡馆内，李晏之若有所思地搅拌着面前的咖啡，不知在想什么。薛灵乔端正地坐在对面，优雅地品尝着咖啡。咖啡馆里的猫都围着他或蹭或熟睡，而他也不见厌烦的样子，任由这些毛蓬蓬的小东西踩来踩去。

  薛灵乔以为李晏之要问案件细节，见他不说话，只能先开口说："如果是这次案子的事，李警官可以回去看一下证词。"

  李晏之抬头看了他一眼，这个人很平静，好似有巨大的谜团般。他缓缓地说："薛先生，你不觉得很奇怪吗？一次追车，一次纵火，这次又是被绑架，小植身上最近发生的事情太让人无法安心了。"他用探究的眼神审视着对面的人，"还有，那一次的别墅杀人案，薛先生没有完全洗清嫌疑，会不会跟小植也有什么关系呢？"

他很敏锐，可是薛灵乔无法给他任何的答案。

"有没有关系应该是你们警察去弄清楚。我很感谢李警官这次赶来救了小植和我，但你的这些疑问我确实无法解答。"

李晏之盯着他的眼睛看了几秒，突然温和地笑了："我说这些并不是希望薛先生能给我答案，如果你有什么愿意说的早就说了。"

薛灵乔知道李晏之心里一直以来都没有相信过他，淡淡一笑，喝了口咖啡，等着他继续说下去。

"我承认之前对你有些偏见，我担心小植会受到伤害。但当我打开冷库的时候，看到你将小植护在怀里，用生命在保护她时，我觉得自己错了。你……很爱小植对不对？"

薛灵乔在他面前没隐瞒的必要，随即回答："当然。"

李晏之叹了口气，有些认命地笑了笑，淡然道："我跟小植是从小一起长大的，我就像她的小跟班一样。小时候玩过家家，我经常扮演警察，小植总是乐意跟我一队，她说她喜欢警察，正义、让人感到安全。田伯母一直想把小植培养成名媛淑女，而我妈希望我长大后能够从商，结果我们都选择了叛逆。"

想起那些过往和如今的现状，李晏之的脸上浮现出悲伤。

薛灵乔沉默了一下，安慰似地说："你是个很称职的警察。"

"谢谢。不过我跟你讲这些并不是以警察的身份，而是作为小植的朋友，或者说是跟班。我能看出来，小植很依赖你。"他的笑容暗了一下，语气很真诚，"薛灵乔，我不在乎你有多少秘密，我只希望不管发生什么事，你都能坚定地守护在小植的身边，给她安全感，不让她受到伤害，你能做到吗？"

薛灵乔望着他坚定的眼神，最后依旧没有给他任何答案。

离开咖啡店，薛灵乔到医院接田净植回家。听薛灵乔讲完李晏之请他喝咖啡的事，田净植八卦道："你是怎么回答小晏的？"

薛灵乔开着车，目不斜视："我让他不要多管闲事。"

"喂，你怎么能这么伤害小跟班的殷切希望？"

"他不是小跟班，而是你的前男友。"

这话听起来怎么酸酸的，田净植坏笑着逗他："你吃醋啦？骗人，你肯定

第四章
Chapter.4

是拍着胸脯对小晏保证：你不用操心了，我的女人由我来守护！"

薛灵乔佩服得五体投地，怎么有女人长年累月的这么厚脸皮。

"薛妖怪，你有没有想过，万一警察没有及时赶到，我们可能会被冻死在里面。"

看到田净植满脸爱意直勾勾地盯着自己，薛灵乔有些不自然地收回目光，笑道："应该只有你会被冻死吧，我不会。"

田净植本想着借机会煽煽情，没想到薛灵乔不接招。

"是啊，你是小强嘛！冻住了又不要紧，一解冻就立刻复活。"

"没错。你变聪明了。"

还能不能愉快地聊天了？田净植气结道："那……那你就不担心再一次变成干尸，放在博物馆被人参观吗？"

薛灵乔认真道："如果真是这样，那我只能等待下一个在我面前出车祸的倒霉蛋了。"

"你说我是倒霉蛋？嚯，真是忘恩负义……"

田净植看着车窗外的风景，突然想到了一个很奇葩的设定，哈哈大笑起来。

"你笑什么？"

"我在想，如果你遇到的车祸倒霉蛋不是我这样的女神，而是个丑八怪，你要怎么才能下得了嘴？"

薛灵乔淡定地笑了笑："那你有没有想过，如果强吻你的干尸是个丑八怪……"

想象力丰富的田净植不自觉想到了被丑八怪强吻的画面，只感觉一阵阵恶心。

"薛妖怪，你开慢点，我晕车……"

07

回到家是例行刷微博时间，每次出事微博上都会有她的各种奇怪传说。

"半年之内，四次事故。微博上有人说我是在上演真实版死神来了。"田净植的语气听上去竟有些得意。

薛灵乔坐在一旁削苹果，田净植一个"咸猪手"伸过来，轻佻地抬起他的下巴："可惜他们不知道，我家里养了一只千年老妖，专治死神。"

薛灵乔嫌弃地拨开她，纠正道："是五百多年，别把我说老了，而且我是人，谢谢！"

他说完将削好的苹果递给她，看了看手机："我该走了。"

田净植一脸警惕，立刻跳起来抓住他："你要去哪？"

"当然是回家。"

"这里才是你的家，你难道还想回到冯冻冻那个蚂蚁窝去啊？忘了告诉你，我已经打电话让冯冻冻把你的东西都送回来，这会应该……已经到了。"

门铃配合地响了起来，田净植得意地朝他努努嘴，示意他去开门。

"大乔哥，衣服和生活用品我都给你带来了。"冯冻冻提着大包小包走进来，一脸无法掩饰的喜悦之情，"这些天住在我家让你受苦啦，以后你还是好好在田小姐家享福吧，别再折腾了呀。"

田净植向薛灵乔挑挑眉，眼神好像在给冯冻冻和声，快回来享福吧嘿嘿嘿……冯冻冻将手里的塑料袋放到田净植面前，说道："田小姐，这是大乔哥之前做的便当，我一起提过来了，你当宵夜吃吧。"

田净植被打了个措手不及，脸色瞬时就变了，一把将塑料袋塞回给冯冻冻，咬牙切齿："冻冻啊，这是大乔特地做给你吃的，你还是提回去吧。"

冯冻冻赶紧甩手："田小姐，都已经提来了，你就收下吧。"

"不行不行，这太贵重了……"

薛灵乔见他们两个你推我让，好心提议："要不……现在你们就一起吃掉吧。看我的手艺有没有长进？"

田净植和冯冻冻顿时面面相觑，看来这一劫谁也逃不过了！

二人只能磨磨蹭蹭地拿出食物，在薛灵乔充满爱意的眼神中一口一口地往下吞。

第四章

　　入夜后的警察局内，李晏之还在办公室里加班看卷宗。突然间，胸口一阵疼痛袭来，他忍不住连连干咳。

　　"小晏哥，你是感冒了吗？我抽屉里有冲剂，要不要我给你泡两包。"坐在一旁的鱿鱼仔担忧道。

　　李晏之摇摇头："没事，不用了。对了，那封国际邮件帮我查到了吗？"

　　"我正要跟你说这事呢。上午我就打电话问了，阚小姐寄过来的邮件里有光盘，被海关扣住了，所以一直没收到。不过我已经向海关解释了，是很重要的证据，明天应该就会送过来。"

　　"好，我知道了。"

　　"还有那个李教授真是老奸巨猾，被劫走之后就像消失了一样。车没找到，通缉令发出去没有回响，银行卡也没有监控到消费记录，估计是藏在谁的家里了。"

　　"有能力劫警车的人，想藏一个人那根本不是问题。我估计一时半会很难找到他。"

　　鱿鱼仔有些自责："小晏哥，都怪我当时没有自己去跟车……"

　　"别想太多了，不关你的事。"

　　"差点害死小植姐的人，让我抓到他，一定饶不了他。"

　　胸口的疼痛再次袭来，李晏之咬了咬牙，他必须加快速度了，上帝留给他的时间已经不多。

第五章
我会对你负责的

01

记得有本书里讲过，恋爱是件很幼稚的事情。田净植一直觉得那本书矫情，现在却突然开窍了，陷入恋爱模式的女人，其实就是一个大写的"傻白甜"。

比如她一大早就将薛灵乔的手机壁纸换成了自己的卖萌照，并且警告他不准偷换。

又比如她决定重新布置薛灵乔的卧室，让他感受到家的温暖。

"田小姐，这样真的好吗？"冯冻冻在她的指挥下拿着她的大幅海报准备往墙上贴。

田净植站在床上边看边点头："OK，非常好。"

"大乔哥看到会高兴吗？"

"别废话，贴上。"

在床头放上鲜花，又换上浪漫花纹的新床单，田净植退后一步欣赏着自己的杰作，非常的完美。

冯冻冻抽了抽嘴角："田小姐，大乔哥真的会喜欢这样的布置吗？"

"当然，不仅是喜欢，还会很感动。"田净植丢了瓶水给冯冻冻，"以前我对薛妖怪还是太疏忽了，没有让他在这里找到家的感觉。"

"大乔哥本来就是借宿啊……"

田净植不高兴地打断他："借宿的人就不需要家的温暖吗？而且，谁说他一定会要离开。"

冯冻冻怀疑他家田小姐又是在一头热,小心地问:"那大乔哥是答应不走了吗?"

田净植喝了口水,默然了一下:"这……不重要。"

无论如何,她一定会想办法让他留下来的,赌上她"宅男女神"和"宇宙第一美"的名号。

冯冻冻见田净植一脸得意,忍不住泼冷水:"那万一大乔哥报仇之后执意要走呢?"

"你不是说他不着急找仇人吗?这只能说明薛妖怪对这里有着深深的留恋,他其实并不想走。"

"你这样说也是没错啦。"冯冻冻勉强认同她的说法,"对了,我大乔哥呢?"

田净植笑了笑,洋洋得意:"我让他去买电、还戏服、送修笔记本去了。"

"大乔哥竟然去帮你做这些事?"冯冻冻很吃惊,但随即又想到另一个问题,"小姐,我是不是会从你的人生中被开除?"

田净植白他一眼:"我让薛妖怪做这些事,只是为了让他体验共同经营一个家的感受,以后这些鸡毛蒜皮的琐事当然还是比较适合你。"

工作是保住了,但冯冻冻的内心却很受伤,他可是小卖部家的儿子,他妈妈还等他回家继承小卖部,可田小姐竟然把他当成保姆使。

田净植伸手拍拍他的脑袋:"你回去吧,我要和张美人约会去了。"

正所谓人逢喜事精神爽,田净植坐在高级餐厅内,闭着眼睛享受甜点的味道,感觉四周的空气都是甜的。她沉浸在幸福里,一举一动都显得做作、矫情,看得张萱萱直想把这个丢人的家伙扔去游街。

张萱萱小口地喝着红茶,调侃道:"小情侣吵架和好,和好又吵架,最难做的大概就是闺蜜了,下次不知道是应该劝和还是劝分,或者,该抛个硬币试试。"

田净植甜甜一笑:"你也说过嘛,小吵怡情,谁让大乔这么爱我。"

"我早就跟你说了,是你自己嘴硬。听说打开冷库的那一刻,所有人都要感动得哭了好吗?"

虽然嘴上炫耀着幸福,实际上田净植本身并不想回忆起在冷库的事。如果小晏输错了密码,她可能早就冻死了;或者小晏没能找到他们,那么薛灵乔已经遭遇不测。那种恐慌是在夏日炎炎中想起来也会战栗的寒冷,根深蒂固地植入进内心。

如果注定要分开,可以相拥的时间那么短,为什么要浪费呢?

田净植发了半天呆,清醒过来时发现张萱萱也正看着窗外愣神。

"我觉得你也应该谈一场真正的恋爱了。"

"和谁?"张萱萱回过神,又摆出完美无缺的笑意。

"洪先生或者叶人渣……你不能一直脚踩两只船吧。"

张萱萱笑了笑:"一个挂名未婚夫,一个绯闻对象,这叫脚踩两只船?你也太抬举我了。我一直在寻找合适的机会和洪世光解除婚约。"

田净植嗅到了八卦的气息:"这么说你更偏向于叶人渣,我觉得也还不错。"

"一定要在他们两人中选吗?"

田净植一惊,夸张地捂住嘴:"你不会瞒着我还有另一条船吧?"见张萱萱作势要打人,她连忙求饶,"娘娘饶命!你不要告诉我,那天晚上之后你一直都没接叶人渣的电话吧?"

真是哪壶不开提哪壶,张萱萱笑了笑,没说话。

田净植"啧"了一声:"你可比我难搞多了。"

虽然是句玩笑话,但张萱萱还是仔细想了想,也许有些话是有必要说清楚的。和叶琛不清不楚的暧昧下去也不是不行,但是暧昧又有什么意思呢。回家之后,她拨通了叶琛的电话。

"喂……张萱萱,你终于消气了,上次的事情真是不好意思。"叶琛的声音听上去松了一口气,解释道,"因为我的手机没电所以……"

"不需要解释了,你发的那些短信我早看到了。"

"所以咱们这算是握手言和了吗?"

第五章
Chapter.5

"我们本来也没有到可以冷战的关系吧。"

电话那端，叶琛明显一愣："那要看张小姐怎么认为了，我的态度可是一直都没有变。"

听到他的表白，张萱萱一下子有些不自然，但声音依然故作平静："我们最好还是不要扯上关系。我刚刚听到一个很滑稽的八卦，说小植一直纠缠着你不放，李教授为了撮合你和我才冒险出手警告小植。"

"呵……这么有才应该去做编剧。"

"其实我打电话给你就想问一下，你知道李教授为什么要这么做吗？"

叶琛怔了怔，想起李教授之前做的那些事，都不方便和张萱萱说，只能撒谎道："我也不是很清楚。"

"一点想法都没有？"

叶琛有些尴尬地停了几秒，不知如何作答。

"那不打扰你了，再见。"

就这样被无情地挂了电话，叶琛觉得自己有点冤，不过这件事张萱萱还是知道得越少越安全。

02

薛灵乔回家之后，田净植第一时间带他参观了自己的劳动成果。面对焕然一新风格迥异的卧室，薛灵乔诡异地沉默了，他第一次发现他们家田小姐的脑子是真的有点笨。

"怎么样，怎么样？"田净植一脸期待。

"还不错。"薛灵乔颁了个安慰奖，看田净植很得意，又补充道，"不过如果墙上那张海报换成张萱萱小姐的可能会更好些。"

真是煞风景。田净植气得一拳朝他的胸口挥过去，薛灵乔也不躲避，然后就听到尖叫声："啊！好疼！"看到田净植抱着拳头不断哈气，薛灵乔弯了弯唇角，忍不住伸手捏了捏她的脸："谢啦。"

干吗突然那么温柔？田净植立马做出娇羞状，变成一只扭来扭去的鹌鹑。

"你今天在外面跑了一天辛苦了。"

田净植想转移话题,却看到薛灵乔似笑非笑地看着自己,一下子空气里都是粉红色泡泡,洋溢着暧昧气息。这扑面而来的男主外、女主内的感觉是怎么回事?

她脸皮再厚,毕竟也是理论派,落到实际上就不行了。她虽然也想着找机会扑倒这只妖怪,但是具体怎么扑,还在抓耳挠腮不知从何下手的阶段。田净植尴尬地后退一步,笑道:"薛妖怪,你先去洗澡,一会还有更大的惊喜哦。"

更大的惊喜?不知为何,薛灵乔有种不好的预感,好像在陪一个长不大的少年玩过家家一样。

从浴室出来,田净植拉着他走到别墅外站定。薛灵乔还是搞不清楚状况,一脸警惕地看着她:"田净植,你要干什么?"

"你站好了,别动。"

田净植走到他的右侧,突然一把环抱住他的脖子。薛灵乔正纳闷,只见田净植神秘一笑,双脚猛地离地腾空,他立刻下意识的接住她的腿,一把将她抱了起来。

非常好,默契度五颗星。田净植满意地拍拍他:"起飞吧,去天台。"

不知她葫芦里卖的什么药,薛灵乔低头看着她,没有动。田净植立刻凶巴巴地命令道:"快!叫你飞你就飞!"

为什么连凶人都这么可爱,连时间都可以对抗,却偏偏无法抵御卖萌。薛灵乔败下阵来,抬头看了一眼,高高跳起,下一秒潇洒地落到天台上。

天台上布置着很浪漫的烛光晚餐,一看就是精心准备的。田净植从他怀里跳下来,走到桌边,向他做出邀请:"请入座吧,妖怪殿下。"

薛灵乔不知道她要干什么,但明白所谓的"惊喜"是大多数男人都在做的事,只有女人会喜欢"惊喜"。而男人遇到类似的事件只会觉得"惊吓"。此时此刻的他觉得自己像一个被讨好的少女,好笑地落座。

田净植走到他对面坐好,举起酒杯:"今天是个值得纪念的大日子,我们来庆祝一下。"

第五章 Chapter.5

薛灵乔有些惊讶:"你生日?"

田净植更惊讶:"当然不是,你不知道我生日哪一天吗?"

"不知道。"

居然连她的生日都不知道!田净植满脸不爽,深呼吸着调整心情:"算了算了,跟你这种呆头鹅在一起,真是分分钟都会被气死。"

薛灵乔无所谓地拿起酒杯跟她碰了一下:"好酒,谢谢。"

田净植狠狠地瞪了他一眼,拿起酒杯一饮而尽,用力地放在桌子上,大声道:"从现在开始,你不要说话了,否则我会反悔,然后把你扔进冰箱里!"

薛灵乔在嘴巴上做了个拉拉链的动作,饶有兴致地看着她。

田净植本想继续说下去,可突然又紧张起来。她吞了吞口水,斟满一杯红酒再次一饮而尽。

"好了,我现在宣布,我们假扮情侣的关系正式结束。"

薛灵乔一顿,没听明白。

"薛妖怪,我很喜欢你。我也感觉得到你很喜欢我。"像是怕他反驳一样,田净植立刻提醒他,"嘴上有拉链,不许反驳。"

薛灵乔安静地等着她继续说下去。

田净植鼓起勇气,继续道:"人妖殊途根本就是借口。如果相互喜欢,我们就交往。如果厌倦了对方,我们就分手。如果你想让我一直陪着你,你可以用你的血让我永葆青春。如果你嫌麻烦,也可以只在我活着的时候跟我在一起。"

薛灵乔静静听着,心情变得很复杂。以他的身份,真的可以毫无顾忌地和她在一起吗,一直一直……这是他从来没有想过的事情。一个人活着固然是悲哀的,但是两个人长生难道不会变成两个悲剧么。大部分人类连短短几十载都不能相守,而她有什么把握可以抵御漫长岁月的侵蚀呢。

爱果真是盲目的,可是爱,又如此让人心动。

"如果你不愿意生活在这里,我们可以移民,到没人认识我们的地方去。如果你不喜欢跟现在的人类一起生活,我可以陪你去深山野岭。如果你不喜欢小孩,我们就丁克。如果你喜欢小孩,我们就多生几个。"

田净植越说越动情，她捂住胸口。

　　"薛妖怪，从我的血让你苏醒的那一刻开始，从你决定救我的那一刻开始，我们的心跳就连在了一起，我们是命中注定的恋人。我曾经给自己定了一个原则，交往满三个月牵手，交往满六个月接吻。但是对你，这些原则都可以通通作废。"

　　她把他们之间的可能都想好了，她规划好了一切，他只要点个头，便是美好恋情的发展。她愿意妥协一切，不去守着陈旧的规则，只因为他是自己已经认定的人。

　　田净植做了一个拉开拉链的动作，努力保持微笑："好了，你现在可以告诉我答案了。"

　　薛灵乔看着她期盼的眼神，一直没有说话，时间静得像是凝固了一样。

　　他动了动唇，终于要开口。

　　田净植却突然很紧张，对他一挥手，示意他等等！她拿起酒瓶再次把玻璃杯倒满，一饮而尽。

　　"说吧！"

　　薛灵乔望着脸色绯红的田净植，温柔一笑，慢慢道："田净植，谢谢你……这样单纯的喜欢我……"

　　话还没说完，田净植突然眼睛一闭，脑袋无意识地往桌上磕去。幸好薛灵乔眼疾手快，托住了她的脑袋。

　　这个女人，从来都不会长记性吗？

　　他把田净植放到躺椅上，自己也在对面的躺椅上躺好，转头看着她。田净植醉得迷迷糊糊的，毫无防备的样子。

　　他握住了她绵软的小手，只觉得这一刻，宁静而美好。

03

　　夜幕下的另一端，李晏之还在办公室里翻阅阚小姐寄来的资料，鱿鱼仔一直敲着自己僵硬的脖子。对他们做警察的人来说，加班查案简直就是常态。

第五章
Chapter.5

"最有价值的就是那张光盘，里面是半年前阚先生寄给妹妹的在别墅里举办生日聚会的视频，覆盖了屋内大部分区域。我把关键的画面都截图了，你帮我去打印一下，要彩色的。"李晏之把一个U盘递给鱿鱼仔。

"没问题。"

"现在就去吧，我一会要带着这些图片重新到凶案现场看看。"

"这么晚？"鱿鱼仔见李晏之神情坚定，知道劝不动了，只好道："我和你一起去吧。"

李晏之有一种直觉，如果不是入室抢劫杀人，凶案现场一定还会有其他之前忽视的细节，他不能放过任何一种可能。

赶到56号别墅时，夜已经深了。

"分头开工吧，仔细比对图片上的物件是否还在，有异样的记下来，我们一会再核实。"

"明白。"

两人戴上手套，将打印好的照片分开两半开始一一核对屋内的物品。鱿鱼仔去了卧室，李晏之则先搜查厨房。整整一个多小时，两人都没有收获。

李晏之疲惫地回到客厅，左侧的墙上靠着一个玻璃柜子，里面有不少相框。他扫了一眼快步走过去，突然间又折了回来，死死地盯着那些相框。相框里大部分都是死者夫妇的合影，李晏之看了一眼手中打印的图片，弯下腰，开始数相框的数量。

鱿鱼仔听到动静走过来："小晏哥，有什么不对吗？"

李晏之皱眉道："少了一个相框。"

"相框？"

"我已经数了三遍，确实比图片里少了一个相框。"

鱿鱼仔从李晏之手里把图片拿过来，郁闷道："可惜，相框在图片里那么小，少了哪一张也看不清楚啊。"

"嗯，看来还是得联系一下阚小姐了。走吧，我们回警局。"

田净植因为宿醉，一整晚都睡得特别难受。第二天她揉着脑袋头发乱糟糟地下楼，昨晚后来发生的事情她完全记不起来了。

薛灵乔穿着白衬衫坐在沙发上看报，田净植心虚地凑过去，假装一起看电视眼珠却一直在薛灵乔身上瞄。

"早呀，薛妖怪。"

"早，你的早餐在厨房里。"

田净植心里有事，蹲在沙发上看着他的脸色没话找话："萱萱介绍了一个新戏要我去试镜，是个长腿叔叔和助养的女孩发生的爱情故事，跟我们一样有年龄差。"

薛灵乔笑了笑："也差五百岁？"

"我们俩算是特殊情况。"田净植干笑两声，忽然反应过来什么，盯着薛灵乔来了精神，"你的意思是，我们跟他们一样都是有年龄差的……那个……"

"想问什么直接点？"

"昨天晚上我喝晕后，你后来在我旁边嗡嗡嗡的到底说了什么？"

薛灵乔故作假笑："没听到就算了。"

"怎么能算了？你不说的话，在yes or no中，我就当你说了yes啊！"

薛灵乔不搭话，专心看报，唇角往上扬了扬。

田净植的内心十分的纠结，薛妖怪这家伙天天看偶像剧都学坏了，真是个磨人的小妖精！他这到底算是默认呢，还是默认呢？她要不要直接去亲一下试试？她也想尽快地跟他变成抱在一起玩一个当树，一个当啄木鸟的客厅游戏。那她现在到底有没有资格来享受老妖怪鲜嫩的肉体啊？

正纠结时，薛灵乔的手机突然响了起来，田净植立刻硬凑上去看，看是不是什么女人勾引他们家妖怪。

"你要替我接吗？"薛灵乔把手机递到她面前，挑了挑眉。

田净植看到屏幕上显示"李警官"三个字，连忙摆手。在这种暧昧的关键时期，和前男友是一定要保持距离的，以免节外生枝。她连忙把脸转到一边，默默地装作什么都没看见。

薛灵乔看她那刻意避嫌的样子怎么都觉得可爱，接起来："李警官你

第五章
Chapter.5

好……你想请我喝咖啡？"

04

  李晏之约在上次那家猫主题咖啡馆。他已经联系过阚小姐，确认了丢失的照片，还意外得到了一个非常重要的信息，这也是他想跟薛灵乔聊聊的原因。

  薛灵乔跟田净植暧昧搞得正好，本来就肤白貌美，此时更是容光焕发，好像一个移动的发光体。而相对于他如夏日朝阳般的脸庞，李晏之的瘦弱和苍白则如垂垂的暮秋。他的每一点衰弱都写在了脸上。

  "别墅杀人案的凶手拿走了一张一百多年前的老照片，也许那才是他真正的目标。"李晏之边说边盯着薛灵乔的眼睛，直觉告诉他，薛灵乔对此不会一无所知。

  "为什么想要告诉我这些？"薛灵乔细品着咖啡，一脸诚实坦然。

  "因为我听阚小姐说我的一个同事曾问过她那张老照片的事。假冒警察可是违法行为。"

  薛灵乔一愣，但很快淡然地笑了笑："所以你是准备在咖啡厅逮捕我吗？"

  "为什么会找阚小姐问那照片的事？"李晏之神色严肃，像是审讯。

  薛灵乔收起笑容道："纠正一下，我是关心那块玉璧，然后顺带聊到了有一张这样的老照片的事。冒充警察只是为了事情简单化，不让阚小姐紧张。我在警察局录过口供的，我一直很想买回那块玉璧。"

  "没错，你当时还说，那块玉璧是你祖上的东西。阚小姐告诉我，老照片是在玉璧盒子的夹层里发现的，照片上是那位一百多年前的典当人。我想那位典当人会不会是你的祖上呢？"

  "这样认祖归宗有点草率吧，也许那位典当人是偷了玉璧的贼呢？"

  李晏之皱了皱眉，似乎想从薛灵乔的眼神中找出一丝说谎的痕迹，可他的眼神坦坦荡荡。一阵僵持之后，李晏之的面色缓和下来。

  "我并没有怀疑你是凶手，只是想查清楚凶手为什么一定要拿走那张照

片。"

"你这么一说，让我也很想知道真相。"薛灵乔沉默了片刻，忽而道："我有个想法，不知道李警官有没有兴趣？"

李晏之听完他的想法，微微一怔。

薛灵乔回到家，雕塑一样地一直坐在沙发上闭目养神。

田净植在一旁拿着手机玩自拍，凑近薛灵乔来了一张合影，见他一动不动，连瞪她一眼都懒得，终于没忍住奇怪地问："你怎么啦？小晏为难你了吗？"

"是啊。"

田净植惊讶地看着他，有些不敢相信，小晏真是活腻了敢为难他姐夫！

"你要给我报仇吗？"

"我才不信，你不欺负小晏就谢天谢地了。"

薛灵乔想起他那病入膏肓的样子，认真问："你很担心李晏之？"

"为什么要担心他？"田净植说完，敏锐地嗅到了酸味，贱贱地靠近薛灵乔挤眉弄眼，"吃醋了？"

"自大狂。"只有一点点。薛灵乔把她的脸推开。

田净植一定要使劲曲解薛灵乔的任何话，一定要按照自己喜欢的方向理解，保证道："你放心，我这个人翻脸比翻书还快，跟他早是过去式了。我现在呢，正迷恋一只非常有个性又很有钱的妖怪。"

薛灵乔不置可否地瞪了她一眼，为什么她不能矜持一点点，就是不要一直把喜欢男人挂在嘴上的那种。

田净植眼珠一转，忽然想到什么："对了，你不是说你有的是时间吗？而你的仇人也有的是时间。不如，等我死后你再报仇好不好？"

薛灵乔静了一瞬，没有回话，站起身往外走："我去上班了……对了，你不要想太多，钱再多，也是我的，跟你没关系。"说完对她露出个甜死人的笑容，这才翩翩离去。

田净植看着他的背影，无语地"哈"了一声，拽什么拽啊真是，有钱了不

第五章 Chapter.5

起啊。大家都那么熟了，给她花点会死啊。要不是因为喜欢他而且打不过他，她一定会把他关起来暴打监禁……呃，监禁就算了。

那天晚上，薛灵乔下班后没有马上回家，而是去了他旧居附近的湖边。大白龟趴在水中，仰头看着薛灵乔，然后开始一点点地咀嚼他的裤脚。

薛灵乔看上去很烦闷，在田净植身边的每一秒，他都要抑制自己不要去回应她。有句话叫女追男隔层纱，这块纱根本就快要保不住了。

几十年的时间其实很快就过去了，就像水生活了那么久，也应该体会过离别的感受吧……分开时，深爱的那个人会更痛苦……而相比死亡，活着的那个人会感觉悲伤格外漫长。其实抓紧一个人是比放弃还需要勇气的事。

05

电视里正在播报一场重要的案件通报会，局长亲自挂帅，李晏之则坐在他的下首。

"大家一直很关注的7·12别墅杀人案，根据我们目前掌握的证据，凶犯作案熟练，拥有很强的反侦察能力，这给我们的侦破工作带来了难度。不过通过细致的排查和分析，7·12别墅杀人案近期会有突破性的进展。具体的情况就请本案的负责人李警官给大家介绍一下。"

李晏之向局长点了点头，然后转向媒体："根据我们现在掌握的情况，整起案件极有可能跟一张老照片有关，其他被抢财物只是凶犯释放的烟幕弹。"

听到这里，现场记者有些震惊，纷纷开始交头接耳。

"莫名其妙，为了一张照片杀了两个人？"

"太残忍了吧。"

"是啊，这些人怎么了？"

……

台上，李晏之继续道："庆幸的是，死者定居国外的妹妹在家中找到那张照片的复印件，而且已经通过航空寄出，预计两天后能够到达本市的国际邮件处理中心，我们将会竭力找到隐藏在照片中的秘密……我们一定会将凶手绳之

以法,谢谢大家!"

……

薛灵乔关掉电视,田净植看向他:"这就是你给小晏出的主意?"

"不好吗?"

"杀害那对夫妻的凶手和想要杀我的人是同一个人,他不是已经死了吗?你还从他家里拿到了照片复印件。"

薛灵乔点头道:"那个人是职业杀手,现在我们要找到是那个买凶人,也就是我的仇人。他并不知道我已经拿到了照片,所以他还会来找照片避免落到我的手里。"

田净植感觉很悬:"你觉得这次他会上你的当吗?"

薛灵乔完全是一副胸有成竹的样子,倒不是觉得自己遇到了猪一样的对手,而是对方这么千方百计地去找,就是为了不让他找到。

田净植看他急着报仇,莫名地心塞起来:"你真的不考虑等我死后再报仇吗?"

提到这个,薛灵乔立刻他把剩下的水果端起来,说了句"我去榨汁"就离开了客厅,彻底回避了去谈论这个话题。田净植看着他背影,心情低落下来,报仇真的那么重要吗?他的人生还那么长,为什么就不能分一点点给她呢?

叶琛看完案件通报会,感叹着李晏之真是个不惜命的家伙,有点担心地打电话给他。

"喂……小晏……"

"是我,什么事?"

叶琛突然不知道如何安慰,只能打趣道:"没事,就是想你了。"

李晏之一顿,很快意识到叶琛是在担心他,跟他开玩笑:"放心吧,我很好。不过我们是不可能的,我不会背叛萱萱姐。"

"听到你这么有精神我就放心了。"

"我明天请你吃饭,叫上萱萱姐一起,听说你们闹别扭了。"

提到张萱萱,叶琛也是无奈:"消息很灵通嘛。唉,有些事只能放在心

第五章
Chapter.5

里，没办法向对方说明白。"

李晏之感同身受，苦笑道："这种感觉……我懂。"

讲完电话，李晏之想起和田净植的甜蜜往事，不过是徒增伤感。他只能祈祷这次行动能够真正钓上大鱼，不管是洗清薛灵乔身上的杀人嫌疑，还是将真正的幕后凶手绳之以法，对田净植来说都是有利的，这也是他最后能为田净植做的事。

市郊的豪华庄园内，他们的鱼已经咬了饵。

午后阳光明媚，那人正在给鹦鹉喂食。

"老板，张萱萱、田净植，还有一些社会公知都通过各种渠道声援了警方，照片事件已经在网上形成了话题讨论，大家都在关注这件事。"张侦探恭敬地站着。没想到刚解决好李教授那个麻烦，又会出这种新乱子。

庄园主人抚摸着鹦鹉的脑袋，平静道："那张漏网的照片……"

张侦探连忙表忠心："我会亲自去拿，一定不会让它落到薛灵乔的手上。"

06

老田和秋美云女士旅行回来后，第一时间就要田净植带着女婿来家吃饭，好像怕薛灵乔长腿跑了似的。实际上他们的女婿早晚都会跑的，田净植只是不忍心告诉他们，自己继上次求婚失败后，这次华丽地求爱再次失败了。

反正一次失败两次失败都没差别，生命力比小强还要强悍的田小姐独自哭天抹泪一晚上后，又重新站了起来。往好处想，薛灵乔虽然没答应但是也没明摆着拒绝啊，男人也是这样的，享受被爱的感觉又喜欢暧昧，矫情起来比女人还要矫情，根本就是王子病。

薛灵乔一时间搞不清楚田净植在想什么，看她每天表白个不停，竟然也可耻地习惯了。跟着她回家见爸妈表演恩爱也从善如流，好像他们本来就应该这样的。薛灵乔你可不能犯糊涂栽到这个名叫田净植的黑洞里啊。

两个人心里都在默默衡量着，一时间相处得空前祥和。

老田端着汤走进餐厅，田净植夸张地深吸一口气，连连夸赞："哇，好香，老田同志真是大厨中的大厨。"

她把薛灵乔面前的碗拿过来，薛灵乔却又接过去："我来吧，小心烫。"

"我来，我来。"

看见这你侬我侬的一幕，老田和秋美云对望一眼，交换了个满意的眼色。

薛灵乔把盛好的汤放到田净植面前，田净植喝了口汤，用很欠揍的口气评价："咱家老田吧，虽然说人品不怎么样。翻别人抽屉啊，看别人情书啊，跟踪别人上下学啊，这种事没少干，可是也有一丁点的可取之处的。比如年轻时长得帅，厨艺也好，要不秋女士这种高贵冷艳的名媛怎么宁愿断绝关系也要跟着他呢。"

老田不满地纠正道："什么叫人品不怎么样？就好比我好好地种了一地好白菜，总要防着那些猪吧，给我拱了怎么办？没有我看家护园，女婿能收到这么好的白菜？"

薛灵乔非常配合地端起酒杯："多谢父亲大人帮我看白菜。"

"总算卖了个好价钱！"找到个这么好的女婿，老田眉开眼笑，身为菜农的骄傲感油然而生。

田净植尽量控制自己脸部的抽筋，他们还真是相处得来，要是她真的能拿下薛妖怪就好了。

秋美云一直在观察着自己女儿，终归是她亲生的女儿，虽然嫌弃得不行，但也是捧在手心里长大的。她笑道："不是说被绑架后都有心理障碍吗，我本来还想问你要不要去看看心理医生，不过看来你的神经真的很坚强。"

"从小到大我的倒霉事件的发生机率也可以申请吉尼斯倒霉记录了，现在还不是好好的吗？"

"也是了，你是阎王不收。"

田净植努努嘴："而且还有大乔在旁边照顾我，秋女士你就放心啦。"

"什么秋女士，没大没小的，叫我妈。"

田净植不满地撇撇嘴，我怎么知道你什么时候想当回我妈？一转头，看到薛灵乔在喝酒，她大叫："喂，你喝这么多怎么开车？"

第五章

田母摆手道:"晚上不要回去了,最近又不太平,你这种倒霉体质,说不定一出门就碰坏事。"

"是啊是啊,爸爸明天早上给你们做馄饨面。"

田净植本来想拒绝,她可不要听他们唠叨,而且薛妖怪一定不想在这里。这时突然间脑子里灵光一闪,窃笑着把薛灵乔的杯子给满上了,淡定地道:"好啊,那就住下吧。陪老田多喝点,你是女婿嘛。"

薛灵乔觉得她行为举止很奇怪,低声问她:"你想搞什么鬼?"

田净植嘿嘿干笑:"不搞什么鬼,高兴嘛。"

晚饭过后,喝多的薛灵乔早早地洗澡去客房休息。田净植耐着性子陪爹妈聊了十块钱的天,身在曹营心在汉,大脑超负荷运转怎么去调戏醉酒的妖怪。秋美云看她眼珠滴溜溜转,根本就心不在焉。从小就这样,一想要做坏事眼珠就转得跟弹开的玻璃球一样。她这个女儿啊,看起来精明,其实四个字就可以概括,"死蠢死蠢"。别人说行善就能改变运气,她就花了那么多钱去挖井。别人抢她男朋友,她也能眼睛都不眨地原谅。她所有的心思都写在脸上了,还以为自己很聪慧。

她秋美云就是太聪明,所以老天爷为了均衡智商,就给了她这么个不省心的女儿。

秋美云也不说破,只是提醒道:"去休息吧,睡前去看下女婿怎么样,别吐床上了。"

"收到!"田净植弹簧一样地蹦起来,开开心心地去洗了个澡。确定爹妈都回去睡了,这才蹑手蹑脚地跑去客房,"咔嚓"一声,把门反锁上了。床头亮着盏橘黄色的灯,薛灵乔安安静静地躺在床上,很柔顺,很可人,一幅等人来为所欲为的脆弱睡相。她搓着手舔着嘴唇一脸荡漾的色魔相凑过去,好你个薛妖怪,看女神怎么把你生吞了。

虽然心里有着吃了妖怪的雄心壮志,但是这么一大活人躺在这里,她趴在床边只是犯花痴,无从下口。哎呀呀,这端正的眉眼,滑嫩的皮肤,多喝果汁果然对皮肤好呀!

田净植伸出手指恶作剧地戳了戳他的脸,再戳戳他的下巴,逗猫逗狗一样地戳了半天，满意地嘿嘿直笑。薛灵乔一动不动地躺着，田净植低声窃笑道："妖怪对酒精果然也没抵抗力啊……哼哼，我看你往哪里跑，你孙猴子再厉害也逃不过佛祖的五指山。"

刚刚她想了个陷害薛妖怪的馊主意，今天把他的衣服都脱了，再抱着他睡一晚，第二天就说他们已经生米煮成了熟饭。以薛妖怪那纯纯的宅男智商是压根不会想要去验证真伪的，一定会对她负责的。

不管怎样，负责就好，田净植觉得自己的下限正在一点点地降低。

田净植爬上床躺在薛灵乔旁边，盖着棉被深呼吸两下，然后——慢慢地从薛灵乔的身后靠了过去，小手慢慢摸到了胸前，悄悄解开他睡衣的扣子，一颗一颗，向下划去。

"明天早上衣衫不整地抱在一起醒过来，叫你百口莫辩，嘿嘿嘿嘿……"田净植心里这么想着，窃喜不已。扣子解开，田净植摸到了薛灵乔的腹肌，忍不住多摸了两下："年龄这么大了，手感还这么好……让女神姐姐来摸摸你腹部的八块小砖头……"

忽然，田净植的手臂被猛地抓住。

啊？醒了？！

薛灵乔抓着她的手臂，一翻身把她压在了身下，黝黑眼眸正对着她的眼睛，呼吸互相纠缠着，他恶狠狠的，像是要将人生吞活剥。

田净植一惊，怎么感觉薛妖怪和平时有点不一样。她想要抽回手，却抽不回来："喂！放开！"

薛灵乔继续盯着她，像在犹豫，又像在挣扎。

田净植有点尴尬地笑了笑："原来你醒着啊，哈哈，玩过头了。"

薛灵乔没有动，他的眼神却越来越炽热。他总是微凉的皮肤在发烫，连呼吸喷在脸上都在发烫。田净植就是再傻也知道怎么回事了，这次真是玩过火了啊，她的脸"唰"一下子就红了，连忙求饶："薛妖怪，我错了我错了，谁知道妖怪喝醉了也会变成狗啊，你千万不要咬我，千万……"

薛灵乔不再忍了，一低头凶狠地吻住了她。

吓？！田净植大脑里升起一朵蘑菇云，一下子就轰炸得渣渣都不剩，恍然

第五章
Chapter.5

间只感受到，他慢慢亲吻着自己，温柔而迫切地，吻着，从嘴唇到颈间。田净植残余的一点理智还在想着，他们是不是在酒后乱性，可是胸前的衣扣被扯开时，她彻底被汹涌的情潮淹没了。

既然要淹没，那也只能淹没了。

07

阳光透过窗户，星星点点地落在田净植的脸上，温热且温柔。她不堪其扰地用手挡住光翻了个身，迷糊中半眯着眼睁开，她看到眼前还在熟睡的薛灵乔，长长的睫毛在他脸上落下一片好看的阴影。

睁开眼睛就看到喜欢的人在旁边睡着，她内心一阵荡漾，幸福地闭上了眼睛，再睁开眼时，一下子看到薛灵乔正默默地盯着自己。一时间昨夜生米煮成熟饭的事涌进脑海，田净植感受了一下自己的身体，光溜溜的。她脸一红，连忙拉紧被子要裹紧自己。薛灵乔眼疾手快拽住了另一端，田净植动弹不得，尴尬得要死。她用力拉扯，没想到薛灵乔突然放开手，她瞬间连人带被子滚到了床下。

死了死了，田净植迅速把自己卷成一个蚕蛹，毫无形象地歪扭着身子跑出门。薛灵乔看着她逃走的狼狈样，微微一笑。

回到自己的房间，田净植迅速换上衣服掩饰自己的心虚，神经质地抓了一会儿头发。正不知道要怎么面对薛灵乔，没想到他却主动找上门来了。田净植吓一跳，连忙关门，然而并没有什么用，薛灵乔用手抵住门，非常轻松地硬闯了进来。

怎么跟想象中不一样，这时不是应该先下手为强地要对方负责么？可她一张嘴就要结巴，心虚得要死，根本没办法按照剧本走。

田净植强行镇定下来，吼他："你有没有礼貌，这是我的房间，出去。"

薛灵乔没有说话，反而似笑非笑地慢慢走近她，田净植一下子气势就弱了，步步后退。

"那……你喜欢的话，这间让给你好了……"

田净植靠在墙壁上，没有退路了，眼前是步步紧逼的薛灵乔。他一只手撑在墙边，堵住她的去路，目不转睛地看着她。

"你……你别乱来！这可是我家！"

薛灵乔不知在想什么，嘴角勾起一个坏笑，右手从她的肩膀上，慢慢地划到她的脖子上，让田净植感到一阵惊恐。

跑不掉就面对吧，她懊恼得不行，谁让她没把持住呢？田净植心一横，求饶道："对不起！我错了！我昨晚不该在你喝醉酒后乘人之危！但是请你冷静一下，我真的不是故意的，我开始只是想闹你一下，真的只是想闹你一下！"

薛灵乔一脸高深莫测的样子，世外高人遇到小喽啰时的表情。

田净植悄悄去看他的表情，讪讪赔笑，只求薛灵乔能放她一马，让她挖个井自己跳进去。

只见薛灵乔敛下睫毛，有点委屈，有点伤心地说："被信任的人陷害，一次割破喉咙放干了血，一次被你……"

田净植惊到下巴都要掉了，怎么一下子上升到那个高度了，她跟那混蛋的本质怎么是一样的，她可是以身"饲"妖。田净植一把抓住他指着自己的手指，发誓道："好了好了，我发誓，我会对你负责的。"

"怎么负责？"薛灵乔根本不信一样，坐在床上双臂后撑，斜着眼睛看他，被蹂躏后心灰意冷又荷尔蒙全开的样子。

"你不喜欢的事我都不再做了！"

"还有呢？"

"我保证不再乱发脾气。"

薛灵乔慎重地想了想，问："还剩饭吗？"

"你做的饭我都会吃光光的！"田净植把手举头顶，他喂她砒霜她都含笑饮下了吧。

薛灵乔又看了她一眼，继续垂着眼犹豫："不过我心灵受伤真的很严重，你懂的吧？"

懂懂懂，当然懂了，田净植哪敢不懂。

"所以如果你今天什么事情都满足我的话，我会考虑原谅你的。"

第五章
Chapter.5

"可以,没问题!"

田净植乖乖听话,薛灵乔这才满意地点点头,起身离开,一刻都不愿意多待的样子。

而田净植呢,此刻正懊悔得要死,她是人渣,她是禽兽,她是色中饿鬼,都是她的错。色字头上一把刀,她真想拿这把刀往脖子上一抹算了。

第六章
人发誓的时候，往往是心里最没底的时候

01

张萱萱家的后花园里，李晏之正在炭炉边烤肉。以前他经常和田净植一起来，三人席地而坐，谈论八卦，吃得毫无形象，吃完后再去担心发胖拼命跑步。

"你接新戏了吗？"李晏之翻着烤肉，看到张萱萱坐在一旁看剧本。

"是啊，不过这次我可能会给小植搭戏哦，我觉得人性本恶的女二号更有挑战。"

"这么说，小植终于当上女一号了？"

"制片人说要看《传说中的屋子》播出后小植的人气，再决定《你好，长腿叔叔》的演员阵容。"

李晏之很不平："制片人怎么那么势利，我们小植也是很努力的。"

"她可是特烦别人说她努力的，她明明是靠脸上位。"

李晏之被逗笑了，抬头看向厨房，叶琛正在做生菜沙拉。他对张萱萱挤了挤眼，有些不放心他们两个，试探着问："萱萱姐，你和叶琛现在算是怎么回事？"

张萱萱翻了一页剧本，轻描淡写地回他："没怎么回事，男未婚女未嫁，他爱追就追呗，也替小植报了被甩之仇。"

这两个别扭的人，真不知道在较个什么劲？李晏之好笑地摇头，哪像他现在没时间了，才知道之前浪费了那么多。不过恋人之间倒不是怕折腾，而是怕

第六章
Chapter.6

一潭死水。叶琛拿着香槟的冰桶和沙拉走过来,眉眼弯弯的全是桃花的样子:"在聊什么?"

张萱萱耸肩:"没什么。"

叶琛狐疑地看向李晏之,李晏之嘿嘿一笑,继续烤肉。张萱萱干咳了一声,转移话题:"肉也烤得差不多了,我口水都流下来了,开酒开酒。"

话已至此,叶琛也不好再多问,只给了李晏之一个眼神,示意他过后再好好交代。

看着田净植的两任前男友在自家花园里和谐的画面,张萱萱恶作剧地笑了笑,拿出了手机。

此刻田净植正在商场陪薛灵乔试衣服。她坐在VIP室里舒服地喝着咖啡刷着朋友圈等着薛妖怪,突然看到了一条恼火的更新。

她最好的朋友,张萱萱发了张和小晏、叶琛在一起玩耍的照片,配文是:和某人的前男友们一起花园烧烤聚会,香槟好赞!

"你个小贱人,跟我的前男友们烧烤聚会竟然不叫我!小心我转到微博让粉丝声讨你!"田净植生着闷气,一抬头看到薛灵乔换了一身卡其色的正装出来,身材修长,优雅端庄。站在柜台边的服务员小姐连忙迎上去,一口花痴的台湾腔:"薛先生,衣服还合身吗?这套真的好适合你哦。"

薛灵乔走到镜子前,左右照了照,抬起手臂摸袖口:"还要配两粒袖扣。"

"是呀,白金的会很合适噢。"服务员还在一边捧哏。

薛灵乔转头看向田净植:"怎么样?"

田净植看都没看,敷衍地伸出一个大拇指。

薛灵乔看她嘟嘴不情愿的样子,对服务员大手一挥:"我试的三套都帮我直接送到家里去,刷这位小姐的卡。"

等等……她听到了什么?田净植立刻抬起头来,她想说薛妖怪你知不知道我挣钱有多辛苦我的卡我自己都舍不得刷你知不知道!然而还没开口控诉,就被他打断了……

"对我负责难道不包括帮我买衣服吗?"

田净植竟无法反驳，谁让她昨晚做了蠢事呢。

"好，买买买！"

放血之后，田净植蔫蔫地跟着薛灵乔从商场出来："接下来去哪？"

"你没听到吗，我买了三套衣服，要配三套袖扣。"

"也是我掏钱吗？"田净植指指自己，有种不好的预感。

"你不是说今天为了弥补我受伤的心灵，要什么都满足我吗？"薛灵乔自然是从善如流，把誓言履行到底。

田净植还能说什么？世间最可怕的三个字，莫过于买买买啊！

薛灵乔微微一笑，眼底闪过一丝恶作剧得逞的光芒，迈着长腿非常轻松地走向首饰店。

田净植戴好墨镜和口罩坐在休息区，用手机的计算器不停地计算着花费，这个败家玩意儿，今天花的钱都够买台挖掘机了，多一台挖掘机，挖井的进度就能再快一点了。她终于感受那些陪小媳妇逛商场的老公受伤的心灵了——痛。

从首饰店到鞋店，再到冰激凌店，一路折磨过去，只要田净植有一丝不满，薛灵乔就会放大招，对她做出"你狠狠伤害了我的心灵"的表情，田净植只能认怂。

好不容易挨到傍晚，薛妖怪提出要去看电影。进影厅时电影已经开场了，田净植没看清台阶一脚踩空，薛灵乔瞬间抱住了她。田净植心头暖暖的，她知道薛灵乔一直在背后默默关注着她，保护着她。看电影时，田净植不时地偷瞄薛灵乔，薛灵乔感受到她的目光，也回过头来，对她微微一笑，拿一颗爆米花堵住她的嘴。

田净植靠在他身边，觉得特别幸福。今天一整天，不像是惩罚她，倒像是……在约会，就像普通的情侣那样，平凡又甜蜜的约会。

薛灵乔看着她轻轻一笑，如果能一直一直这样下去，似乎，也很美好。

突然口袋里传来手机的震动，薛灵乔看了一眼手机屏，起身离开了影厅。田净植觉得不对劲，也默默地跟了出来。只听到薛灵乔说："小乖妈妈，你先别急，待在家里不要出来，我马上过去。"

第六章

薛灵乔挂了电话，一转头就看到了田净植。他捏了捏她又鼓起来的包子脸，叮嘱道："你逛一天也累了，看完电影先回家休息，我有点事，处理完就回去。"

田净植有些生气地打掉他的手，愤怒道："我都听到了，干吗那个小乖妈妈一个电话你就要去她家！你是她什么人啊？"

"我回去再跟你解释清楚。"

田净植一时生气根本没发觉薛灵乔话语里的意思，他做任何事情都不跟她解释，现在他却说要跟她解释。可是田净植满心都是，怎么能放心让他单独去别的女人家？况且他都已经是她的人了，浪什么浪。

田净植耍赖般地抱着他的胳膊："我不！你心里没有鬼就带我去！"

薛灵乔拿她没办法："好，我带你去，不过你不要嫌脏就好。"

02

田净植没想到，会看到这样的情景。

小乖家的门口被红油漆泼得触目惊心，走廊里还写着"欠债还钱"、"赵明不还钱死全家"等红色大字。

田净植被油漆味熏得晕头转向，突然觉得脚下黏糊糊，扶着栏杆一看鞋底，全是没干的红油漆，然后手上又黏糊糊的，果然顺利沾上了红油漆，心里恶心得半死。

"都说了会很脏。"薛灵乔幸灾乐祸地说。

田净植一脸讪讪地，抓住他的手，跳上一级台阶。

薛灵乔从楼梯的缝隙里往上看了一眼，来讨债的还在小乖家门口叫嚣。他回过身来，帮她把墨镜戴好，盖上兜帽，嘱咐道："你在这里等一等，我去解决他们。"

"哦，你不要一不小心把人打死了啊。"田净植有点担心。

薛灵乔拍拍她的脑袋："保证不打死。"

他转身跑上楼梯，只见几个无赖正抽着烟蹲在小乖家门口，旁边还放着油漆桶。

　　看到薛灵乔，其中一个人指着他大叫："喔喔！大哥，就是这个人，我好不容易找到了赵明老婆跟踪他们，被这个家伙给打了！要不是这家伙，我早就找到他们住哪里了！"

　　被叫做大哥的人对着薛灵乔冷哼一声，不屑道："就是你啊，赵明老婆这么快就找到下家啦？也行，你来还……"

　　他话音未落，"啪"的一声，薛灵乔手起掌落。

　　"大哥"难以置信地捂着脸，望着薛灵乔气急败坏："臭小子敢打我！一起上！揍他！把他往死里打！"

　　田净植站在楼梯口，只听到无赖们的惨叫，同情地叹了口气，谁叫你们遇上了一只五百年的老妖怪呢。

　　不一会儿，有哭声传来："你怎么打人！有没有王法了！我们报警了啊！"

　　"大哥"吼道："报什么警，快跑！"

　　田净植只见一群人跌跌撞撞地从楼上跑下来了，被揍得桃花满天红，连忙侧身让路。小混混们都是群殴一个人，此时被一个人群殴了，边跑边哭："撞见鬼了！"

　　她快步走到楼上，薛灵乔正要敲门。门突然从里面开了，小乖妈满脸泪水，看到门外的两人，她抹了把眼泪，侧身请他们进屋。

　　田净植坐在沙发上，环视一圈，屋子虽然小，但处处收拾得简洁干净。她把目光落到小乖身上，没想到小乖很生气地看了她一眼，转身跑进了卧室。喂喂，就算不欢迎也不要表现得那么明显吧。

　　"不好意思，田小姐，我们家小乖性格有点内向，请喝茶。"小乖妈端着茶水从厨房里出来，不好意思地对田净植笑了笑。

　　薛灵乔接过茶，道了声谢。

　　小乖妈坐下来，有些局促地看着他们："没想到只在电视里见过的田小姐竟然和教练认识。"

　　田净植立即宣告自己的身份："我是他女朋友。"

第六章
Chapter.6

  小乖妈惊讶了一下，努力掩饰住失落的表情，尴尬地笑了笑："怪不得教练有那么多女生喜欢都不动心，原来有这么漂亮的明星女朋友。"看了眼田净植，她又道歉道："不好意思，我们给教练添麻烦了。之前去跆拳道班接小乖的时候，被讨债公司的人发现了，教练帮了我们。"

  田净植非常大方得体地准备接话，却被薛灵乔打断了："我说了很多次了，就算不是我，别人碰到了也不会不管的，无需挂在心上。不过你们被找到就搬家，也不是办法，那是你前夫欠的赌债，又是完全不合理的利滚利，你还是再考虑一下我建议的司法程序，我可以帮你找律师。"

  小乖妈想了想，无奈地点头："看来只能这样了。"

  田净植静静听着，刚要拿茶杯喝茶，突然看到手上沾的红漆，有些嫌恶，起身去洗手间清洗。油漆洗了好久都没洗干净，转头却看到小乖一脸生气地推门走了进来，田净植吓了一跳。小乖把门关上，小大人般抱着肩气呼呼地瞪着她。

  田净植甩了甩手上的水，单手叉腰回瞪着他："干吗，小鬼？"

  小乖生气道："丑女人不要缠着教练，我要教练以后做我爸爸。"

  倒是个很有眼光的小东西，田净植好笑地捏了捏他的脸："小鬼，你想要爸爸，让你妈妈去找一个男朋友嘛。外面那个男人已经是我的了，不好意思啦。"

  小乖嫌弃地打掉田净植的手："你说谎，教练喜欢我妈妈，老师说男生喜欢女生就会保护女生，教练每天保护我和妈妈。"

  田净植点点头，蹲下身，从兜里掏出一颗棒棒糖，拿在手里："总体来说呢，你老师说得是没错的。但是男生保护女生还有一种情况叫做见义勇为，锄强扶弱，教练保护你妈妈是属于这一种，所以千万不要误会。"

  小乖被棒棒糖诱惑了，伸手要去拿，没想到田净植一下子塞到自己嘴巴里，贱贱地对他笑："你以后会懂的。"

  小乖气呼呼地看了她两秒，突然"哈"了一声，对她摆出个跆拳道攻击的姿势，一脚踢在她的小腿上。

  田净植被踢了一脚，痛得立刻抱着腿跳起来，小乖做个了鬼脸，满意地离开洗手间。

"你早就应该告诉我，你是因为他们被追债所以才送他们回家的嘛。"回去的路上，田净植想起之前误会薛灵乔的事。

"你又没问我。"

"那你可以主动跟我解释啊。"

"我又没做错什么，为什么要跟你解释？"

这叫什么话？难道她不是他此时的唯一吗？不是彼此的天使吗？

田净植啧啧两声，没意思地摆摆手："你这种人真是活该没有女朋友！"

薛灵乔停下来，看着她："那你是什么？"

"我是老天爷派来收妖的！"她得意地做出黄飞鸿的经典手势。

薛灵乔伸手弹了一下她的额头："不要那么得意，我大仇未报，一切还是未知数。"

听到大仇未报几个字，田净植悻悻地收敛了笑容，心事重重地看着他。果然有个问题，她虽然逃避，却还是避不开的。

"薛妖怪，你找到了仇人以后，想怎么做？杀了他吗？"

薛灵乔毫不犹豫地说："应该是吧，我没有留着别人的性命来折磨的癖好。"

"你有没有想过，那个人在社会上是以人类的身份生活的，你杀了他，你就成了警察追捕的罪犯。我不认为你能逃脱现代警察的侦破网。他们也许不能抓到你杀了你，但是你就不能像现在这样，和我平静地生活在一起了。"

这个问题，他没有想过。

"即使这样，你也要杀了那个人吗？"

薛灵乔一时间不知该怎么回答她，田净植有点认命地叹了口气："算了，是我多嘴了，你本来在我身边就是为了报仇的。"

她又沮丧下来，独自往前走。薛灵乔突然发现她走路的姿势有点怪。

他上前两步拉住她："腿怎么了？"

田净植把腿收了收，表情淡定："没什么。"

第六章

不容分说，薛灵乔把她拉到路边的椅子上，挽起她的裤腿查看，果然，小腿上青了一片。

"不小心撞的。"

"如果我被小朋友踢了一脚，也不好意思承认。"

田净植嘟着嘴，沮丧得不行："被看穿了吗？这小鬼力气真大，你马马虎虎教一下就行了嘛，结果踢腿踢得有模有样的……不管了，赶快回家吧，我都要累死了。"

她站起来正要走，薛灵乔却突然在她前面弯下腰来。

田净植一愣，"你背我？"

"如果你不想的话……"

"想啊！"田净植立马跳到他的背上，紧紧搂住他的脖子，"这座驾甚好，本宫很满意！"

"你要是演宫斗剧可当不上一宫之主，大概就是等三集就死的那种角色。"

"哟，又想起来笑话我啦，不生气啦？"

"你不是都说要负责了吗？"

"哈哈。"

"笑什么？"

"你终于被我拿下了。"

"……"

薛灵乔开始很担心她的智商了，田小姐好像是真的蠢，如假包换的那种。

03

国际邮件处理中心，李晏之和同事正在保安室里看着监视器上的画面。工作人员有条不紊地分拣着包裹，其中一个包裹上写着收件人"李晏之"。看到那个包裹被分拣妥当，李晏之拿起对讲机，问道："捕鼠小分队的各位猫警长报告位置，有没有发现可疑人物？收到请回答。"

| 103

鱿鱼仔就在分拣现场，汇报道："花猫收到，分拣区一切正常，over。"

水晶乔装成了货架区的工作人员："白猫收到，货架南区一切正常，over。"

其他伪装成工作人员的同事也都一一汇报，目前一切正常。处理中心的经理把正式工作人员的名单打印了拿过来，交给李晏之。

"辛苦了，这里是全部的人员吗？"

"不是，我们还有聘请一些临时工，他们来工作的时候会在门口签到……"

李晏之点点头："好的，我明白了，两个小时内目标没出现的话，我会安排警员伪装成快递员的样子照常送件。"

"明白。"

李晏之回过头，继续盯着大屏幕看。监视器里，有两名工作人员拖着车经过，一切都显示正常。他有些焦灼地看了看手表，手指一下下地敲着桌面。另一个监视器里，那个写着他名字的邮件还安好地放在货架上。

十几分钟后，监视器里突然有几个工作人员慌乱起来，李晏之警惕地坐直身体："发生了什么事？"

"突然出现好多蛇！"是水晶的声音。

"已经咬伤了几个人了，是毒蛇！"鱿鱼仔紧跟着汇报。

李晏之一惊，连忙下命令："全体猫警长注意，协助所有人撤离邮件中心仓库，转移伤员到安全的地方。白猫通知医院准备好抗蛇毒血清。同时注意，这有可能是老鼠故意打乱我们的计谋，务必更小心盯紧。over。"

安排完这些李晏之又转身对一旁的保安道："通知你们其他部门，不要接近仓库，打电话找消防队来帮忙抓蛇。"

保安们散开，李晏之重新看向对着目标邮件货架的监视器屏幕，忽然间，只见一个穿着工作制服戴着帽子的男人背对镜头正在翻找。而此时货架南区的人已经撤离，这个根本不可能是工作人员。

李晏之脸色一变，立刻站起身往外跑，同时用对讲机下命令："货架南区的猫警长注意，往目标邮件处包围，老鼠出现。"

第六章
Chapter.6

等李晏之跑到货架前，邮件已经没有了，那男人也不见了。他拿起对讲机："全体猫警长注意，封住出口，老鼠已拿到邮件往外撤离了！"

他下完令，环视了一圈空荡荡的仓库，右边不远处是写着"安全出口"的门。隔着玻璃，他看到安全通道内的声控灯灭了下去。

李晏之拔腿向安全出口跑去，楼梯里已经没有人，但往上看去有声控灯不停地亮起来，是有人在往上跑。他快速地上楼，却感觉胸口传来一阵剧烈的疼痛。嫌疑犯就在上面，他强憋住一口气，拼了命地追上去。

那人快速往上跑，一溜声控灯应声而亮。李晏之紧紧咬住，只见那人跑进九楼的门里。李晏之追过去，看到他正往对面的安全出口跑。他停下来，喘着气拔出枪，大吼道："站住！再跑我开枪了！"

那人完全不听他的警告继续跑，李晏之眯了眯眼，一粒豆大的汗从额头流了下来，他集中精力瞄准那人的小腿，"嘭"一声枪响。

那人登时一声惨叫，摔在地上。

李晏之缓缓放下枪，想走过去查看，可是身体越来越虚弱，走了两步就支撑不住跪在了地上，拼命地咳起来。那人回头看了一眼李晏之没追上来，立刻忍着痛爬起来，一瘸一拐地跑进安全门中。

李晏之想去追，可是他根本起不来，衣服上都是咳出的血。挣扎着爬了两步，他无力地躺在地上，艰难地用最后的力气，把对讲机拿起来。

"各位猫警长们……守住出口仔细排查，老鼠穿邮件中心统一工装制服，戴着口罩，右腿中枪……再重复一次，老鼠右腿中枪……"

强撑着说完，李晏之的手一松，彻底晕了过去。

警察拉起警戒线，对邮件中心出来的人进行逐一排查。

对面街道的便利店里，薛灵乔拿着一杯咖啡站在窗边，仔细观察着被警察放行的人。看到一个熟悉的身影，他目光一凛，转身离开了便利店。

来邮件中心的正是张侦探，他轻松地经过排查后，直接走向停车场。

停车场里只停着一辆车，张侦探走到车边，左右张望着有没有人跟踪，正要打开车门上车，却看到一个老熟人。

薛灵乔站在张侦探面前，微微一笑："喂，你去哪？"

张侦探看清来人，吓得转身想逃跑，却被薛灵乔从身后抓住领子，狠狠地摔到了地上。

真是倒霉！张侦探暗骂了一声，吃痛地爬起来，想逃却被薛灵乔再次抓住，把他用来伪装的帽子扔到了地上，露出了脸。

耳边是薛灵乔的冷笑："我听到了枪声，警察在门口排查右腿受伤的人。"

张侦探动弹不得，只好勉强镇定下来，辩解道："我没有受伤，他们要找的人不是我，不信你自己看。你知道的，我是侦探，我是受人委托调查事情的！"

"是偷东西吧？"薛灵乔拉开张侦探的制服上衣，把藏在里面的邮件拿出来拍拍他的脸，沉声道："就是为了隐藏这个东西，杀人、放毒蛇……你们做的事真是比鬼都可怕。"

张侦探紧张地看着他，强作镇定："我身上没有伤口，不是警察要找的人，你不能对我怎么样。"

"这些话你留着去跟警察哭诉吧！"

张侦探眼珠一转，冷笑道："如果你把我送进警察局，我会把你的一切都说出来！"

薛灵乔黑眸里涌上愤怒，面无表情地看着面前的人。

张侦探见他不说话，顿时越发得意，"我会告诉他们，你是一具复活的干尸，是个怪物。不但你的秘密会暴露，一旦我被抓，那个人在暗处盯着的黑手就会再次伸向田净植。"

他的这句话成功摸到了老虎的屁股。

薛灵乔怒不可遏，狠狠抓着他的脖子把他提起来："你找死……"

张侦探的脸色憋得通红，他拼命地踢打着，却连求饶的话都无法说不出口。薛灵乔的手指越收越紧，张侦探几近窒息。

就在此时，薛灵乔的手机突然响了起来，他的手一松，张侦探狠狈地摔在地上，捂着脖子痉挛着咳喘。

第六章
Chapter.6

薛灵乔看到屏幕上田净植的名字,接起电话:"什么事?"

电话对面的田净植慌慌张张的:"刚刚鱿鱼仔打电话给我说,小晏在执行任务的时候晕过去送到医院了,我要去医院,可能会晚点回家。你出去干什么了?"

薛灵乔看了一眼地上的张侦探:"没什么,收拾垃圾,拜拜。"

挂了电话,低头看到张侦探正试图站起来,他一个手刀用力地砍到张侦探的后颈上,张侦探死狗一样地摔晕在地上。

04

医院的特护病房里,李晏之戴着呼吸机,身上插满了管子正在病床上昏睡。张萱萱和叶琛都面色灰败地坐在一旁。

即使李晏之现在这个样子躺在眼前,张萱萱还是有点恍惚,怎么好好的一个人,说倒下就倒下了呢。她之前总以为是李晏之太劳累才导致的病态,却没想到他已经病得这么重。她根本不能接受这个事实,哽咽道:"小晏一直瞒着所有人,你既然知道真相,为什么不告诉我?"

"他不希望你们把他当成病人。"叶琛慢慢地说,"他想一个人安排好一切,我尊重他的决定。"

"所以他跟小植分手也是因为这个了?"

叶琛叹了口气:"你应该比我更了解他。"

张萱萱沉默下来,他们从小一起长大,李晏之一直是这样一个默默付出的人。

叶琛继续道:"作为朋友我们现在能做的就是,照顾好他和他的家人,还有,像他一样无论在任何情况下都过着不悔的人生。"他悄悄握住了张萱萱的手,不想再浪费生命去做无谓的错过。张萱萱看着自己的手,犹豫了一下,回握住叶琛的手。

珍惜眼前人,就算明日的太阳不会升起。

田净植蹲在走廊里,一直哭。这噩耗来得太突然,她知道人终有一死,可不知道这死亡来得这么快，这么突然。小晏身上所有的疑问都找到了缘由，可这缘由却是她最难以承受的。当初为什么她那么轻易地相信了呢。田净植不停地自责着，不停地后悔着，如果这一切可以挽回……如果这一切……田净植徒然瞪大眼睛，胡乱抹掉脸上的泪水，拿出手机颤抖着正要打电话，却看到薛灵乔从远处走过来。

田净植立刻跳起来跑过去，对，这一切可以挽回，只要有薛灵乔在，癌症根本不是什么问题。

薛灵乔看她焦急的样子，问："情况怎么样？李晏之醒了吗？"

田净植摇摇头，心急火燎地拉着薛灵乔往里走："我回头再详细的跟你解释前因后果，我也是刚知道小晏之前在执行任务的时候接触到了放射性物质，总之现在你快点跟我去监护室里，偷偷喂小晏一点血，把他身体里那些该死的癌细胞消灭掉。"

薛灵乔脸色微变，轻轻甩开田净植的手："你先冷静一下，李晏之遇到这种事，我知道你很难接受。但是我不能这么做。"

田净植一愣："薛妖怪你不要小心眼了，小晏的情况真的很严重，你不救他，他真的会死！"

薛灵乔没说话，眼里充满了抱歉。田净植从他的表情中，慢慢明白了，他并不想救小晏。

"为什么？"田净植有些混乱地哀求他，"薛妖怪，我知道你很为难，但是我求求你，就这一次，我和他从小一起长大，他的妈妈也是我干妈，我真的不忍心看他们白发人送黑发人。"

薛灵乔知道她现在什么话都听不进去，巨大的悲伤已经让她失去了判断力。但他扶住她的肩，轻声劝说着："小植，人类都有生老病死，这是自然规则，我如果想要隐藏在这个世界上生存下去，就要遵守这个规则。当时救了你，已是破例，我不能一而再再而三的打破这个规则。"

田净植不想听这些乱七八糟的规则，小晏就快死了！那可是她从小一起长大的人，既然有救他的办法，她无法眼睁睁地看他被死神带走，而自己什么都不做。

第六章
Chapter.6

她用力推开薛灵乔，忍无可忍地大吼："我没有要你一而再再而三的打破规则，小晏等于是我的弟弟，就算是为了我，你再破例一次不行吗？"

"小植，你不要太激动，先冷静一下……"

薛灵乔试着去拥抱田净植，但她却打掉他的手，叫道："你别碰我！"

薛灵乔的手缓缓垂下，有些失望道："我之前不告诉你，就是怕你会这样。"

"什么意思？你早就知道？！"

薛灵乔点了下头，早在上次他潜入李晏之家时，就已经看到了李晏之放在抽屉里的抗癌和止痛药。

田净植听完，难以置信的望着他："所以，你早就知道了。"

薛灵乔垂下眼睛："我很抱歉，我不是救世主。"

田净植怔了怔，心瞬间冷了下去。

入夜之后，停车场寂静得可怕。

昏迷许久的张侦探慢慢醒了过来，他发现自己正坐在车子的驾驶座上。张侦探揉着疼痛的后颈，警惕地扫了一眼停车场，确定薛灵乔不在之后，才放松地靠在背椅上，从口袋里拿出手机。

"老板，是我，根本没有照片，都是警察的陷阱。"

"我知道，现在警察还在排查右腿中枪的人。"

张侦探得意地大笑："要不是您有先见之明，我可能出不来了。"

那晚临走前，老板突然喊住了他，给了他一小瓶血液。他交代他："去的时候带着这个，记住，无论你受了多严重的伤，马上喝下去，接下来该怎么做，你自己就知道了。"

中枪之后，张侦探喝了那一小瓶血，伤口竟然神奇地瞬间愈合了。

"警察做梦也想不到会有这样的东西，所以我才成功逃出来。"

"当然，你是我最看重的人，我不会让你有事。"

"谢谢老板……还有一件事要跟您汇报，我遇到了薛灵乔，不过他没对我怎么样。我觉得警察设置陷阱的事，肯定跟他有关。"

"我知道了,你小心一点,那家伙……"电话那端的声音顿了顿,冷下去,"再温驯,狼终究是狼,不是家犬,最近行事低调些,除了正常的工作以外,不要有什么异常的行动,不要被警察抓到把柄。"

"我知道了,请放心。"张侦探挂断了电话。

这一切,都被薛灵乔在手机里听得一清二楚。那人说得很对,狼终究是狼,是最懂狩猎的动物。在打晕张侦探后,薛灵乔在张侦探的手机里安装了一个隐藏的木马软件,那软件会自动将通话录音和信息发到他手机上。

这一场博弈,他一定要赢。

唯一没想到的变数,却是田净植。

05

从医院回来后,田净植就一个人待在露台上发呆,失魂落魄地坐在那里,不吃也不喝。她心绪起伏太大,已经跌到了谷底。薛灵乔端着果汁,轻轻走上去,月光洒在他脸上,落下一片斑驳的光影。他不知道说什么好,任何语言都是苍白的,除非他同意救李晏之。但这是不被允许的,他不能开这样的先例。

薛灵乔把果汁放到她一侧,一言不发地坐在她身边,一直等到她昏昏睡去,他才把她重新抱回卧室里。

温柔的灯光下,她的眉眼紧蹙着,即使在睡梦中也不安地啜泣着。

他能感受得到她心口连绵不绝传来的刺痛,他也知道她会好起来。

第二天一大早,叶琛来看望田净植。她昨天失魂落魄地离开医院,他很担心她。田净植坐在沙发上,愣愣地翻看她和李晏之的相册。二十几年来,小晏一直陪伴在她的身旁,他们的感情,是没有人可以替代的。

叶琛倒了杯柠檬水给她,看了一眼客厅:"你们家大乔没在家吗?"

田净植像是没听到他的话一样,依旧一心一意盯着相册,喃喃道:"我差点就把它丢了,我和小晏的相册。"

叶琛看了一眼相册,小晏在每张照片里都是那么开心,他也跟着有些伤感

第六章
Chapter.6

起来。

"小晏就是不想看到亲人和朋友伤心所以才一直隐瞒。现在这个情况,你也不要太难过,否则小晏的苦心就白费了。"

她怎么能不难过,她最了解小晏,所以才知道,他有多苦。

"他从小就是个内向又固执的家伙,认定了就会一条道走到黑,即使被误会也不去辩解。"

"所以他暗恋了你那么多年,直到你交了六任男友都不合适,才决定自己挺身而出。"叶琛开着玩笑,"真的好感人。"

田净植勉强跟着笑了一下:"那个时候我一直把他当弟弟看待,他从不向我表露心思,不过也有可能是我的感觉太迟钝了,就像这次一样。"

"如果没有这样的意外,我应该早就喝到你们的喜酒了。"

田净植合上相册,问道:"医生那边怎么说,一点希望都没有吗?"

"这种病……是没有太多办法的。"叶琛也很无奈,早在知道小晏的病时,他就查过相关的信息,可是,并没有什么希望,除非……

叶琛顿了顿,补充道:"上次你出车祸,我们猜测是那个怪物用他的血液救了你。他的血液里拥有天然的完美修复酶,如果能够找到他来救小晏就好了,可惜我们都不知道他躲到哪里去了。"

想到薛灵乔冷漠的态度,田净植心下更难过,轻轻摇头:"即使找到他,也不一定愿意出手相救吧。"

叶琛看着田净植,琢磨着她的话,不知怎么,觉得她的语气有些奇怪:"你能找到他?"

田净植一顿:"不能。"

叶琛有些失望,如果真能找到那个怪物,为了小晏,也为了他的研究,都是双赢的事。

送叶琛离开后,田净植回到客厅,发现薛灵乔正在厨房洗杯子。他看到靠在门边的田净植,擦干手走过去,温柔地将她脸上的头发拨开。

田净植愣愣地问:"你真的不愿意救小晏吗?"

薛灵乔有些抱歉，轻声道："我以为我已经说得很清楚了。"

他低头走出厨房，田净植怔了一下，转身跟上去，不甘心地追问："虽然知道了小晏拒婚的理由，我也没有可能和他重新开始了。"

说了半天她也完全不听，只是在曲解他的心意。难道她是以为自己在吃醋，薛灵乔觉得好笑，对这个人很失望也很生气，口气也生硬起来："你想多了，和谁在一起都是你的自由。"

田净植快步走到他面前，面带怒气地质问他："薛妖怪，你什么意思？"

"字面上的意思。"

"所以你的意思就是如果你救活了小晏，我就会开开心心地跟他重归于好吗？"田净植觉得荒唐，难以置信。

薛灵乔几乎快要甩手离开，他调节了一下呼吸，咬牙道："我再说一遍，我不救他不是因为他是你的前男友，而是我不是救世主，也不想违背自然规律。"

"可是我也没有让你普度众生，只救小晏一个人而已，不可以吗？"

"现在是小晏，有一天会是父亲大人、母亲大人，有一天会是张萱萱，还有一天甚至可能是叶琛。人心都是贪的，而且一旦得到就会上瘾，以为找到了对抗死神的办法，直到把自己变成魔鬼。"

"我不要听你说这些大道理。我不是冷血怪物，明明有办法却可以眼睁睁地看着，什么都不做。"

薛灵乔激动地说完，对着田净植咄咄的目光，觉得已经没必要再说什么了，转身往门口走去，离开这个让他窒息的地方。

田净植不死心地跟上去，低声求他："我发誓，就这一次，好不好？"

薛灵乔停下脚步，却没有回头。

"人发誓的时候，往往是心里最没底的时候。"

田净植愣在原地，看着薛灵乔的背影，一个字都无法反驳。

中午田净植带着煲汤去看小晏，她想起叶琛的话：即使再伤心也不要在小

第六章
Chapter.6

晏面前哭了，你可是个演员。

她努力忍住心中的难过，对小晏露出一个微笑："伯父伯母是该回去休息了，累出病来反倒让你担心。"

李晏之喝了一口汤，好笑道："别担心了。最不想面对的情形终于还是来了。你来之前刚送走一波探病的同事，医院门口的鲜花店和水果店应该最开心了。"

"虽然你不乐意，但大家都是真心希望你好起来。你不会也嫌我烦吧？"

"怎么会？我希望你能天天陪着我……"意识到自己说错话，李晏之马上住了嘴，笑了笑，"那也不可能啊，我这病估计一两天也死不了，大家该工作的工作，该恋爱的恋爱，要是因为我受到影响，我不病死也得愧疚死。"

田净植忌讳地打断："不要老是死死死的挂在嘴边。"

李晏之一笑，没再说什么，低头继续喝汤。

看着小晏苍白的脸色，田净植心里又是一阵难过，她强压住想哭的情绪，低声道："小晏，我不会让你死的。"

李晏之好笑地看着田净植，逗她玩："你说了就算啊，死神是你二舅吗？"

"我说真的。"田净植一脸认真。

李晏之只当她是在安慰自己，索性顺着她，把手上的碗递过去："好好好，那再给我盛碗汤吧。"

下午的时候，张萱萱也来到了医院，趁着天气好，三个人离开病房找了个僻静的地方散步。李晏之穿着病服走在中间，突然笑了："我怎么突然有一种走红地毯的感觉？"

"幸福吧，如果你进演艺圈的话说不定会比小植红。"

"喂，不带这么夸人的啊。"

"我实话实说而已。"张萱萱故意逗她，"你哪有演技呀。"

田净植故意假装生气，切了一声："真是没办法好好做朋友了。"

李晏之笑道："我最开始在网上看到新闻说你们俩不合的时候，真想打电话骂那个记者一顿,问他知不知道什么叫做革命友谊。"

田净植扬起下巴得意道:"那都是萱萱在故意借我炒作。"

"是啊,否则你也不可能有现在这么红。"

"原来新闻上说的不合是真的。"李晏之哈哈大笑。

三人默契地笑起来,气氛很轻松。李晏之想起小时候很多事,有田净植,有张萱萱,不知道是不是人在将死时,往事都会如走马灯般重现。以前说过的话本来都已经忘记了,又突然清晰起来。他左手拉住张萱萱,右手拉过田净植,怀念地说:"小时候跟在你们身后我就一直在想,长大了我们也要在一起,老了也要在一起,一直保护你们。"

田净植一愣,呆呆地看着小晏。

张萱萱嫌弃道:"要是知道你很早就喜欢小植了,我才不要当电灯泡。"

"我也喜欢萱萱姐啊。"

"花心鬼。"张萱萱捏了捏他的脸,笑了。

田净植怔怔地、悲伤地站在原地,小晏,求你,那就说话算话,保护我们到老吧。

06

夜很深了,薛灵乔躺在旧居湖边的草地上,大白龟在他的身上爬来爬去。

"我的处世原则很难理解吗?在我看来,人贪婪的劣根性比冷血怪物更可怕。水生,就算是你的话,我也不会救的……"

也许是时候离开了,什么长相厮守,不过是痴心妄想。

他跟田净植的确是人妖殊途。

手机木马软件发来新邮件,有人发信息联系张侦探,明天下午四点在万象高尔夫球场见面。

次日薛灵乔提前到了万象高尔夫球场。他戴着高尔夫球帽坐在休息区角落里的位置,手里拿着大开本的时尚杂志用来隐蔽自己。时间一点点过去,快到

第六章
Chapter.6

四点时，张侦探终于推门走了进来。他环视了一下休息区，走到另一个角落的座位坐下，并点了一杯绿茶。

薛灵乔继续不动声色地看杂志，不时用余光观察张侦探。

桌上的手机突然振动起来，屏幕上显示田净植的名字。薛灵乔看了一眼，按了挂断。她立刻发短信过来：怎么不接电话？

很快，田净植又发了一条：你要我怎样才会答应救小晏？

又是这个话题，薛灵乔很是疲惫，他的态度已经表达得很清楚了，可田净植还是不放弃。他一下子不知道该回什么，干脆什么也不回。

休息区的另一侧，张侦探正在喝茶。他按亮手机，看了一眼时间，似乎有些着急。没一会他摸了摸上衣的口袋，又摸了摸裤子的口袋，好像在找什么东西。环视一圈休息区后，他的目光落到薛灵乔所在的方向。

随后他站起身，一步步朝薛灵乔走过来。

薛灵乔听到由远及近的脚步声，微皱了一下眉头，难道……被发现了？张侦探越走越近，薛灵乔正想着要如何脱身，突然听到了服务生的声音。

"先生……"服务生喊住了张侦探，"先生您好，不好意思，休息区不能抽烟。"

张侦探停下脚步，看了一眼手指间夹着的烟，"喊"了一声，脸上闪过一丝不快，手指翻转将香烟折断，转身回到了原来的位置。

薛灵乔平静地翻了一页杂志，不一会儿，田净植又发来一条短信：我顺路买了有机羊奶，早点回来。

等他再抬头时，张侦探已经走出了休息区。薛灵乔一愣，重新打开手机，看到了一条截获的新短信：有急事，下次再见。

等了半天结果扑了个空，薛灵乔也只能懊恼地离开。

坐上出租车，薛灵乔看了一眼时间，有些烦闷地对司机道："师傅，前面掉头，我想先去一趟市中心的希柏法国餐厅。"

"那可要绕一大圈啊。"

"我知道。"

司机答应着,掉了头。

薛灵乔转头看向窗外,他有些不安,她给他发的短信都是很平常的语气,但正是因为如此,他才更加感到不安。

第七章
想象中的自己总是比较坚强

01

薛灵乔回到家时，田净植正坐在沙发上喝红酒。看到薛灵乔，她嫣然一笑："你回来啦？"

看了一眼她手中的红酒，薛灵乔点头道："我给你买了芝士蛋糕。"

"太好了，我也给你买到了有机羊奶，可以开饭了。"

田净植看起来心情还不错，似乎完全没有因为薛灵乔不回她短信而生气，也似乎忘记了李晏之的病情一般。

露台的小桌上摆着倒好的羊奶，还有红酒、水果沙拉和芝士蛋糕。田净植尝了一口蛋糕，眨眨眼嬉笑："给我买了最喜欢吃的MOMO芝士蛋糕，作为男朋友算是勉强及格了。"

"顺路看到所以就买了。"薛灵乔不自然端起杯子，用鼻子闻了闻里面的羊奶，很鲜美。只是这鲜美里也是藏了砒霜般的心思的。他几乎已经猜到了她想做什么，他只是不敢相信，默默地喝着羊奶，看着远处的灯火。薛灵乔想着，未来的某一日，他还是会怀念这个夜晚。他不得不承认他们是相爱的，只是这爱太沉了。他们都无法负荷。

田净植偷瞄着他的表情，抿唇一笑："不用太感动，我也是顺路。"

"只有北边那个很远的牧场才有吧，这路顺得够远的。"

当场被拆穿，田净植只能尴尬地笑："妖怪就是讨厌，一定要拆穿我才开心吗？没错，我是特意去给你买的。"

薛灵乔抬起沉黑的眼睛望着她，专注地看着她，把她微笑的模样一点点记在心里。

"放心吧，不是因为想让你救小晏用来讨好你的。"她端起柠檬水和他碰了一下，自己喝了一大口。

薛灵乔晃了晃杯中的羊奶，优雅地尝了一口。田净植继续偷瞄他，他一抬头，她又心虚地转开眼睛。

"喜欢就多喝点。"

"嗯，很不错。"

用完晚餐，两人舒服地躺在躺椅上休息。田净植偏头看着闭目养神的薛灵乔，低声道："薛妖怪，你要是困的话就好好睡一觉吧，醒来之后一切都会好起来。"

薛灵乔没有回答，好像是睡着了。

田净植盯着他看了一会，心里很抱歉，她做了一个很艰难的决定，非常的艰难，几乎要压垮了她。

"大乔，对不起，小晏等于是我的弟弟，无论如何我都要救他，我只要你的一点点血，只要一点点……我知道这样很卑鄙，但是我只能这么做。"

田净植轻手轻脚地跪在椅子前，深情而愧疚地看着薛灵乔的脸。她深吸了一口气，捧住薛灵乔的脸，下定决心，慢慢地凑上去，她只要咬破他的舌尖吸出一点血。

就在嘴唇即将碰触到的时候，薛灵乔慢慢睁开了眼睛。

田净植吓了一跳，一下子放开他，愣愣地瘫坐在地上。薛灵乔面无表情地坐起来，眼中是空茫的，那个猜想实现的，比想象中似乎还难受一点点。他只承认一点点，而且过了今夜，他就忘掉。

田净植一紧张就结巴："你……你怎么……我……我明明……"

"你明明在羊奶里加了药。可惜所有的药物，包括毒药在我的身体里都会被快速分解清理干净，对我起不到任何作用。"

"怎么会……那天晚上你还喝醉过……"田净植不可思议地看着他。

薛灵乔紧紧地抿着唇，没有解释。

第七章

"你……装醉？！你怎么可以这样，我还以为……"

田净植指着薛灵乔，瞬间恍然大悟。薛灵乔和她，是两情相悦的，所以他才装醉。她对上薛灵乔的目光，顿时不知所措，安静了下来。

"你无论如何也要救李晏之，对吗？"冰冷的声音传来。

事已至此，田净植深呼吸一口气，倔强地望着他："是的，只要有一线希望，我都会拼尽全力去救他。"

"即使我很不愿意，即使很有可能让我暴露，你也不在乎吗？"

田净植被噎了一下，心里说了无数次对不起，可是她不能低头。她真的很想救小晏，他已经时间不多了，容不得她再犹豫不决。

薛灵乔的声音低下去，仿佛有些可笑："所以我现在在你眼里只不过是你用来救他的药，对吗？"

"薛妖怪，我……"

"你不用马上回答我。你还可以做最后一次选择，如果你一定要我救李晏之，我明天就陪你去医院，然后我会离开这里。"他顿了顿，清亮的眼眸直直看着她："现在你可以告诉我答案了。"

田净植看着他的眼睛，眼眶一下就红了。她不喜欢这样的选择，她爱薛妖怪，可是也喜欢从小和她一起长大的小晏，她一直去恳求他，为什么最后还是让她来做这样的选择？

她低着头，躲开薛灵乔的目光，没有说话。

沉默已经给出了答案。

薛灵乔明白了，点点头，转身往楼梯口走去。

田净植一动不动地看着他的背影，说不出一句挽留的话。

薛灵乔走到楼梯口，忽然停住了，他背对着她，声色漠然："谢谢你的款待。打扰了你这么久，非常抱歉，本来就只是想要利用你才来到这里，现在愿望也差不多达成了，以后……各自保重吧。"

说完，他头也不回得走了。

田净植孤零零地站在露台上，泪水一下子涌了出来。

02

次日清晨，冯冻冻接他们去医院。

薛灵乔坐在保姆车的后排左边沉默不语，田净植坐在右边，眼眶红肿布满血丝，两人一言不发地看着窗外。

这气氛太诡异了，冯冻冻吓得一路上大气都不敢喘。

病房里，李晏之正昏睡着。医生说为了减轻病人的痛苦，现在唯一能做的就是让他能好好睡一觉。

田净植站在病床旁呆若木鸡，想跟薛灵乔说点什么，却觉得说什么都太过刻意。薛灵乔没有看她，只是静静道："你出去吧。把门关好，不要让任何人进来。"

田净植走出病房，茫茫然地站在病房门口。

她没有后悔，拿自己的幸福去换小晏的命，得到了一样东西，总是要失去另一样东西，这真是她最讨厌的法则，但这很公平。可是薛灵乔走了之后，他会去哪里，还会不会有机会见面，能不能偶尔打个电话，就算像久别重逢的朋友那样打个电话也好。

薛灵乔打开门出来，他没有看田净植，只站在原地，低声说了句："很快就会痊愈……我走了。"

他走后，田净植一个人枯坐了许久。

晚上回到家，薛灵乔果然不在，她打开冰箱，里面整整齐齐地放着矿泉水和苹果，一看就是薛妖怪的强迫症风格。她走进洗手间，疲惫地打开水龙头准备洗脸，却看到情侣杯中只剩下了一支牙刷。

走进薛灵乔的卧室，打开衣柜门，里面只剩下空空的衣架。

他终于离开了，在她想要千方百计地留住他之后。

田净植疲惫地躺在床上，沉沉地睡去。

李晏之一觉醒来，身体里扩散的癌细胞消失得干干净净。

连医生在内所有的人都无法相信，这是只有神迹才会发生的事。虽然癌症

第七章
Chapter.7

自愈的人有，但是已经扩散的癌细胞一夜之间消失得干干净净没有人听说过。不过没有人去追究原因，都沉浸在失而复得的狂喜中。

李家连后事都快准备好了，又见儿子康复，大宴宾客，又去庙里上香，给慈善机构捐了钱。

而唯一的知情者除了必须去装作惊喜，装作开心之外，回到家就像变了个人一样，不爱出门，不爱笑，也不接工作。每日除了睡，就是到处晃，什么也不做。冯冻冻很担心田小姐会瘦成骷髅，偷偷打电话跟场外观众张萱萱求助。

张萱萱一个电话过来，让她去家里喝下午茶。

冯冻冻开着车，看了一眼后视镜，碎碎念地叮嘱："田小姐，我把你送到张小姐家后要去一趟电脑城，你想回来之前给我打电话。"

田净植坐在后座闭目养神，迷迷糊糊地"嗯"了一声："别忘了买新鲜牛奶和水果。"说完才想起来薛灵乔已经走了，田净植缓缓睁开眼睛，光线涌进来，把她带回了现实，"他这几天有跟你联系吗？"

"没有……唉，大乔哥也真是够狠心的，说走就走，连个招呼也不打。田小姐，你们俩到底为了什么吵架的呀，前些天还一直给我放假，说是要过二人世界，怎么说分手就分手了呢？"

田净植转头看向窗外，她和妖怪相爱受到了诅咒，因此她无法向任何人诉说分手的原因。

冯冻冻以为她不高兴，继续道："田小姐，我是不是不应该这样说大乔哥呀，其实他人挺不错的，除了做的料理难以下咽之外……"

"闭嘴，大乔哥大乔哥，你离了他活不下去是吧？"田净植突然没好气地打断，把冯冻冻吓了一跳。

"明明是你先说要买牛奶和水果的。"冯冻冻弱弱地辩解。

"闭嘴，我自己喝不行吗？"田净植瞪了他一眼，毫不留情地揭穿他，"还有，冯冻冻，我可是已经知道了你吃里扒外的事情了，薛妖怪的事你要是敢向我爸妈透露一点半点，你就提头来见吧。"

"我不会的呀……可是万一田伯父要问起大乔哥怎么办？"冯冻冻缩着头，看到田净植凶狠的眼神，连忙赔笑，"我就说大乔哥出国度假了。"

在张萱萱家喝过下午茶，田净植半躺在贵妃榻上看电视。张萱萱坐在一旁认真地看书，田净植瞄了一眼封面，有些纳闷。

"你什么时候喜欢上看这种生物科学类的书了？"

"作为一个演员，多看点书总没坏处的。"

田净植喷了一声："是叶人渣介绍你看的吧？"

"没错，确实是有意思的书。你知道吗？除了人类，其他哺乳动物一生的心跳次数基本都是一样的，大约有7亿次，而乌龟只有5亿次。乌龟之所以活得久，是因为它们每分钟的心跳只有6次，神奇吧？"

田净植翻了个白眼，吐槽道："你说的都是那些不谈恋爱的乌龟，你让乌龟每天热恋失恋，心脏怦怦怦的，估计也活不长。"

"怎么，这次真失恋了？"张萱萱把书合起来，好笑又同情地看着田净植，"如果你舍不得这段感情，再去争取不就行了？"

田净植叹气："算了，反正也不是能白头到老的人。"

张萱萱自然听不懂她话里的意思，猜测道："这边小晏的病一好，你那边就和你家大乔分手了，这说明什么？"

田净植皱眉："说明什么？"

张萱萱犹豫了片刻道："虽然这么说对大乔不公平，但是当初你和小晏也是到了谈婚论嫁的地步，说不定你们俩可以……重新开始。"

"不要，我现在只把小晏当做弟弟。"

"我只是提个建议而已，要不要重新开始肯定是需要你们自己去考虑的。这次小晏的命真好，癌症自愈可是非常非常非常稀有的情况。"

田净植想起薛灵乔离去的背影，只能苦笑。

03

李晏之神奇康复之后，快速投入到了工作之中。大家只觉得他是得到了幸运之神的眷顾，才会自愈。然而叶琛并不认为这是幸运之神，而是事在人为。他抽了李晏之的血去做化验，得到的结果让人惊喜："你的血液里有着和小植

第七章
Chapter.7

的血液里同样的修复酶。"

李晏之虽然早就想象了有这种可能，得到验证后，还是惊愕不已。

叶琛等着李晏之发表评价，但李晏之只是疑惑地看着他，二人面面相觑。

"所以你还是更愿意相信是自己人品大爆发，奇迹降临？"

对叶琛来说这个很重要，可是对于李晏之来说，人品大爆发或是奇迹都好，无论过程如何，他都得救了。无论是什么救了他，他都心存感激这第二次的生命。

李晏之无所谓地笑了笑："我怎么听你这话的意思是不希望我好？我可是严词拒绝了医院的研究请求而答应做你的小白鼠，还是免费的。"

"所以说咱们俩才是真爱嘛。"

"我可不想和萱萱姐抢男人。"李晏之笑道，"现在结果出来了，我可以走了吗？"

叶琛挑挑眉，又把话题引了回去："你真的一点都不好奇吗？一只懂得感恩的怪物，不仅报答了无意中救活他的恩人，连恩人的前男友也要一起关照。"

"这只是你的猜测而已。"

"是最合理的猜测。"叶琛强调。

"猜测只能代表可能性。我是一个警察，我需要的是证据。"

"呵，又是证据，所以除非那个怪物站在你面前，否则你都……"叶琛突然想到什么，"喂，你不会至今还觉得干尸有可能是被偷了吧？"

李晏之点头道："我并没有完全排除干尸被偷的可能。"

遇到这么个顽固的人，叶琛简直跟他没办法好好沟通。

"跟警察聊天真是分分钟被气死。"

"那也比给科学怪人做小白鼠，随时可能暴毙好。我走了。"

叶琛无奈地看着李晏之离开，他有一种直觉，这个怪物并没有跑很远，也许，就在他们身边。

此时庄园主人站在树荫下，悠闲地逗着手臂上的鸟。手机放在桌上开着免提,传来张侦探的声音。

张侦探照常汇报着关于薛灵乔的一切。

他冷笑一声:"在外面久了胆子也越来越大了,竟然冒着暴露的风险去救一个警察。"

"是啊,用不了多久恐怕就会被发现,这对我们可不利。"

庄园主人走到鸟笼旁,将胳膊上的鸟扔进笼子里,冷声道:"看来是要好好准备收网的计划了。明天下午三点半,我们在来福茶庄碰面。"

他挂断电话,看着笼中扑腾的小鸟,自言自语道:"我得为他准备个大一点的笼子才行。"

螳螂捕蝉,黄雀在后。

第二天下午三点半,来福茶庄里,已有人等候多时。

张侦探准点到达被服务员一路领着进了包厢。在对面的包厢里,薛灵乔泡好的功夫茶已经凉透,他将凉掉的茶水倒掉,慢条斯理地重新泡。就在此时,他的手机突然响了起来,是个陌生的号码。薛灵乔连忙按掉,并迅速把手机调成了静音。

不一会,他听到那边包厢有张侦探的声音传来。

"喂,我在外面有事,那个委托等我回去再说吧。"

薛灵乔闭目聆听,他和张侦探现在在等同一个人。只不过对张侦探来说,那人是老板;而对于他,那人是放干他的血的仇人,是一个化名叫"洪世龙"的人。

蹬、蹬、蹬。

一双皮鞋的声音由远及近,最后停留在张侦探的包厢门口。

是那个人来了么?薛灵乔仔细分辨着。大厅里传来各种笑声、服务员及其他顾客的说话声,杂乱无章。然而,来人进了包厢后,张侦探提出要去卫生间,接着离开包厢。薛灵乔耐心地泡着他的茶,茶香萦绕时,他突然想到一个问题,张侦探怎么敢这样怠慢自己的老板。他手一顿,重重放下茶离开包厢,走到对面猛地推开门。

只见包厢内坐着一个陌生的西装男人,正抱着胳膊在打瞌睡。

第七章
Chapter.7

薛灵乔一把抓住西装男人的胸口，盯着他的脸，但这人并不是自己要找的洪世龙。

"你……你是谁，你要干什么？"西装男吓了一跳，惊恐地看着他。

"之前的人呢？"

"走了，你快放开我……"他用力地挣扎，可是完全摆脱不了薛灵乔。

薛灵乔狠厉地盯着他："你是谁，在这里干什么？"

"你要干吗？"西装男颤抖着，突然大喊道："打人啦……打人啦……"

薛灵乔一愣，他这一喊，很快就有其他顾客打开包厢门往过道里看，还有服务员直接跑了过来，看到这个场景也吓了一跳，以为他们出了纠纷，连忙劝薛灵乔冷静一点。

薛灵乔压抑住怒气，瞪了西装男一眼，这才微怒地松开手。

"你这人怎么回事……"西装男尴尬地整理着衣领，看到薛灵乔那杀人的眼神，讪讪地闭上了嘴。

薛灵乔冷着脸，在场的人面面相觑，都不想惹事便回到自己的包厢里。

"薛先生？"

身后突然传来一个温软的声音，薛灵乔疑惑地转过头，洪世光一脸惊愕地看着他。

"怎么了？发生了什么事吗？"

薛灵乔恶狠狠地瞪了一眼那个西装男，西装男迅速拿起公文包慌不择路地跑。薛灵乔明白自己是暴露了，跟田净植分手再加找不到那个狡猾狐狸，桩桩件件都让他愤怒和无力。他掩饰住沮丧，强笑了一下："只是误会而已。"

洪世光微微一笑，舒了一口气："原来是个误会啊。要是真跟薛先生动手，他可不沾光哟。"

薛灵乔请洪世光进了自己的包厢小坐，茶刚冷好，他推一杯过去："贵人就是贵人，茶刚好。"

洪世光端起茶慢慢品着："咱们俩有缘呢，今天是我第一次来这个茶座，却被人放了鸽子。遇到了薛先生，也算是没白来。"

"敢放洪先生鸽子的人只有张萱萱了。"

"听说薛先生是萱萱的粉丝,果然很了解她。不过,放我鸽子的人还真不是萱萱。我好像跟你说过,我有个神出鬼没的堂哥。"

薛灵乔心里一惊,表面上却很淡定:"洪世龙?"

"是的,昨天突然发邮件约我喝茶。我们很多年没见了,有些事情当面说清楚比较好,结果他却爽约了。"

怎么回事?难道洪世龙今天下午分别约了张侦探和洪世光在这见面,但却最终没来?薛灵乔若有所思,他一定是知道自己在监听的事了,所以才没有来赴约,那个西装男又是怎么回事?

洪世光不想多谈自己堂哥的事,转移话题问:"田小姐最近怎么样?"

薛灵乔一怔,接着从容地品茶:"她很好,谢谢关心。"

04

其实,田净植过得并不好。

作为一个女艺人她实在是有点糟糕,蓬头垢面,精神萎靡,从不吃饭瘦弱到迷恋垃圾食品,要多堕落就有多堕落。

李晏之来找她时,她甚至连好好梳洗一下的心思都没有,走路都拖着腿,跟《行尸走肉》中的丧尸一模一样,完全生无可恋的样子。

冰箱里只有可乐和啤酒,想到李晏之大病初愈,酒精饮料不能碰,田净植拿了心爱的可乐给他。

"要过来怎么也不提前打个电话。"

"我打了电话,你没接。"

田净植"哦"了一声,她的手机在哪里都不知道,自然是接不到电话。

李晏之的病确定痊愈以后,他对田净植那些挥之不去的爱意便成了负担。田净植有了新的男朋友,重新又回到了正轨,他不能守着过去不放。既然看到她会控制不住爱意折磨自己,倒不如少联络。就像田净植之前说的那样,就当做是平常的姐弟来相处。

若不是和张萱萱通电话时提到田净植状态不好,无心工作这件事,他也不

第七章
Chapter.7

会来看她。他不来看她,就不知道她把自己搞成了这个样子。

"你是不是身体不舒服?还是没睡好?"

"我没事……"田净植强打着精神,有点厌烦一样,"你来找我有事吗?"

"我打你电话没人接,有点担心。另外也有些事想找一下薛先生。"他向一楼的卧室看了一眼,"他没在家吗?"

一个两个的都来戳她的伤口,真是烦透了。

田净植支吾道:"他……出国度假去了。"

李晏之"哦"了一声,不知道再说些什么好。他不说话,田净植就那么坦然地沉默着。

"小植,你是不是不想见到我?"李晏之试探着问了一句。

田净植看了他一眼,挺敏锐的嘛,挥挥手:"怎么会……"

李晏之察觉到她的敷衍,心里更是失落,缓缓道:"我病好之后,你就没有再来过,上次和这次见到你,都感觉你不是很开心。"

田净植怔怔地听着:"你什么意思?"

"我在想,也许我的病没有痊愈才是好的。"

他沉浸在自己的想象的情境里,兀自猜测着、悲伤着。

为什么她为了他放弃了这么多,到头来还要被这样误解呢?

田净植见鬼一样地看着他,突然随手抓起手边的抱枕砸过去,声音都在颤抖:"我难道不希望你好吗?"

李晏之被打了一下,愣住了,不知道该如何安慰她。田净植开始哭,从无声的哭到撕心裂肺地哭。她那么喜欢的薛灵乔,她都不要了,只为了救他。她那么喜欢他,却害得他伤心。她明知道那个人一直是孤身一人,却把手递给了她,是她自己放开了。

她心里很痛,痛到日夜不得安宁。

李晏之手足无措地:"小植,我错了,你别哭了。"

"不关你的事,你走吧。"

李晏之没明白田净植的意思,以为她是为之前的事生气,连忙自顾自地道歉："对你隐瞒了那么久是我不对，当众拒绝你还让你伤心难过，我的心里也一直不好受，对不起！小植，对不起！"

"都说了不关你的事，早就过去了。"她擦了擦眼泪，努力把情绪整理好。

李晏之抓住田净植的手，轻声问："你真的没有再恨我了吗？"

田净植看到小晏一本正经又充满爱意的眼神，那么急切地要把一切都给她看。她顿时就心软了。李晏之根本什么都不知道啊，她不过是在迁怒罢了。田净植暗暗叹了口气，咧嘴尴尬地笑了笑，另一只手在李晏之的头发上胡乱抓弄了几下："你在胡说什么啊，我怎么会恨你，你可是我亲爱的小晏弟弟。我今天只是心情不好。"

李晏之握着她的手慢慢松开了。这个"弟弟"的称谓已经是在他面前画了一条清晰的分界线。

城市的另一边，薛灵乔突然停下脚步，悲伤的情绪不可抑制地在胸口弥漫。他能清晰地感受到田净植的心很痛，但这是她必须要去承受的代价。他拿出手机，看了一眼屏保，上面是田净植甜甜的笑容，一如往昔。

前方的西装男拐进了小区，薛灵乔郁郁地吐了口气，快步跟了上去。西装男一直低着头往前走，看上去很疲惫的样子。薛灵乔见四周无人，加快了脚步，挡在了他的前面。

"你……你要干什么？"西装男走着走着突然撞到了人，抬头一看，是在茶庄找自己麻烦的那个男人，不禁吓了一跳。

薛灵乔冷冷地看着他："我想知道你为什么会去那里？"

不容拒绝的语气和强大的气场让西装男莫名有些害怕，他吞了口唾沫，支吾道："我……我是帮帮乐服务公司的人，我的工作就是跑腿，中午的时候我接到一个电话委托，让我穿正装去见一个人，另外我需要在三点半准时打一个电话，但只响了两声就被挂断了。然后我到茶庄后，需要把名片和纸条上写的电话号码给在包厢里的人看……"

他拿出一张皱巴巴的纸条递给薛灵乔："我用报刊亭的电话打的这个号

第七章
Chapter.7

码。"

薛灵乔看了一眼,微微有些吃惊,这是他的手机号码。难怪在包厢里,他会接到一个陌生来电。

西装男心急地解释:"不让我说话,也不能让对方说话,只要给他名片和电话号码,然后坐半个小时就可以,这要求虽然奇怪,但相比我接过的其他活,其实也不算什么……"看着面前纠缠不清的人,西装男又点着急,"真的,我没骗你……"

薛灵乔没有再听下去,撇下西装男转身离开。

整个事件已经很圆满地拼凑了出来:张侦探在包厢里看到西装男的名片,知道他是专门替人跑腿的。而后一对照纸条上的手机号码,是薛灵乔的,回想起之前听到的铃声,迅速猜出老板的意思,知道自己被跟踪,偷偷地撤离。

那人在暗处操纵着一切,他显然是怀疑到了张侦探的手机出了问题,然后找来职业跑腿的人来验证自己的猜测。

他想起洪世光说过的话:我堂哥在暗处,我只能等他主动找我。不过说实话,我也不是那么想见他。

薛灵乔琢磨着,虽然现代科技那么发达,但是要想找到一个刻意隐藏的人,也不是那么容易的事。

也许,有一个人可以帮忙。

05

李晏之坐在办公桌前反复观看邮件中心设置陷阱那天的监控视频。别墅杀人时伪装成送奶工,这次又伪装成分拣工人,明知可能是陷阱还一定要闯入,照片里到底藏了什么秘密呢?李晏之想破头都想不明白这其中的原因。鱿鱼仔将一沓厚厚的资料放到李晏之的办公桌上。

"小晏哥,这是你要的所有和小植姐有关的案件资料,包括杀手家搜到的没有搞清楚的买凶证据,小晏哥火眼金睛,一定能有关键发现。"

"少拍马屁,你自己也要再看一遍!"

鱿鱼仔做了个"你干脆杀了我"的表情，只能认命地去翻资料。

在办公室的资料堆里窝了一整天，李晏之完全找不到新线索，心里烦闷，开车出去找点灵感。叶琛正在给办公室的小白鼠打扫笼子，听到敲门声一回头，看到李警官潇洒地靠着门框冲他挥手。

李晏之熟稔地将自己的案件资料放到桌上，转眼看到叶琛的实验报告，饶有兴趣地拿起来翻看。

"我以为你再也不会想要到这里来了。"见他看报告看得认真，叶琛倒也不介意，笑了笑，"那些实验报告你看得懂吗？"

李晏之摇头："看不懂，不过科学研究的方法用在侦查上也是行得通的。"

"所以你是来我这里找灵感的？"

"可以这么说。"

"那有收获吗？"

"当然。"李晏之点点头，一副高深莫测的样子。

叶琛打扫完笼子，看到李晏之留在桌上的案件资料，略微一犹豫，拿了起来。李晏之去上洗手间了，出来时看到叶琛在翻看他的资料，惊讶道："你怎么能随便翻看我的资料？"

叶琛头都没抬，继续翻看："这叫情报交换。说不定我也能从这里找到科学研究的方法。"

"按规定这些都是保密的。"李晏之不爽地快步走过去拿回资料。

叶琛挑挑眉："你刚说这些是和小植有关的案件资料，小植也是我的前女友，我有知情权。"

"谬论。"

"小气鬼。"

叶琛转过身，顺手将藏在身后的一叠资料带到另一边去看，李晏之整理好被翻乱的资料，转头一看，发现叶琛手上还有，连忙过去抢。

"你还我！"

"等下，我还没看完，再等一下下就好了。"叶琛左躲右闪，把资料举到

第七章

头顶努力看着上面的信息,李晏之气得都趴到他背上去抢。

两人拉扯间,叶琛一抬头,突然看到了站在不远处的张萱萱,顿时一怔。

张萱萱拉下墨镜,一脸不可思议地看着他们现在的姿势,这"男男授受不亲"的造型是怎么回事?

李晏之趁着叶琛慌神的时间拿回了资料,顺着叶琛的目光也看到了张萱萱。

"萱萱姐!"

叶琛连忙整了整衣服,有些尴尬:"不是你想的那样。"

张萱萱笑了笑:"我可什么都没说。"

"你……怎么来了?"

"刚在学校补拍了两个镜头,就顺便过来看看。小晏,你怎么在这?"

李晏之整理着资料,解释道:"我过来调查。"

大家一个两个的都过得风生水起,偏偏只有田净植这个倒霉鬼刚刚运势好点,又失恋。

张萱萱很同情地叹气:"小植也在这边,她失恋了心情不太好,你有时间多安慰一下她。"

失恋?!叶琛和李晏之瞠目结舌,完全是全新八卦,他们不是爱得要死要活的,恨不得每时每刻都要秀恩爱么?

张萱萱看着他们俩的神情,一下子回过神来,难道只有她一个人知道?

第八章
失恋是一种很玄的东西

01

　　田净植在家颓废时接到剧组通知，要去学校补拍一些镜头。她的黑眼圈和丧尸出笼一样的肤色让化妆师直皱眉，怀疑她是不是要退出演艺圈。当然不是，她的"长期饭票"已经飞了，再不振作起来，连房子都要供不起了，还怎么为非洲人民挖井。

　　田净植打着十二分的精神完成了这些追跑戏后，拖着快跑断的腿回到保姆车上，像大爷一样往那一躺，薛灵乔的影子又重新回到她的脑袋里。

　　自己今天跑得快要断气，他应该也感受到了才对，为什么不打个电话给她，确定一下她的安全呢？不知道他现在每天都去什么地方，过得怎么样？走得那么绝情干什么，她又不是他的仇人，不过是观念不合和平分手，就算分手了也可以做朋友不是吗？

　　一定是因为他爱面子，当初说得那么决绝，所以连个电话都不好意思打。

　　说不定现在薛灵乔也拿着电话抓耳挠腮地想着跟她联系的理由。

　　田净植意淫了半天，走火入魔，越想越觉得是这样，拿着手机翻到了薛灵乔的号码。

　　——薛妖怪，你刷牙了没？

　　太日常了，删掉。

　　——薛妖怪，你报完仇了吗？

　　太直接了，删掉。

第八章
Chapter.8

田净植郁闷地连连叹气，接过前排递过来的咖啡，继续打字。

——薛妖怪，老田又要来查岗了！

田净植犹豫着，没胆发出去。他们都分手了，薛灵乔又不是大圣父，怎么会管她死活。

保姆车突然启动，晃得她手上的咖啡都差点撒了。田净植也没心情发脾气，偶尔看向窗外发呆。

"冻冻，要不今天晚上咱们去喝酒吧？"

"想去哪家酒吧？我陪你去。"一个熟悉的声音传来，却不是冯冻冻的。田净植一惊，抬起头看到开车的竟然是李晏之。

"小晏？！"田净植觉得莫名其妙，"冯冻冻呢？"

"在学校我就把他打发回去了。"李晏之简直拿她没办法，"你的自我防范意识太低了，这样很容易出事的。"

田净植尴尬地笑了笑，薛灵乔这个万恶之源都走了，她还能有什么事。

"你刚才说想去喝酒？"

"我只是随便说的，送我回家吧。"

两个人有一搭没一搭地聊了一路，李晏之看她频频走神，勉强敷衍的样子，心里止不住的酸楚。

而此时，那个看似对她漠不关心的人，正在田净植的家里巡视旧领地。

露台的躺椅上放着乱糟糟的毛毯，地上乱滚着空红酒瓶。下楼推开田净植的卧室门，窗帘拉得非常严实，暗得没有一丝生气。如果没有冯冻冻每天过来照顾她，维持室内清洁，他来到这里一定会看到一个新型垃圾站。

薛灵乔走进他原来住的卧室，墙壁上田净植的海报已经换成了张萱萱的，不禁愕然于她的幼稚，哑然失笑。

他突然意识到，自己和田净植在一起的时候，很容易笑。大概是因为她这个人太好笑了，比任何人都好笑。

门外传来李晏之的声音："你小心台阶。"

薛灵乔有些意外，一个闪身，将门关上，在房间里听着外面的动静。

田净植一回到家就好像被抽掉了骨头一样，没形象地倒在沙发上，眼神都是失焦的。李晏之倒了一杯热水给她，看她小口小口地喝着，完全是下意识的举动，整个人都脱离在时间之外一样。他感觉得到，她在煎熬，她在受苦。现在她有了一个"虚"在那里，而他真的很想乘虚而入，即使是她现在不爱他也没关系。

他终于说出了自己的担心："你过得不好。"

"我……有什么不对吗？"

李晏之的眉眼都隐藏在阴影里，鼓起勇气握住她的手："小植，让我来保护你，好不好？"

田净植一愣，抽了两下手，抽不出来，也就不再白费力气，只是僵直在那里。

"小植，你不要急于回答我，也不要有心理负担。就像以前一样，我会一直守护你……如果你愿意再次走向我，我会很开心，也会更加珍惜。"

田净植心头一震："小晏，我……"

话说到一半，卧室里突然传来巨大的"咣当"声，两人都吓了一跳。

"什么声音？！"

李晏之吓了一跳，看着卧室的方向拿起了桌上的酒瓶。田净植忽然有种奇妙的预感，迅速拉住了李晏之，呵呵干笑："没事没事，我忘记关窗户了，又是流浪猫跑进来了。"边说着她边跑到卧室门口，推开一条缝把头探进去。

只见薛灵乔抱着肩悠闲地靠着窗户站着，虽是面无表情，却也难掩眼中的不悦。

"怎么回事？"李晏之追问。

"没事了没事了，冷血的流浪猫碰倒花瓶而已。"田净植瞪了瞪眼，将门关上，回到客厅里，伸了个懒腰，"那个，小晏你回去吧，我累了，我想休息了。"

李晏之又啰啰唆唆地叮嘱了一顿她要注意吃饭，多吃水果，不能吃垃圾食品，离开前，请求她好好考虑自己刚才说的话。田净植满脑子都是那只不请自来的"流浪猫"，哪记得他说了什么，满嘴敷衍着把人打发走了。

在门口，田净植连忙对着反光玻璃检查了一下自己的妆容，幸好还没卸

第八章

妆，看起来还是很美的，脑门上勉强还能贴得住女神的标签。她心里跟揣了只小兔子一样，激动得不知道说什么好，只要想到薛灵乔回来找自己，就一下子像吃了大力回春丹般容光焕发。

田净植压抑住欢喜，很做作地慢悠悠走回客厅。薛灵乔站在卧室门口，抱着胳膊面色不善地打量她。

这个女人是怎么回事，是不是恢复得太快了？她刚失恋才几天，这又在考虑跟前男友复合的事？她虽然倒霉，但是桃花运倒是越来越旺。每日买醉的女人不应该是一副鬼上身的模样么，怎么到她这里还是面如桃花，肌肤喝足了八杯水的样子呢？

薛灵乔暗暗地磨牙，也不知道自己在气什么，就是看她不顺眼。

这眼神好像要拿她的骨头磨牙一样，田净植虚张声势地抱着肩，跟他说声："你看什么？"

薛灵乔走向沙发，看了一眼茶几上的水杯，阴阳怪气地问："打扰到你们了？"

他在怀疑她这么快就另结新欢？亏得她还为了他日夜不宁。田净植脸色微变，气结道："知道就好，你来干什么？"

"不是你叫我来的吗？"

"我？"田净植诧异。

薛灵乔嘲讽似的笑了一下，扬扬手机："一个小时前发的短信，你失忆得够快啊！"

田净植连忙去摸口袋，看到手机在茶几上，连忙拿起来查看，那条"老田来查岗了"的短信竟然不知什么时候发出去了。

田净植气势顿时弱了下来，缩起脖子道歉："对不起，我发错了。"

薛灵乔面无表情地盯着田净植看了半天，见她没有其他的话对自己说，好似泄了气一般，轻声道："没事我走了。"

田净植"哦"了一声，默默让开。薛灵乔往前走几步，忽然回过头来。

"对了……"

"那个……"

两人一愣。

薛灵乔道:"女士优先。"

田净植跟着客气:"长辈优先。"

薛灵乔勾了勾嘴角,皮笑肉不笑:"你出车祸时穿的那件裙子我给你放衣柜里了。"

田净植一惊:"那件沾满血的裙子?你从医院拿走后都没烧掉的吗?"

"我之前把它藏在树洞里了,现在还给你,留个纪念吧。"

"纪念车祸……还是纪念你?"田净植讪笑了一下,"那场车祸让你多活了不知道多少年,要留做纪念也应该是你留着,以后漫长的岁月总需要有点什么东西拿在手里缅怀。"

"物归原主,我不想拿别人的东西。"

听他这么划清界限,田净植突然很生气,不自觉就有些咄咄逼人起来:"那把我的血也还给我吧。"

薛灵乔被噎住,顿了顿道:"之前保护你的承诺一直有效,没离开前需要一起应付长辈也没问题。如果你还有其他要求,我也会尽量满足。"

——这些我都不要,我只要你一直陪在我身边……

田净植心里这样想着,嘴上却说着违心的话:"你不用害怕,我不会缠着你的。想要保护我的人多得是,还需要排队叫号,刚才你就亲眼看到过一个。至于应付长辈,我没打算再瞒着老田,长痛不如短痛。几十年后我死了你就更不用愧疚了,遇到同类问起的话,你一定要说是你甩了我,被一个现在的女人甩了这种事传出去的话,你以后会被同类笑话的。"

薛灵乔盯着田净植,完全看不下去她这副逞强的样子:"这就是你要对我说的话?"

"对……对啊。"田净植被他盯得有些发毛。

薛灵乔吐了口气,郁郁道:"我走了。"

看着薛灵乔消失在自己眼前,田净植很懊悔,用手拍了下自己的嘴,叫你贱。

第八章

02

　　警察局办公室里的移动白板上写着相关人物的名字，李晏之一个个地做着分析："我们来重新梳理一下追车案。职业杀手已经死亡，我们之前的搜查方向是从职业杀手留下的证据去找买凶人。现在我们需要反过来，我们先从受害人出发锁定可能的买凶人。比如受害人洪世光，鱿鱼仔，你说说看。"

　　鱿鱼仔转着笔说："洪世光是洪氏集团的总裁，根据已有的调查和受害人的口供，我们现在锁定的买凶人有商业竞争对手，也有公司内部想要争权夺利的人。"

　　"很好，田净植那边呢？"李晏之转向在旁边认真做记录的水晶。

　　水晶认真道："小植姐这边目前锁定的是有可能恶性竞争的艺人，在李教授绑架的事情发生之后，我们又增加了对干尸可能感兴趣的科研人员。"

　　李晏之"嗯"了一声，若有所思："我们现在将这些名单与杀手留下来的未解证据进行社会关系交叉比对，看能否发现关联，从而找到真正的买凶人，明白了吗？"

　　"明白。"

　　李晏之这边紧张地调查着，叶琛那边也没闲着。他在研究中心的黑板上写着各种线索，通过李晏之病愈事件，依稀可以猜测，田净植和那个怪物是有关联的，甚至……一直有联系。

　　上次他看到李晏之的案件资料里，有几条让他印象很深刻。

　　——凶犯想得到一张一百多年前的老照片。

　　——阚小姐说当年的玉璧典当人在那张老照片上。

　　——玉璧典当人有可能是偷玉璧的贼。

　　——薛灵乔对李晏之说，凤凰玉璧是他祖上传下来的，一百多年前丢失了。

　　即使典当人真是偷玉璧的贼，一百多年过去了，凶犯拿走照片销毁证据的意义在哪里呢？除非……除非贼和抓贼的人都还活着？！

　　叶琛觉得这个解释很荒谬，可是也最为合理。

双方都不只是活了一百多年，而且没有真正的老去！

这是案件的关键，可是凡事都要确切证据的李警官是绝不会往这方面想的。

叶琛从抽屉里找到了当初的干尸宣传册，上面写着：……一百多年前被沉入湖底。死亡原因：颈动脉被割断疑被仇杀……

恰好一百多年，这难道只是纯粹的巧合？

怪物含有完美修复酶的血液→偷玉璧的贼割断怪物颈动脉→得到了不老不死的方法→一百多年后怪物复活→贼迫不及待地想要销毁证据，是因为怪物已复活，担心报复！

拼图完成。

叶琛看着黑板上的线索，激动得手都在抖。如果真是这样的话，只有一个可能性，那人出现的时间也能吻合，就是丢失玉璧的人——薛灵乔！

田净植洗完澡敷着面膜，看到客厅里装着那条血裙的纸袋，异常心塞。

冷血流浪怪猫！我为你流了那么多血，而你竟然为了一点点血就和我分手，这样的男朋友不要也罢。说什么担心暴露？现在不是谁都没发现吗？

想到薛灵乔跟她说话那冷嘲热讽的口气，她气得不行，将血裙放回袋中，摸了摸脸上的眼膜。

"唉！早知道会分手就应该讹薛妖怪一些血放在冰箱里，比什么护肤品可有效得多。"

说起来，那天薛妖怪是怎么救小晏的呢？不会是像对她一样，进行了亲密接触吧。脑海中迅速出现了一幅了不得的画面，她顿时恶心地抖了抖。

叶琛就是在此时打电话过来的。

"喂，你还没睡吧？"

田净植没什么心情闲聊，假装打了个哈欠，懒洋洋道："准备睡了。"

电话那边突然声色一沉："田净植，所有秘密我都知道了。"

"什么秘密？"田净植疑惑道。

"老师为什么会绑架你，小晏为什么会突然痊愈……"

第八章

田净植脑子一懵，没想到半路还杀出这么一个程咬金，顿时那一点睡意都没了，强作镇定地打断他的话："这些你不都早知道了吗，因为我无意中救活了一只怪物。"

"不……"叶琛冷静的声音里透出压抑的兴奋，"因为那个怪物就是薛灵乔。"

田净植不知怎的，全身的力气在一瞬间都被抽走了似的，腿软得撑不起身体的重量，慢慢地靠着沙发跪下来。她大脑里一片空白，双耳轰鸣着，不停地吞咽着口水，已经完全乱了方寸。

怎么会……他怎么会知道……

田净植捂着嘴巴，挡住自己牙齿打颤的声音。

叶琛正陷入发现新大陆的兴奋中，完全没察觉对面的异样，自顾自地狂热说着："所谓的常识真是害人不浅，我之前一直觉得怪物应该是避世，不敢与人类接触。原来他从来就没有离开过，一直在你的身边扮演着男朋友的角色。如果不是李晏之被救这件事，我还不知道要被骗多久……"

所以，这就是薛灵乔小心翼翼的原因，他知道肯定会暴露。他活了那么多年，凭着那份谨慎才走到今天。是她的无知和自大害了他，她对薛灵乔的爱不过是一种绑架。

强烈的自责压垮了她，田净植知道自己错得太离谱了。

"你们这群混蛋，把大乔还给我！"田净植心痛欲裂，突然激动起来，"薛灵乔不是扮演我男朋友，他就是我男朋友。都怪你们这群疯子，一直紧咬着不放。我们家大乔一不杀人，二不放火，三不抢小孩子的零食，还在超市里帮助老奶奶见义勇为。而且他本来就是人，变成这样也不是他想的。"

"我没有别的意思。"听到田净植大吼大叫，叶琛连忙安抚她，"你冷静一点好吗？"

"我没法冷静，如果不是你们，大乔也不会离开我，不会！现在你们满意了吗？满意了吗？！"

叶琛对应付女人哭一点办法都没有："小植，你……你别哭啊！别哭……"

本来打这通电话他还有些得意，却没想到捅了马蜂窝，只能焦头烂额地连连道歉。

"小植，你别生气了，我错了还不行吗？"

田净植抽泣着，断断续续道："认错有什么用，大乔也不会回来了。叶人渣，你向我保证，你不会把这件事告诉别人，萱萱、小晏，任何一个人都不行。"

"可是，小晏那边……"

田净植气急，口不择言："如果你不同意的话，我拼了命也会阻止萱萱和你在一起。我……我自己把萱萱娶回家！"

听到这孩子气的宣誓，叶琛想了想前后的利益关系，妥协道："要是别人自己发现的话你可别怪我。"

"好，一言为定。"

挂了电话，田净植兀自瘫坐着，直到暮色西斜。

她拿起手机不断地打着"对不起"三个字，直到满满一屏，才按下了发送键。

她不知道的是，薛灵乔感受到她强烈波动的情绪，正在露台上，独自站在阴影里，静静看着手机发进来的新短信。他早就知道会这样，所以并不意外，只是看到她那倍受打击的样子，心里也跟着沉重不堪。

03

李晏之一上班就看到了自己办公桌上的匿名快递，他撕开来，往外倒出一张照片。

这是张老照片的彩色复印件，照片上一个妇人坐在藤椅上，后面站着一个中年男子。

李晏之若有所思地看着照片，想起阚小姐的话：李警官，那张老照片上的男人就是典当给我祖上凤凰玉璧的人，他前面的藤椅上还坐着一个老太太，看年龄像是他的母亲。

第八章

这会是那张照片吗？李晏之正拿着照片发怔，鱿鱼仔兴奋地走过来，将一份档案放到他办公桌上。

"小晏哥，我发现了重要线索。这个赵志明，60岁，给职业杀手的账户里汇过一笔不少的钱。上次调查的时候他已经心脏病病发去世了，所以就没有继续深入。这次通过交叉比对，发现他曾经做过洪世龙的司机。"

"洪世龙？洪世光的堂哥？"

"没错，多年前洪世光全面掌管洪氏集团，洪世龙被排挤在外，黯然出国。我调查过，几个月前，洪世龙已经秘密回国了。这个赵志明给职业杀手汇钱正是追车案发生前不久，洪世龙嫌疑重大啊。"

李晏之一怔："你的意思是追车案的真正目标是洪世光？"

鱿鱼仔很确定地点头。

"那你联系洪世龙了吗？"

"问题就出在这里。"鱿鱼仔为难地挠挠头，"我去洪氏集团调查了，连他们都不知道洪世龙回国后的行踪，也无法联系到他。"鱿鱼仔又拿出另一份文件，继续道："这是我搜集到的有关洪世龙的资料，你看我们下一步要怎么做？"

李晏之抽出文件袋里的资料，最上面是几张洪世龙的照片，不知为何，他觉得照片里的人很眼熟。李晏之将自己刚收到的彩色老照片和洪世龙的照片放在一起比对。

鱿鱼仔不明所以，凑过去看，看到旧照片上的人，疑惑道："小晏哥，你怎么也有洪世龙的照片？别说，洪世龙这复古造型还挺别致的嘛。"

李晏之拿着照片去找局长。老局长对比着两张照片，上面确实都是洪世龙。

"你是说56号别墅杀人案和追车案都极有可能跟洪世龙有关？"

"是的，两个毫不相干的案件中不会有无缘无故的巧合。"

"你想怎么做？"

"我想请求更多的资源支持，找到洪世龙协助调查。"

局长略一思考，点头道："可以，我通知其他部门全力配合你。"

有了局长的支持，李晏之相信自己离真相只有一步之遥，不过他仍有一个疑问：这张旧照片会是谁寄的？

现在的李晏之托他的福痊愈，作为他的救命恩人，薛灵乔对于利用他，丝毫没有任何的愧疚感。

远处的天空中有漂亮的烟火炸开，将湖面照得雪亮。薛灵乔一个人在旧居的湖边散步，他已独自生活了几百年，却突然不再那么适应一个人安安静静的时候。是因为人类的群居基因作祟吗？还是田净植那喜欢热闹的基因在起作用？

他心脏突然有了感应，他看到不远处的树下，站着一个人。她穿着一件空荡荡的大外套，她就像个小孩子一样带着笑意站在那里，冲他挥挥手。

"你怎么到这里来了？"

"来找你啊。"

"为什么不打电话，要是我不在这里……"

田净植打断他，指指自己的胸口："你在的。我能感受得到。刚才心跳声消失了，你在我的一百米之内。如果你看不到我，那只能说咱们没有再见面的缘分。"

薛灵乔笑了笑，这个特殊的联系方式，说不定也是命中注定吧。

两人在草地上并排坐了下来，田净植将一沓照片递给薛灵乔，是他在旧居给她拍的那些。薛灵乔翻了两下，有些不解："你找我就是为了给我这些照片吗？"

田净植啧一下，嫌弃道："至少比你给我血裙要美好。"

二人对视一眼，一瞬间都笑开了。

其实田净植来不是为了给他这些照片，而是因为叶琛的那一通电话。她心理负担不小，做梦都是叶琛把他开膛破肚尸解，纠结了两天，想了个缘由来跟他坦白罪状。

"薛妖怪，叶琛已经知道你的身份了。"

"哦。"薛灵乔手臂撑着往后一仰，那叫一个云淡风轻，"早晚的事。"

第八章
Chapter.8

"我警告他不要乱说话,但是其他人迟早也会发现。"她越说声音越小,越说越心虚,"我现在终于知道自己多愚蠢。"

薛灵乔伸手轻揉了下她的头发,哄小狗一样:"算了,你就当做了一场梦吧。梦醒后发现这世界上根本就没有不老不死的人,一切都会回到原来的模样。"

"那你呢,也可以把这些当梦一样忘记吗?"

当然不会忘记。

"如果忘不了,你会记得我多久?"

在他无尽的生命中,她不过只是一瞬而已,百年、千年之后,他怎么可能还会记得她。

他们就这样静静地坐着,直到夜深人静,除了空空的街灯,只有高处的霓虹。

04

秋美云女士打开田净植家的鞋柜,里面全是女士鞋;推开洗手间,只有一双拖鞋一个牙刷;再看女婿的衣柜,一件衣服都没有。

这是怎么回事?!

田净植收工回家,带着冯冻冻提着大包小包往屋内走。冯冻冻刚进去一点就突然慌张地往后退出来,两个人挤在了门口。

"冯冻冻,你要死啊!"

冯冻冻可怜兮兮地看着她:"田小姐,是你要死啊。"

什么你死我死的!田净植一脸莫名其妙,拨开冯冻冻往屋里走,然后她顿时愣住了。

两位高堂坐在沙发上,齐刷刷地阶级敌人一样瞪着她,完全是不肯善罢甘休的架势。

此时东窗事发,田净植明白他们已经知道自己分手的事了,而且复合的可能性很低。她摆出死猪不怕开水烫的架势,双手环胸很有气势地一坐:"没错，我是和大乔分手了。我没有出轨，他也没有移情别恋，我们只是……缘分尽了而已。"

秋美云皮笑肉不笑地喝着茶："嚯，又分手一个，是不是要恭喜你啊，还差三个就可以组成足球队了。"

"老婆啊，你不要这样说，妹妹自己也很伤心的。"老田心疼女儿，偷偷示意田净植快流泪装可怜，"是吧？"

田净植这次没听老田的。每次都是这样，她愈战愈勇，希望自己真的可以满足父母的愿望，让他们真正地放心。然而现在她突然意识到，善意的谎言也是谎言。就是因为她不坦诚相对，所以父母才一直对她这么不放心。

她低着头想了一会儿，摇了摇头，一脸坚定地握住老爸伸过来的手："不，我已经不伤心了，这一次我很清楚自己在做什么。妈，我很抱歉没有成为你希望的名媛淑女，不过我选择了自己想过的人生，我从来都没有后悔过。爸，我长大了，不是每天都会跌倒的小妹妹了，我已经学会了保护自己。躲在你这棵大树下我很安心，但秋女士才是你保护的终极目标。"

田净植说得很动情，田母的神色缓和了下来，老田对这种煽情完全没抵抗力，偷偷地抹起了眼泪。

眼看时机成熟，田净植继续放大招。

"爸，妈，我爱你们。"

明明是想着教训她一顿，而且女儿说得越是笃定，就越证明她的预感一点也不准。

秋美云有些不自然地推了田父一把，只能妥协了："走啦走啦，天台上晾的被子该收了。"

"天气预报没说会下雨吧？"

秋美云瞪了他一眼："你以为老天是你女儿啊，要事事跟你汇报吗？"

老田不情愿地起身，被老婆拉着往外走。经过田净植面前时，他还不忘悄声问："妹妹，真的不要我找女婿谈一谈吗？"

田净植一脸淡然，交代躲在角落里的冯冻冻："你开车送一下。"

老田走到门口，突然想起什么，回过头："对了，女婿送我的那辆车怎么

第八章
Chapter.8

办？"

秋美云翻了个白眼："都分手了，还女婿你个头！"

田净植郁闷地摆摆手："那个不用管了，就当……分手费吧。"

连分手费都给了，这下，是真的结束了吧。

李晏之约田净植去吃烛光晚餐，优美的小提琴声舒缓而浪漫，昏暗的环境里谁也看不清谁，也看不清食物。

田净植不小心吃到了西兰花，又不能吐出来，只能咬牙咽下去。

"这家店是叶琛推荐的，说牛排很好吃。"李晏之兴冲冲地对着她，"还可以吗？"

味道是不错，只是黑灯瞎火，多来两次一定会瞎掉。

"小晏，请我吃饭不要这么正式，万一被拍到还以为我们俩复合了呢。再说，这种地方也不是你的风格啊。"

李晏之有些尴尬："我以前确实不够浪漫，和我交往让你受了不少委屈……"

"打住，我不是这个意思。我喜欢的就是你的那个愣劲，你少跟叶人渣学坏了。"

不过，她不想跟他复合，就维持在现在这个程度就可以了。

李晏之有些期待地看着她："那你现在还喜欢吗？"

"当然喜欢啊。"田净植轻晃着红酒杯，喝了一小口。他比较好懂，不用去猜测，所以喜欢。不像薛灵乔那种人，什么都看不穿，跟他在一起的时候也搞不懂他在想什么，也抓不住他。

李晏之看着田净植，心里百转千回，这是他一直喜欢的人，经历了那么多无可奈何，如今他们又能好好坐在这里吃饭谈心，多么难得。如果他再放走她，那他就是天下第一大傻瓜。

他下定决心，从口袋里掏出一个戒指盒放到她面前。

田净植看到戒指盒，吓了一跳，跟看到定时炸弹似的："喂，小晏你干吗？快收回去，不然我报警了啊。"

"我就是警察。"

"我们不是说好了要做姐弟……"

"小植,你先听我说。"李晏之打断她,一定要鼓起勇气把这些话说完,"这枚戒指是我很早就买了的,确切地说,在我们交往之前就买了。我想象过很多次给你戴上的瞬间,也坚信会有那一天。我是死过一次的人,所以我更加珍惜现在,更加想要去争取。你现在可以不收下它,但我会一直等下去。"

如果没有薛灵乔的话,也许今天她会欢天喜地地接受这个戒指,毕竟之前她是那么期待。

田净植顿了顿,变得有些沮丧:"小晏,对不起……虽然我不能接受,但我却很理解你。爱就是这么奇怪的东西,我爱他,从一开始就知道不可能,却找了一万个理由来说服自己。直到现在,明明已经结束了,却依然心存侥幸。小晏,我不希望你变得跟我一样。"她深吸一口气,调整好情绪,重新回到之前的状态,微微一笑,"好了,煽情到此结束,我们好好享受美食,OK?"

田净植的答案已经很明白了,她还爱着薛灵乔,她无法接受任何人。

爱是不能强求的,李晏之很明白。听田净植说完,他也有些释然了。也许他需要等到某一天,小植忘掉她心里的那个人吧。

在餐厅的另一边,薛灵乔默默地坐在角落里倾听着这一切。他原本是来跟踪李晏之的,没想到会看到这样类似求婚的场面。刚才那一瞬,他竟然有些担心田净植会答应。明明已经结束了,他还在期待什么呢?

吃过饭,田净植在路边等着,李晏之去取车时接到了鱿鱼仔的电话,他们布下天罗地网找洪世龙有了消息。

电话另一端说:"小晏哥,洪世龙终于出洞了,明天下午五点的飞机出国。"

李晏之眼睛一亮:"很好,咱们就在机场来个守株待兔。"

05

一辆银色的轿车快速行驶在机场高速上,车内的人西装革履,黑超遮面,

第八章

赫然正是旧照片上的洪世龙。

候机大厅中,李晏之已经带了一干同事着便装混入人群,静候他的出现。

洪世龙一边将车驶入停车场一边打电话:"喂……我现在已经到机场了……当然是自己开车……谨慎些才能活得久一点……好,下了飞机后我给你电话……"

他停好车,拿下行李,警惕地看了一眼四周才快步往前走。

有人在跟踪他。

长期的隐蔽生活让他有了更敏锐的直觉。洪世龙加快了脚步,身后的脚步声也随之加快,似乎急于抓住他。

他一个闪身,躲到了一个指示牌后面,屏息观察。

还未等他定下神来,身旁忽然出现一个黑影。眼前的人戴着帽子和大口罩,拿着匕首直直向他刺来。洪世龙提起行李箱去挡,堪堪挡住一击。那人疯了一样地用匕首胡乱地往下刺,拼了命的架势。周旋中,洪世龙占了下风,被匕首刺中了腹部。他捂住伤口,一脚踹开企图杀死他的口罩男,忍着痛拼命逃脱。口罩男很快就追了上来,将他逼到角落。

匕首再次刺过去,洪世龙慌乱之下抓住了那人的手。虽然两人的力量相差无几,但腹部的伤口让他无法尽力。

就在匕首逼近胸口,他快要支撑不住时,眼前的口罩男突然被打飞。他的面前站着一个戴着兜帽和墨镜的英俊男人。

口罩男看到薛灵乔出现,慌忙地逃离了现场。

薛灵乔看着捂住腹部坐在地上大口喘气的洪世龙,没有追上去。

洪世龙喃喃求助道:"120,打120……"

薛灵乔没有动,冷冷地看着他。只是一眨眼的瞬间,洪世龙就感觉自己被拎了起来,整个人都悬空了。

薛灵乔眼神锋利,一字一字道:"我们终于又见面了!"

候机大厅中,李晏之没有等到洪世龙出现,隐约觉得不太对劲,侧头对着耳机吩咐道:"花猫,花猫,跟我去停车场,我们可能被人'截胡'了。"

"花猫收到。"

"其他猫警长原地待命。"李晏之吩咐完，迅速向地下停车场跑去。

停车场里，洪世龙正被薛灵乔单手提起按在墙上，既茫然又惊恐："你是谁……我不认识你！"

薛灵乔看了一眼洪世龙正在流血的腹部，神情诡异地微微一笑："等你的血流干净了，你自然就会记起来的。"

洪世龙看着面前力大如牛的人，完全吓呆了，拼命挣扎着："不、不……你到底是谁，我们无冤无仇对不对……是不是有人找你来杀我的，他给了你多少钱，我可以给你双倍，不，十倍……求求你，快打120……我求求你……"洪世龙感觉自己的血越流越快，胸前按着的手也让他几近窒息。

他看起来真的像不认识自己的样子，薛灵乔可以分辨真假。只是，眼前的人明明就是照片中的人，他怎么可能不认识自己？

不远处有急切的脚步声传来，薛灵乔仔细一听，是警察。洪世龙趁机看了一眼旁边的火警报警器，突然狠狠用拳头敲了下去。

火警警报响了起来，薛灵乔一惊，松手任洪世龙重重地摔在地上。

警察的脚步声加快了，薛灵乔皱了皱眉，不甘心地扔下洪世龙，迅速消失了。洪世龙瘫坐在地上，终于松了一口气，得救了……

李晏之和鱿鱼仔快步跑过来，看到满是鲜血的洪世龙，李晏之命令道："鱿鱼仔，叫救护车！"

急诊外科手术之后，洪世龙脱离了生命危险，转到了监护病房。

他失血过多，人很虚弱，不过他一清醒过来，李晏之就过去做笔录。

洪世龙对付警察很有经验，滴水不漏："谢谢你救了我，但是在我的律师赶到之前，我一个字都不会说的。"

果然是老狐狸，不过既然已经找到他了，就不差这一点时间。只是今天的事情有点太巧了，警方刚找到洪世龙，就有人想杀他，到底为了什么？

入夜之后，医院格外寂静。两个值班警察在门口的长椅上打牌消磨时间。

突然间楼下传来一阵嘈杂的吵架声，值班的护士不知道发生了什么事，对看一眼，跑下去查看。

第八章
Chapter.8

不一会儿，护士跑上来找正在打牌的警察，急切道："两位警察先生帮帮忙，楼下病房里两个病人打起来了！里面还有其他病人，有可能会误伤。"

"走，我们快去看看！"

值班警察和护士离开后，寂静的走廊里，穿着隔离衣的男医生从容不迫地推开安全门走进来。

男医生戴着口罩，径自走向洪世龙所在的监护病房。

门"吱呀"一声开了，很快又被人关上。睡梦中的洪世龙似乎感受到有人靠近，迷糊地睁开了眼睛，看到眼前的人影后，他吓得大惊失色。正要大叫，那男医生迅速用绳子绕在了他的脖子上，猛地勒紧！

洪世龙瞪大眼睛，拼命挣扎，最后只能无奈地看向天花板。

天花板上，蒙着黑色面罩的薛灵乔犹如一只硕大的蝙蝠，紧贴在墙上。他悄无声息地跳下来，拍了拍男医生的肩。

男医生回过头，看到来人吓了一跳。没等他反应过来，薛灵乔瞬间拉下了他遮脸的口罩，露出一张狰狞凶狠的脸。

张侦探？！

薛灵乔一惊："怎么是你？！"

张侦探松开洪世龙，退后几步，拿起桌上的花瓶砸向薛灵乔，被薛灵乔轻松避开。

张侦探不应该和洪世龙是一伙的吗，为什么要杀他？

走神的间隙，张侦探迅速跑向门口，逃走了。被勒得濒死的洪世龙挣扎中摔下床，痛苦地咳嗽着，拉回了薛灵乔的思绪。

他轻轻一跃，消失在窗口。

第九章
我不要留你一个人

01

薛灵乔站在摩天大楼的天台上，看着城市中心的车水马龙，很是困惑。洪世龙为什么不认识他？张侦探为什么要杀洪世龙？

一定是哪里出了问题！

薛灵乔手中拿着两张照片，一张是旧照片复印件，还有一张是上次他在旧居书房门口给田净植拍的。

会不会这张复印件是PS后的，有人在故意误导他？很快，冯冻冻打来电话证实了他的猜测："大乔哥，我发给我一个专业PS的朋友鉴定，你看一下照片上男人左脸位置的地砖的缝，是有个很小很小的，很难发现的弧度。这张照片是经过处理的，应该是假的啦。"

"多谢，马后炮，我已经知道自己被骗了。"

"该死的骗子。"冯冻冻恶狠狠道："大乔哥，等你抓到那个混蛋一定要把他的脑袋从脖子上拔下来！"

"好的，到时候留给你拔。"

"我哪下得去手啊？！"

薛灵乔啧了一声，要挂电话，冯冻冻赶紧抢话道："等等，还有还有大乔哥，你真的跟田小姐分手了啊？"

"怎么了？这种事还要跟你报备？"说到这个，薛灵乔也很郁闷，他失恋了，又被耍了，全世界最受伤的就是他。

第九章
Chapter.9

"哇，大乔哥，你这种欠揍刻薄的口气简直跟田小姐一模一样，你好有派哦！"

想到对面冯冻冻捧着脸花痴的样子，薛灵乔忍无可忍："闭嘴！挂了！"

洪世龙差点被杀，李晏之和鱿鱼仔连夜调取了医院走廊里的监控录像，那个穿着白大褂的男医生在走廊逃走时回头警惕地看了一眼。李晏之立刻捕捉到这个细节，让鱿鱼仔把录像往回倒。

"把脸放大放清晰。"李晏之补充道。

鱿鱼仔快速操作，然后他们看清楚了那人的脸。

"小晏哥，狐狸尾巴露出来了，你看这是谁！"

李晏之仔细一看，也认出来了："那个姓张的侦探！鱿鱼仔，快去申请逮捕令和搜查令，立刻行动！"

"收到！"

他们不知道的是，自己又晚了一步。

薛灵乔戴着白手套在张侦探的办公室已经搜了一圈，大部分都是私人侦探所接的案子资料，对他来说没什么价值。正准备离开时，他突然注意到办公桌下的插座，上面插着一根笔记本的电源线。

这说明屋子里应该还有一台笔记本电脑。

薛灵乔去搜办公桌的抽屉，发现其中一个抽屉是锁着的，拉了两下拉不开。他一用力，直接把锁报废了，露出一台笔记本电脑来。直觉告诉他，这台电脑缩在抽屉里，应该非常有用。窗外传来警笛声，薛灵乔一顿，拨开百叶窗往外看，李晏之正带着人从对面走来。

他抱着笔记本，很快消失在窗台边。

02

冯冻冻的出租屋里，田净植敷着面膜，听到敲门声顺手拿起了茶几上的钱包。

"你们送比萨这么慢是要饿死人的好吗！"田净植低着头一边抱怨一边数钱。

"你怎么在这里？"一个熟悉的声音响起，根本就不是送比萨的小哥。

田净植抬起头看到了薛灵乔的脸，有点晃神地道："冯冻冻买了套新游戏。"

"哦。"薛灵乔客客气气的："我找冯冻冻有点事。"

"哦，请进。"田净植心脏扑通扑通乱跳，连忙请他进来。

此时的冯冻冻正坐在沙发上疯狂地操作着游戏机手柄，激动得连回头的时间都没有，边大杀四方边问："比萨来了吗？先让我消灭这一关！"

薛灵乔在身后打了一下他的后脑勺，冯冻冻回过头，呆住了："薛灵乔？"

他喊什么？薛灵乔在他的脑门上又是一拍，夺过他的手柄，冷声道："找死呢？"

冯冻冻吃痛，用眼角瞥田净植，故意大声道："我的头只有田小姐能打！喊的就是你！薛灵乔！你个没良心的臭妖怪，我再也不被你利用了，我可是田小姐的人……"

田净植坐回沙发上，无语地打断他："行了行了，表忠心我也不会给你涨工资的。做不成恋人，我们也还是朋友，吵吵嚷嚷什么，没见过世面。"

冯冻冻马屁拍在马脚上，自找没趣，连忙自觉地把位置让出来，一秒钟变狗腿："大乔哥你坐这里。"

薛灵乔和田净植并排坐在沙发上，两人对看一眼，同时不自然地躲避开。田净植拿起桌上的水不停地喝，八百年没喝过白开水一样。

这种情窦初开的气氛是怎么回事？！拜托，田净植，你可是交了八个男朋友，其中还有一只老妖怪的恋爱老手，学别人玩什么蓝色生死恋？！

这厢田小姐的心思千回百转，那厢的薛先生就是一根木头，从笔记本包里掏啊掏啊。

薛灵乔拿出笔记本，递给冯冻冻："你帮我个忙，这个笔记本里很干净，你帮我找一下里面有什么东西没有？"

第九章
Chapter.9

"你是说加密文件？还是让我恢复文件？"

"都有可能，找出主人想要隐藏的东西。"

嚯，这个比游戏有趣。冯冻冻兴奋地活动手指，接受挑战："好吧，想到窥视别人的隐私，我的内心就无比的汹涌澎湃，干劲儿十足……不过，不会被抓去坐牢吧？"

"当然不会，这个家伙杀人未遂正在被警察通缉……"

"没问题，交给我！"

冯冻冻接过笔记本，跑到一边立刻开工去了。

田净植捧着一杯水喝了半天，眼珠乱转，想了想，还是开口问道："你的仇人找到了？"

"还没有。"薛灵乔熟门熟路地走到冰箱前找水喝，现在突然看到田小姐，他也有点开心，但他毕竟年纪大了，表达开心的方式比较含蓄，比如很想多喝点水。

"没有？"田净植松了一口气。

薛灵乔轻挑眉，看着她："你不希望我找到？"

"怎么会？我只是不想你惹到麻烦而已。"田净植连忙解释。

"哦，麻烦我不怕，谁遇到我才是真正的惹到麻烦。"

"你才不麻烦，你帮了我很多。"

听到田净植这么说，薛灵乔有些惊讶地看着她，而后开心地笑了："那就好。很多男女相处到最后，都是相看两厌，特别是分手后的恋人，我很怕我们也是这样。"

"你心里应该有一点……讨厌我吧？毕竟我之前对你不是很好，你跟我讲了很多次的事情，我也没有真正的尊重过你的意愿……"她越说越心虚，"所以你讨厌我是正常的，我可以理解……"

薛灵乔打断道："我不讨厌你。"

听到这样的答案，田净植的心立刻碎成了玻璃碴，捧着水杯苦笑："原来连讨厌的情绪都没有了。"

哈？

田净植别开了眼，故作轻松地笑笑："这样最好了，我们这样才算真正的回到了'起点'，真是件好事。"

　　哎，我不是这个意思哎，薛灵乔觉得她是不是小学没毕业，怎么理解能力可以扭曲到这个地步。正要好好跟她说道说道"不讨厌"的正确含义，角落里的冯冻冻突然一拍大腿，非常激动地大吼一声："哇！酷！好复杂的加密程序！快来！快来！"

　　薛灵乔径直走到冯冻冻身边看他的成果，田净植见没人理自己，也凑过去看。

　　"怎么样？可以破解吗？"薛灵乔问。

　　冯冻冻犹豫了一下："应该可以……我需要时间试试……"

　　"你不是便便侠吗，怎么这么没用？"薛灵乔假装嘲讽。

　　冯冻冻不满地嘟起嘴："大乔哥，你这是求人帮忙的态度吗？"

　　一旁沉默的田净植立刻给冯冻冻的后脑勺来了一下："你说什么态度？难道还要沐浴更衣三拜三表请你出山吗？"

　　为什么两人分手了还是一边的？冯冻冻立刻双手合十求放过。

　　"你们都回去吧，我需要专心致志地来做这件事。"

　　田净植和薛灵乔沉默着走出小区。

　　"你要去哪？"田净植问。

　　"左边。"

　　"哦。"田净植胡乱地指了指相反的方向："我……这边。"

　　"那再见。"

　　"再见。"

　　客气地告别，两人朝相反的方向慢慢走去。田净植一转头就露出失落的表情，她也不知道自己在期待什么。走着走着，田净植停住脚，慢慢转过头，然后她吓了一大跳，薛灵乔就站在她的面前。

　　"你现在有时间吗？"

　　"……"

　　"我想带你去见一下我的老朋友。"

第九章
Chapter.9

"……"

"没有时间就算了。"

田净植立刻举手:"有!"

03

两人来到旧居的湖边散步,田净植左看右看,不知道薛灵乔葫芦里卖的什么药。什么朋友住在这种地方,阿飘吗?

"你不是说要带我来见你的朋友吗?"

薛灵乔微微笑着:"是的,你的朋友都介绍给我认识,我的老朋友不介绍给你认识,说不过去。"

真的是阿飘吗?!她的人生太刺激了,不仅能跟妖怪谈一场轰轰烈烈的恋爱,还能跟阿飘零距离面对面。用现在流行的一句话说就是:洒家这辈子值了。田净植激动地摘下墨镜,对着墨镜整理刘海,紧张地问:"怎么样?我今天还算漂亮吗?你的老朋友做阿飘做了多少年了?不知道长得帅不帅!我应该化个无敌美妆再来的,迷死他!"

薛灵乔满心都是失望情绪,她以为他是带她来相亲的么。

"现在的女人是不是都这么善变?"

田净植撇撇嘴,理直气壮:"不管哪个年代的女人都这么聪明,不会选择在一棵歪脖子树上吊死!"

薛灵乔有些悻悻地眯了眯眼,回头看向湖面,表情变得柔和:"来了。"

田净植左右张望,看看天,看看地:"在哪在哪?阿飘咧?是透明的吗?"她伸手对着空气胡乱打招呼:"嗨,透明人帅哥!"

薛灵乔用下巴示意她看湖边:"这不是在你面前吗?"

田净植顺着他的眼神看过去,下巴掉在了地上。

你是在逗我?

湖边一只硕大的白龟正趴在岸边,神经病似的爬过来咬着薛灵乔的裤脚开始嚼。

薛灵乔很骄傲地拍了拍它的龟壳，用炫耀的口气说："它叫水生，之前是我养的，一百多年了没想到它还在这里，也还记得我。来，跟田小姐打个招呼。"

田净植盯着白龟看了半天，半信半疑："龟……仙人你好，你如果能听懂我的话，就挥挥你的右爪。"

……

半个小时后，田净植神犬一样蹲坐在休息椅上，完全是灵魂出窍的傻样。薛灵乔走过来，把一罐冰啤酒放在她的脸颊上。田净植打了一个寒颤，傻傻地接过啤酒，抬头看着薛灵乔，依然呆呆的："刚才……那只大白龟，冲我挥了爪子……"

"我看见了。"

"你还有多少事情是我不知道的？"

"很多。"

田净植不可思议地摇摇头："如果每个人的人生都可以写一本书，那么我就是《爱丽丝梦游仙境》，你是一本《山海经》。"

"这两本都是好书。"

"喊，这两本都是好扯的书。"

田净植翻了个白眼，大大地叹口气，望着天空出神："你说爱丽丝梦游仙境以后，回到现实，还能好好的生活吗？没有你的人生，应该又会恢复撞电线杆、掉下水道、被车撞一撞、被男朋友甩一甩，这样无伤大雅的倒霉生活……是不是……人生太平静了？"

薛灵乔弹了一下她的脑门："你这样还算平静的话，别人不是一潭死水了吗？"

田净植捂住额头，斜眼看他："你觉得很好吗？"

薛灵乔点头："人生就应该祸福相依，有生老病死，平平淡淡地走过才好。那种不平静的生活，就让它只存在于电视剧和小说里。"

"你觉得生老病死，平平淡淡好，是因为你不会死。我依然觉得长生是件可怕的事，可是我现在有一件更害怕的事。"

第九章

薛灵乔好奇地看着她："什么事？"

"不、告、诉、你。"田净植故意卖关子。

"不说算了。"

田净植自讨没趣，继续道："之前你一直说如果身份暴露了，大不了带我去深山野岭，搞得我现在对深山野岭的生活充满了向往。什么住山洞、钻木取火、打野兔、摘野果……根本就是玩野外求生！"

看她很兴奋的样子，薛灵乔有些哭笑不得："你很想体验一下原始人的生活吗？"

田净植纠正他："我是很想提前体验下你之后的生活，你迟早有一天会被逼到深山野岭去的！既然我们都分手了，不如有来有往，你来过我家，我也去看看你将来的家，我们买卖不成仁义在，就当来一次别样的分手旅行。"

分手旅行？薛灵乔略思忖了一下，抬眼看到田净植期待的眼神，他一笑，点头答应了。

"好啊，不过晚上山洞里可能会有老鼠和蛇，遇到下雨还可能会漏雨。"

"放心啦，我是吓大的啦！"田净植用力拍他的胸口，兴奋极了："不如我们现在就各自回去收拾，明天出发！"

还没等薛灵乔回答，她就从椅子上蹦了起来，拖起薛灵乔："走啦，走啦！"

田净植到家后的第一件事是给冯冻冻发了条短信。

——亲爱的冻冻，我和前男友明天去深山两日游，你慢慢破解，不用着急，就算破解完毕也不要找我们，否则……哼哼……扣你方便面。

04

洪世龙躺在病床上，脸色苍白，脖子上一圈清晰的紫红色勒痕。李晏之来做笔录，他也只是不安地皱着眉，一直在问："你们什么时候带我去警察局？"

与之前完全不配合的态度相比，洪世龙已经完全乱了分寸。接连的追杀让他失去了冷静，整个人情绪极其不稳定。

"我也很想带你回警局，但是主治医生说你的伤不允许。你放心，我保证昨天晚上的事不会再次在医院发生了。不过，昨晚企图谋杀你的罪犯在逃，你如果不老实交代的话，我们也没办法帮你。"

洪世龙非常明白自己现在的处境，生死当前，只能认命了："我都交代。"

旁边水晶站了半晌，听他松口，立刻准备做笔录。

洪世龙深吸了一口气，下了决心似的："我是一时冲动雇了杀手去追杀我堂弟洪世光，不过没有成功，应该没有那么严重吧……"

李晏之双眼一亮，问："所以，你是那起追车案的幕后指使。"

洪世龙点头，随即又辩解道："我也是被逼得没办法，你看，我不除掉他，他就会反过来除掉我。"

"你认为要杀你的人是你堂弟洪世光指使的？"

"不是他还有谁？"

李晏之笑了笑，觉得这句话说得很有意思："你只要交代你的罪行就可以了，其他的事我们会查……还有，慈善晚宴的纵火案也是你指使的？"

洪世龙一脸冤枉的表情："不是我。慈善晚宴可不关我什么事，那么多人在场，我怎么可能让人放火去烧他……"

"那你给我解释一下，为什么追车案和纵火案是同一个杀手？"

"我……我不知道……"洪世龙说，"说不定我那个表弟也得罪了其他人啊。"

李晏之盯着洪世龙的眼睛几秒，没了耐心："不想说是吧？那我们先来聊一聊56号别墅杀人案。"

洪世龙更迷惑了："什么56号别墅杀人案？"

李晏之从备忘本里拿出旧照片的复印件，递给洪世龙："你看一下，照片上这个人跟你有什么关系？"

洪世龙接过照片仔细一看，看到和自己长得一样的人，有点惊讶，完全反应不过来："我可没拍过这样的照片，这人跟我长得真像，这是谁？"

第九章
Chapter.9

"这张照片是一百多年前拍的，56号别墅杀人案中，凶手杀死两名死者就是为了拿走这张照片。如果跟你没有关系，你给我解释一下，为什么照片里的人跟你长得几乎一模一样呢？"

洪世龙愣住了，一百年前？怎么可能？活见鬼吗？！

这也太荒谬了！

"李警官，一定是哪里搞错了，你说的这些真的跟我一点关系都没有。我是找人追杀过洪世光，可是你也看到了，洪世光同样想杀我，你们难道不应该也把他抓起来吗？"

李晏之一下一下地转着笔，分析道："你和你堂弟洪世光结仇是因为，你本以为你叔叔膝下无子，洪氏集团是由你这个亲侄子来继承。可是集团的人在美国找到了他的私生子，于是你失去了继承人的资格。你有合理的杀人动机，可是洪世光并没有杀你的动机，你为什么会一口咬定洪世光想要杀你？"

洪世龙冷笑道："他绝对有杀我的理由，虽然当年的亲子鉴定报告上说明叔叔和洪世光是父子关系，但我不相信，那些都是假的。"

"你怀疑亲子鉴定时有人做了手脚？"

"对，后来那个做亲子鉴定的医生很快去澳洲定居了，我派人去找过，可是那个人根本不在澳洲，他整个人间蒸发了。"

李晏之沉默下来，仔细思考着洪世龙的话。

虽然此时还没有证据，但他不认为当下洪世龙有说谎的必要。因为这种事情只要仔细去查，是非曲直很快会有结果。

洪世龙继续咬牙切齿道："他想我死可没那么容易，洪氏集团本来就是我的，我一定会从他这个冒牌货的手中原原本本地夺回来。他根本就是个抢走别人果实的无耻小偷！"

"是不是小偷，我们会查清楚的。"

李晏之紧锁眉头，案件错综复杂，已完全脱离了最初的预设。根据洪世龙提供的线索，李晏之在电话里交代鱿鱼仔迅速去调查那个移民的医生。

等他回到办公室，鱿鱼仔已经有了初步的调查结果。

"给洪世光做亲子鉴定的医生已经报了失踪，他在移民前，他父亲的账户里曾经有一笔来历不明的境外汇款，金额巨大。这笔款在他移民后，由他父亲的账户又转入他的个人账户。"

李晏之点头："我去跟局长申请要国际刑警配合调查。你派人盯紧洪世龙，那个张侦探还在逃，不要再出任何差错。"

"明白。"

市郊豪华冷寂的庄园里，李教授穿着隔离衣，拿着一叠报告走进花园。经过庄园主人身边的时候，他低着头，不敢看一眼。

"有进展吗？"

"没有。"李教授心惊道，"不过，应该快了……"

庄园主人逗鸟的手一停，慢慢转过头，露出一张清俊冷淡的病容。

是洪世光。

他在外面对人总是笑颜以对，没几个人知道他不笑的时候眼神又深又冷。

洪世光歪了歪头，诡异地抽了抽嘴角："你最好是快了，因为我可不想一直养着你的女儿。"

他轻轻地抚摸着鹦鹉的脑袋，鹦鹉亲昵地蹭着他的手指。他却突然一用力，那可怜的鹦鹉发出一声尖利的叫声，脖子以诡异的形状扭在背后，死去了。

05

日料店的包厢里，张萱萱禁不住地打了个寒战，说不出的背后发毛。

她连忙从包里取出佛珠戴在手腕上，喃喃地念了几次佛号。

"迷信鬼。"叶琛倒好一个酱油碟推到张萱萱面前，看了一眼她放在椅子上的"武装"用品，笑嘻嘻地问："女明星都是半个特工，出来一趟也是受了罪了。"

"这些你应该早知道吧，以前你跟小植交往的时候难道不是吗？"张萱萱狠狠损了她一句，"不对，她那个时候根本不红。"

第九章

一起长大的才可怕,每天都要损一损对方。

"这家店我和小植来吃过,味道还不错。"

张萱萱抬眼盯着叶琛,悠悠道:"在我面前这么毫无顾忌地聊你的前女友真的合适吗?"

"可是我们现在聊的是你的好闺蜜。"

也对,算他过关了。

张萱萱微微一笑:"不知道她的失恋综合征好了没有?我原本以为她会和她家大乔走到最后。"

提起薛灵乔,因为知道了这个人的秘密,明明是那么好的研究材料,他却完全不能动手,已经忍到内伤。

叶琛的表情也有些不自然:"很可惜我没和薛灵乔见过面,以后估计也见不着了。你觉得他和小植很般配吗?"

岂止是般配,那根本就是天生一对。

"一个自恋,一个闷骚,加上两张不相上下的毒舌嘴,也是绝配了。听她说分手的时候我还替她惋惜了好一阵。"

"可这对小晏来讲却是个好机会,我之前还打电话鼓动他主动出击。"相比让田净植和薛灵乔在一起,他更愿意挺自己的好兄弟。

当然,也是为了田净植好。跟薛灵乔在一起后,田净植好几次差点小命都丢了。

张萱萱伸出大拇指:"为了你的男闺蜜,你也是蛮拼的。"

"彼此彼此……不过,亲爱的张小姐,你还想脚踏两只船到什么时候?"叶琛盯着张萱萱,她和洪世光现在还是名义上的未婚夫妻,他倒成了她的地下情人。

张萱萱一愣,也许是到了跟洪世光解除婚约的时候了。

第二天张萱萱坐在洪世光办公室的沙发上,秘书端着咖啡走过来,笑容甜甜的:"萱萱姐,要不要我联系一下洪先生?"

既然是合作,解除婚约的事情要跟洪世光达成共识,也要看对方什么时候方便才好,不能操之过急影响对方的利益。毕竟做不成夫妻,他们还是可以做生意上的好朋友。

张萱萱微微一笑："不用了，我只是路过，顺便过来看看他，没在就算了。"

秘书笑眯眯的很没心眼的样子："哦，洪先生最近都不常来公司，他身体不太好，我都是把文件送到他家里去给他签字的。"

"我知道了，你去忙吧，我坐一下就走。"

女秘书应声离开了。张萱萱稍稍思忖，拿出手机直接打给洪世光，不过一直没人接。

张萱萱皱了皱眉，有些烦躁地把手机扔在茶几上，端起咖啡喝了两口。想了想她又重新拿回手机，打给田净植："喂，小植子，陪本宫出来喝下午茶。"

此时的田净植正坐在长途公交车上享受着美好的原野风光。

薛灵乔坐在她旁边闭目养神。因为担心吵到他，田净植小声接电话："对不起啦，娘娘，奴婢要去深山两日游，您让小琛子护驾吧……哈？所以你真的是打算要去找洪世光谈解除婚约的事了吗……我觉得？我觉得很好啊，快去说清楚吧，娘娘难道您想一直脚踏两只船吗……"

车缓缓停在站台边，薛灵乔睁开眼睛看了一下四周，周围全是乡野风光，只有孤零零的一个站台："到了。"

"我回去再给你打电话，先不说了！"田净植连忙和张萱萱告别，收拾好东西跟着薛灵乔下车。

偏僻的站台上，田净植左看右看，这里够僻静也够荒凉，深山环绕，好像与世隔绝一般。

"我们去哪？"

薛灵乔回过头，对她神秘一笑："还记得起飞动作吗？"

田净植立刻心领神会，开心地伸手抱住薛灵乔的脖子，双腿悬空。薛灵乔默契地接住她的腿，一下子把她抱起来。

"起飞了！"

田净植怀念不已，嘴上却假装嫌弃："你那也叫飞，最多只能算青蛙

第九章
Chapter.9

跳……"

薛灵乔一扬唇角，膝盖一曲高高地跳起来，非常轻松地跃到一棵树上，而后再潇洒地闪到另一棵树上，某人简直吓尿了，只听到深山老林中回荡着惨叫声。

06

山崖下的瀑布旁，眼前是清新的森林、湖泊，空气中全是潮湿的青草气，田净植深呼吸了几口，伸了个懒腰，觉得内心都敞亮起来。

"山里空气真好，这个地方会有人来吗？"

"这个地方周围都是悬崖，除了坐直升机，否则没人能过来。"

难得到这么美的地方，田净植把背包放下来，兴奋得不行："太好了，我带了泳衣，我要游泳！"

薛灵乔拽住她的包："你还真以为是来度假的啊？"

"你在这种地方生活能不游泳吗？你放心，我也给你带了泳裤！"说完有些尴尬，田净植连忙解释："是买比基尼送的，你不要乱想。"

薛灵乔摊手，提出一个很现实的问题："可是马上就要到中午了，我们的午饭还没有着落。"

"也对……"田净植想到了很有趣的画面，双眼放光，"应该怎么做？打猎吗？"

她之前看过贝尔野外生存的纪录片，对此很有研究。

薛灵乔观察了一下天色："应该先找好晚上住的地方，因为山中随时可能下雨，还有毒蛇猛兽，然后要生火，因为山里温差大，入夜后会很冷。"

田净植一拍胸脯："好的，先找山洞，然后你打猎，生火的事交给我！男女搭配干活不累。"

说罢就转身哼着歌去找山洞了。

薛灵乔抱着肩膀，看着她的背影，忽然露出了一个恶作剧般的笑容。

两个小时后，田净植把捡的柴放到薛灵乔找到的山洞里，非常做作地擦了擦额头的汗水，感叹道："山里人不容易呀，捡了这么多柴，可把我累坏了。"

薛灵乔在一块石头上盘膝坐着，懒洋洋地看着她："你不饿吗？还有时间在这里跟我搞笑。"

田净植低下头，刚刚她捡的"一堆"柴，其实就是地上散着的几根可怜的干树枝而已。她顿时有点沮丧："我真的很像来搞笑的吗？我饿了，也有努力在捡了，可是干树枝很少。"

薛灵乔叹气："算了，那就吃饱再去捡，你带吃的了吗？"

田净植可怜兮兮地望着他："烧烤酱算吗？"

薛灵乔无语，走到洞口，抓住一根垂下来的树藤，对她说了句"在这里等我五分钟"，然后拉紧树藤一跳，瞬间消失在洞口。

田净植蒙了："喂，薛妖怪你别把我一个人放在这里……"

已经没有人回答了，她沮丧地垂下头，只能坐在石头上等他回来。五分钟过去了，十五分钟过去了，薛灵乔还是没有出现。田净植无聊地四处走走观察四周的环境，山洞里湿漉漉的，完全谈不上舒适的环境，又冷又潮。

除了山涧中的水声和鸟鸣声，此处真的是个与世隔绝的地方。

她拉了拉衣领，突然觉得好难过，都是她害得薛妖怪要远离人群一个人住在这种地方……她还当是出来度假的，可是这种地方连个说话的人都没有……

天空中雷声滚滚，田净植被吓得打了个哆嗦，没安全感地向四周望了望，这里应该不会有什么怪兽之类的吧……她有点想哭。

这时，薛灵乔抓着树藤跳到洞口，往天空上看了一眼，安慰她："别怕，是过路云，来得快去得也快。"

薛灵乔回过头，田净植已经冲过来扑进他的怀里，大哭起来。

薛灵乔一愣，伸手抱住她，衣兜里的樱桃滚了一地。

"薛妖怪，对不起！真的对不起！都是我把你害成这样的，我对你负责。你当野人，我也当野人，我不要留你一个人……"

薛灵乔心头一震，手臂慢慢收紧，将她紧紧抱在怀里。

山洞外大雨瓢泼。

第九章
Chapter.9

　　薛灵乔闭上眼睛，将头靠在她的肩上。田净植，你知不知道，刚刚，我听到了，不得了的话。

　　——不要留我一个人。

　　这句话好像已经在灵魂深处回响了五百年，呐喊过了千万遍，终于，得到了回应。

07

　　闺蜜去深山两日游，张萱萱一个人因为解除婚约的事有些烦恼，决定直接到洪世光家里去找他。

　　此时的洪世光正在回家的路上。他坐在后座一脸漠然地翻着文件，余光扫过自己的手，突然怔住，他的右手正慢慢地起皱，长出老年斑。

　　洪世光连忙从身边的包里拿出一个木盒子打开，但里面是空空如也，已经没有了血液储存。他焦急地望向窗外，外面正在堵车。

　　该死！洪世光坐立不安地看了看手表："还要堵多久？！"

　　"洪先生，您也知道这段路经常堵车，时间不好说的，不过下个路口就到您家了。"

　　"我当然知道！"洪世光暴怒地敲了一下扶手，焦躁地拉松了领带，干脆道："我自己走过去，你回去吧。"

　　他脱下外套包住老化的手，下车后快步沿着马路焦急地奔跑起来。

　　他的神色越来越焦急，再不快点回家，就来不及了……

　　穿过大街，跑进空无一人的地下通道时，他狼狈不堪地靠着墙壁，扶着膝盖喘粗气。感觉有些不对劲，他拉起裤腿，原本年轻力壮的小腿变得跟老年人一般干瘪。

　　洪世光顿时汗如出浆，他抹了把额头，身体微微佝偻着，跌跌撞撞地向前跑去。

　　好不容易到了电梯口，不经意地一转头，他看到旁边反光的玻璃里照出了自己的样子，他变得驼背，脖子也开始变成老人的样子。他连忙揪紧领子，盖住脖子，惊慌地按电梯键。出了电梯他跌跌撞撞地跑到自己家门口，用颤抖的手输入密码。

短短几分钟，他的头发都已经花白了，老去的身体根本不受他的控制。

进屋关门后，洪世光跌坐在地上，根本没有力气爬起来。而此时门外高跟鞋的声音在走廊里由远及近。

光洁的大理石地板映照出他的样子，此时此刻，他已经完全变成了鹤发鸡皮的老年人。

手机铃响起来，是张萱萱打来的电话。

"刚回来吗，正好……"门外响起张萱萱的自言自语。

洪世光已经顾不了那么多，佝偻着身体，拼命地往密室的方向爬去。

张萱萱拿着手机站在洪世光家门口，手机拨通了，却一直没人接。怎么回事？她明明看到人刚刚进去……难道是在躲着她吗？

想到这里，张萱萱脸色变得有点难看，不耐烦地按了按门铃。

没有人开门。

洪世光正奋力向密室爬去，他的身体在脱水，身后留下一条清晰的水痕。耳边门铃声越来越虚幻，瞬间老去的洪世光听到自己的呼吸声犹如破风箱一样，越来越粗重。

张萱萱突然有些焦急起来，拼命按门铃："洪世光！你开开门！你到底怎么了？"

门内没有任何回应，张萱萱把耳朵贴在门上，什么都听不到。不对劲，不接电话也不开门，他完全没有必要去逃避她。张萱萱突然想起洪世光秘书的话：洪先生最近身体不太好……不会是出事了吧？

她心急火燎地给李晏之打电话："小晏！我要报警！我怀疑我未婚夫自己一个人在家里昏倒了！"

李晏之所在的警局离洪世光的家只有十分钟的路程，他骑着摩托车带着开锁工很快到达，看到张萱萱在门外焦急地走来走去。

"萱萱姐，怎么样，还没开门吗？"

"没有，我看着他进去的，电话不接，敲门不开，肯定是出事了！"

第九章
Chapter.9

　　李晏之转头问开锁匠："这种密码锁需要多久？"。

　　"大概十几分钟。"

　　李晏之见张萱萱脸色难看，搂着她的肩安慰道："别急，外面在下大雨，救护车堵在路上一会儿就到。"

　　医护人员赶到的时候，密码锁也正好打开，李晏之第一个跑了进去。

　　客厅里，只见洪世光正趴在地上，奄奄一息。

　　李晏之将洪世光翻过来，他还是那张年轻英俊的脸，只是非常苍白虚弱。

　　李晏之松了口气，对张萱萱道："没事，只是昏过去了。"

　　还好没事……张萱萱抚着胸口，惊魂未定。

　　医护人员接手了洪世光，稍稍检查了一下他的情况，似乎没有生命危险，张萱萱这才放下心来。

　　"萱萱姐，我要马上回局里，你要不要跟着去医院？"

　　张萱萱摇摇头："我通知了他的秘书去医院，我休息一会再走。小晏，幸亏有你，否则我们又要上头条了。"

　　李晏之一笑："欺负了我那么多年，现在才客气是不是有点晚了？我先回去了，有事随时给我打电话。"

　　洪世光被担架抬走之后，张萱萱彻底松了一口气，无力地坐在沙发上，揉着太阳穴。

　　一道阳光从窗外照进来，她无意中瞥了一眼，在阳光的反射下，地面上有一条很清晰很奇怪的干掉的水渍拖痕。她好奇地走近一点观察，发现拖痕旁还有不少爬行时留下的手指印。

　　这个拖痕一直从门口，延续到客厅的一面墙边，消失了。

　　张萱萱走到墙边，看到手指印一直延续到柜子旁，柜子上方挂着的一幅山水画有点歪。她下意识地伸手推动山水画，突然间墙面翻转，露出一道暗门。

　　张萱萱吓了一跳，她回头看向客厅洪世光晕倒时趴着的位置，有些疑惑。他进门后就晕过去了，那么这爬动的拖痕是怎么回事？

　　她犹豫了一下，最终还是好奇心占了上风，抬脚迈了进去。

救护车上，洪世光正闭着眼躺着。

忽然间，口袋里的手机响起了尖锐的报警声。护士吓了一跳，正要从洪世光的口袋里拿出手机，突然被人抓住了手腕。

洪世光睁开眼，眼底一片清明，根本就没有昏迷。

之前他进门后就脱水昏死在客厅里。听到家门外的撬门声，他又苏醒了过来，看了眼自己布满皱纹的手，奋力往密室的墙爬去。

密室很小，里面只放着一个大冰柜。他拉开冰柜门，里面放着几十支血液。他拿出一支喝掉，随手把玻璃瓶扔在地上，靠着冰柜门喘气。

很快，那些老去的皮肤慢慢丰盈起来，头发变黑，脸部也恢复成原来的样子。他松了口气，急忙走出密室，把画拨正，密室的门重新合上。

门外传来密码锁被撬开的声音，他一惊，连忙转身趴在地上假装昏迷了。

若不是他反应快，一切就暴露了。

……

洪世光拿出响起警报的手机，背对着护士打开。手机连接的是他家中密室的监控器，只见画面里，张萱萱出现在密室。她拿起地上的空瓶看了看，接着打开了冰柜，拿出一支血液，而后，她把血液装进手包里，离开了密室。

救护车上，洪世光收起手机，面容诡异地浮现起一丝笑意。

张萱萱，好奇害死猫啊。

第十章
说走就走的旅行和轰轰烈烈的绑架

01

窗外阳光明媚,森林新绿更迭,鸟叫声清脆如银铃。

白色纱幔的大床上,田净植皱了皱眉,被鸟叫声吵醒了。她揉着眼睛坐起来,迷糊地看了一眼四周,感觉自己在做梦,干脆重新闭上眼睛躺倒。

两秒钟后,她猛地坐起来,难以置信地看着周围,什么情况?!这好像不是做梦……

田净植跳下床,打开门,薛灵乔正要进来,跟她撞个满怀。

"醒了?"

田净植捂着鼻子痛得要死,瓮声瓮气道:"幸亏不是其他女明星,否则假体都会爆出来。"

"你都这样了还有心情嘲讽别人?"薛灵乔捧起她的脸,"我看看,挺好的,没流血。你这么激动干什么?"

田净植气得几乎要跳起来:"你说我激动什么?之前还是在山洞里,一觉醒来在陌生的房间里,画风差这么多,我说我激动什么?"

"饿了?"某人在转移话题哦。

"饿你的头,你到底把我带到什么地方了?"

薛灵乔耸耸肩:"深山里的度假屋,只有直升机能进来,户外攀岩爱好者喜欢来这里。"

没几个人知道,这里山林树木间,几乎是九十度的峭壁上修了一座奢华大气的木屋。木屋外就是海洋般的浓绿。清晨山顶灿烂的阳光跳跃在高大的乔木间，美丽而梦幻，仿佛掉进了一个童话的国度里。

这里是世外桃源般的存在，而世外高人薛灵乔却装模作样地叹口气："如果我在人类社会生活不下去的话，只能住在这种地方，远离人群，孤零零的一个人，真是好……惨啊。"

"……"

餐桌上摆着鲜花、牛排、面包、红酒，实在是够"惨"。如果她没看错，外面好像有个管家一样的缄默的年轻男人在里里外外的打理屋子。

田净植拿着刀叉瞪着薛灵乔，薛灵乔端着红酒优雅地抿了一口，看着她愤愤的表情："有什么问题吗？"

"当然有问题！这哪里是什么深山野岭，这根本就是童话小屋！"

薛灵乔完全不觉得有什么冲突，懒散散地用手背撑住下巴，似笑非笑的："可是，有什么问题吗？"

田净植怒道："当然有问题！我被骗了那么久！我来之前还偷偷去学了怎么钻木取火！"

"所以呢，有什么问题吗？"

"当然有问题！你代言复读机啊？"田净植大力地切着牛肉，咬牙切齿地表达着不满，"所以看着我被耍得团团转的蠢样，你心里一定爽爆了，根本就是故意看我的笑话，只有我在傻兮兮地担心你未来的生活。"

薛灵乔看着她，忽然温柔一笑："田净植，对不起，我不该耍你，不过谢谢你担心我。"

这画风转得有点快，田净植一愣，本来有些感动，但仔细一想，对敌人仁慈就是对自己残忍，又露出防备的表情："你又想耍什么花招？就算之前我做了一点点对不起你的事，但是你也应该消气了吧？"

薛灵乔站起身走到她面前，她吓得急忙扔掉刀叉跟着站起来，差点被椅子绊倒，还好薛灵乔手疾眼快地搂住她的腰。

他一低头，跟她额头抵着额头，一脸吓死人的温柔。

这是什么节奏？田净植僵了僵，这是前任和前任之间，该有的正常发展

第十章 Chapter.10

吗……

只听薛灵乔温柔的声音在耳边响起:"谢谢你,田净植,我错了,你一直都不是倒霉鬼,你是上帝准备的一份礼物。你给了我美好的回忆,我们最后也算是有个好合好散的结局。很抱歉我不是正常的人类,还招惹了你,请你原谅我……我会永远都记得你的。"

田净植耳边像是有一千只蜜蜂振翅,她感受着他的呼吸,心中是满溢的遗憾和担心。

薛妖怪,以后还有没有一个倒霉蛋吃你做的饭,跟你斗嘴,这么没出息的喜欢你呢。

长生很可怕,可是我更怕,留你一个人孤独地活着。

入夜之后,寂静的森林里,除了树涛和虫鸣,还有让人沉醉的微风。不似城市中被灯光遮掩的天空,这里漫天璀璨的星河,好似一颗颗地压下来的钻石,唾手可得。田净植窝在露台的沙发上,仰望着天空,觉得时间就此停止也好。

薛灵乔站在楼梯口看了她很久,想将她此刻的样子牢牢地记住,千百年的时光里,回忆起来也是最美好的画面。

直到手里的饮料变得温热,他才走过去,打破这片刻的静谧:"你要的热可可。"

"厨房里还真的有巧克力啊?"田净植惊喜地尝了一口,表情变得怪怪的,"你为什么要放盐?"

薛灵乔认真解释道:"美食专家说盐能烘托出甜味。"

"好吧,和巧克力意大利面比起来,我觉得咸可可还是勉强可以接受……"她适应能力强,仔细品尝着,忽然失笑,"其实你做的东西真的很难吃……不,应该是很恐怖才对。可是好奇怪,因为是你做的,我就能坦然地吃下去。"

"情如含笑饮砒霜。"

田净植斜眼瞪他:"你到底喂了多少人吃砒霜?"

薛灵乔心想着，除了你，还能有谁。

"你怎么说也是我刚刚分手的第八任男朋友，一个问题都不能满足吗？"

薛灵乔一笑，调侃道："如果像某些人一样十年交八个男朋友的节奏来算，你算一算应该有多少？"

田净植立刻伸出大拇指假装算起来："简直是专业卖砒霜五百年啊……不过我知道你没有，因为你的吻技真的很差，哈哈哈哈……"

这个女人怎么什么都敢说，薛灵乔不禁感叹她生了个好年代。

田净植回想起自己的情感经历，忍不住自嘲："啊，对了，这样就是……我的第六任男朋友不仅跟我的闺蜜勾搭成奸，还跟我的第七任男朋友纠缠不清。我的第八任男朋友是我闺蜜的崇拜者，还跟我的第七任男朋友接吻过……我的天啊，来个天雷劈死我吧！"

薛灵乔皱了皱眉，抓住重点："等等，我什么时候跟李晏之接过吻？"

田净植尴尬地咬了下舌头："你不是这样……救了小晏吗？"

薛灵乔感到无语了，他从不指望田净植有什么正常的思维，但她是不是也太蠢了一点。

"因为修复酶的作用，用刀子直接划开皮肤都不会流血。但是针头刺入皮肤，身体自动调遣修复酶来修复伤口，可是针头还在，无法修复，反而可以直接抽取到修复酶浓度很高的血液。"

所以，他当时是带了一次性的针管过去，抽了自己的血注射到输液管里。

田净植惊讶道："所以你的意思是，你完全可以不用咬破舌尖来救我，只要有一个针管就可以了？"

"对，但是没有人会随身携带针管，所以咬破舌头把血液吮吸出来喂食，是最方便快捷的方式。"

虽然他这么说，但田净植还是觉得被骗了。

"只是图方便吗？"

"否则呢？"

都分手了，说两句好听的话会死么？田净植幽幽地说："如果有毒舌比赛，本小姐不过是含笑饮砒霜，您老人家才是舌尖上的鹤顶红，你赢了！"

第十章
Chapter.10

说完田净植直接把毯子丢在他头上，咬着牙离开了露台。改天去酒吧一定要点《分手快乐》，还要点《好心分手》。分手真的是太好了，活该你单身五百年。

02

大学走廊里，叶琛拿出手机打电话给张萱萱，依旧是关机。昨天上课的时候有几个张萱萱的未接电话，等他看到回过去，那边已经关机了。难道又生他的气了？这气性也太大了吧。哄女朋友也要女朋友肯接电话才行啊。

叶琛走到研究中心门口，只见助理玲玲和一个穿着工装的快递员正在争执。

叶琛不解地走过去："发生什么事了？"

看到叶琛，玲玲松了口气："叶老师你上完课啦，这个人是送快递的，说一定要把东西亲自交给你，代签都不行。哪有这么固执的人啊。"

快递员看向他，打量了一下："你就是叶琛没错吧，寄件人让我一定亲自交给叶琛。"

玲玲"切"一声："当然啦，要不要给你看身份证啊？"

快递员点头："是要给我看一下证件。"

玲玲直接被堵住嘴，半天说不出话来。叶琛拿工作证给快递员看了一下，他才把邮件交给叶琛。邮件上没有寄件人的信息，他走进研究中心拆开邮件，里面是一小支血液。

叶琛的直觉告诉他这支血液并不寻常，科研热情迅速占据大脑，他立即动手研究，兴奋得完全忘了时间。

事实证明他的猜测是对的，实验的结果让他又惊又喜。

叶琛继续往下深入分析，累了就靠在沙发上躺一会。不知不觉已是第二天清晨，他将实验数据往电脑里输入时，玲玲帮忙买了咖啡进来。

"叶老师，你身体吃得消吗，昨晚都没有回去。"

"没事。"叶琛还沉浸在研究的喜悦之中，"玲玲，考你一个问题。"

"什么?"

"想象一下,正常细胞中存在比端粒酶还要完美的修复酶,那这种酶的制造机应该在哪里?"

玲玲想了想,觉得有点不可思议:"完全无法想象,每个细胞内?"

叶琛摇摇头:"不对,完美修复酶是正常细胞的入侵物质,不产于细胞本身。"

玲玲皱着眉头,根本就想不明白,为什么不产于细胞本身。

叶琛端起咖啡喝了一口,手机响起来,是陌生的号码。

"什么?中奖?!你自己去领好了!"叶琛有些恼,已经连续接了好几个这样的骗子电话了。现在的骗子都专挑一个人骗吗?叶琛把手机关掉,防止被骚扰,继续往电脑里输入数据。

他不知道的是,研究中心的所有电脑都曾被安装了秘密软件,每一份报告都会自动上传到豪华庄园的主机上。

而此时的李教授正操作着那台电脑,看着不断接收到的数据,他几乎有些癫狂起来。

"我知道了,我知道了,我一直在研究免疫系统,我的方向错了,不是免疫系统,不是……"他又神经质地笑着,"杀死这个怪物,我知道怎么杀死这个怪物了!"

山中无岁月,第二天田净植缠着薛灵乔带她去钓鱼。

群山环抱的湖面上漂着一艘木船。薛灵乔盘膝看书,田净植把面包放进玻璃罐头瓶里,慢慢地把罐头瓶沉到水中,做成简易的钓鱼工具。

"你别小看这个东西,大鱼为了吃面包,会把头钻进瓶子里,然后就被卡住了,哈哈,完美!"

薛灵乔把书放到一边,抬眸看着她:"所以你的午餐就靠这个了?"

田净植一脸骄傲:"当然啊,靠山吃山靠水吃水。"

薛灵乔笑,以她的倒霉体质来说,应该是靠山吃山空,靠水吃水干吧。

田净植"嚯"了一声,不满道:"我是倒霉鬼,你是老妖怪,咱们为祸人

第十章
Chapter.10

间二人组,也算是绝配了。你不用忙着嘲笑我,你就等着看吧,我肯定能钓上一条大肥鱼。"

薛灵乔赞同道:"也许世上真的有这么傻的鱼吧。"

田净植啧啧两声,没有这金刚钻,我怎么敢揽这个瓷器活?

于是田净植认真盯着水面,薛灵乔重新看他的书。田净植盯了半天的水面有点无聊,想到从这里离开后,两个人就正式结束,心里说不出的沮丧。

"喂,薛妖怪,你离开这里的话,要去哪里?"

"问这个干什么?"

田净植故作轻松道:"没什么,我只是觉得我以后可能会去好莱坞发展,全世界各地飞,我如果正好去了你在的地方,可以一起出来吃个饭什么的。"

"以你的演技在国内也只能接个女二号,你去好莱坞干什么,当布景吗?"

"我怎么就不能去好莱坞了,演技不是一天练成的,你没看到我在努力吗?"

薛灵乔点头,继续惹她生气:"看到了,一个很努力的花瓶。"

"花瓶怎么了?长得漂亮又有钱是我的错吗?"

"你的钱不都用来挖井了吗?"

田净植郑重地做了这场辩论的结束语:"善良和美貌也是财富。"

薛灵乔不置可否地笑了笑。

没问出结果,田净植捧着脸盯着水面,闷闷不乐。

过了几分钟,薛灵乔终于感觉到气氛有些不对了,偷偷看了田净植两眼,装作轻松无所谓的样子道:"湖心岛那栋别墅我买下来了。"

真的假的?!田净植一惊,故作镇定。

薛灵乔继续道:"我之前的宅子现在变成文物了,以后如果我回来,没合适落脚的地方也不行啊。"

如果回来?落脚的地方?!田净植顿时心花怒放,又辛苦地压抑住,换上平常的口气:"对对,现在的土地越来越少了,寸土寸金,以后想买就买不到了,买得好,买得好。"

说着说着,她突然捂住右眼,轻叫了一声。

"怎么了?"

"又跳了!从今天早上开始,右眼皮就一直在跳,真不吉利。"

薛灵乔松了口气:"只是眼睑震颤。"

田净植捂着右眼,半信半疑地看着他。老祖宗说左眼跳财右眼跳灾,希望别是什么不吉利的事。

03

张萱萱的妈妈一大早就去找李晏之,本来还极力在忍耐的心情,见到李晏之后便一溃千里,哭得说不出话。

"小晏,萱萱被绑架了。"

李晏之赶紧请伯母进来,给她倒了杯水,让她慢慢说。

"报警了吗?"

张妈妈哭着摇头:"不能报警。"

她拿出手机给李晏之看,里面有一段视频。

视频的背景似乎是一个废弃的工厂。张萱萱被蒙着眼睛坐在转椅上,手脚都被绑住,低着头,像是陷入昏迷。一个绑匪拖着钢管,走到张萱萱身边,一下一下地敲击着地面,对着镜头道:我们请张小姐来,不过是想跟张家和洪家借点钱花花,纯粹求财。要的不多,肉票按斤计较,一斤一百万美元。张小姐体重是92斤。哦,不勉强,也可以零卖,给多少钱,还多少人。你们有三天时间,我们当面货款两清。对了,看过黄金八点档吧?如果敢报警之类的行话,我就不多说了。

视频到这里结束了。

张妈妈完全失去了冷静,只是哭:"小晏,到底怎么办?萱萱他爸正从英国赶回来,我们就这一个女儿,多少钱都可以,一定要她平安回来。"

李晏之冷静分析道:"绑匪蒙着萱萱姐的眼睛不让她看到脸,是为了留活口。视频里提到了张家和洪家,应该也给洪世光发了一份,他有没有联系

第十章
Chapter.10

你？"

"没有啊，我看到视频六神无主的，就先通知了萱萱她爸，她爸让我来找你。萱萱这孩子也真是的，给她请了保镖，她就是不喜欢有人跟着，现在出事了……"

"伯母你别着急，我先打电话到局里……"

张妈妈吓得连忙抓住他的手："不行不行，不能报警，他们会伤害萱萱的！"

"伯母，你相信我，绑架案我们队里处理过不止一次，我们经过部署才能最大程度的保证萱萱姐的安全。"

"可是……可是如果他们伤害萱萱怎么办？"

张妈妈说着又无助地哭了起来，李晏之一时不知道如何劝说，正心烦意乱之时鱿鱼仔打电话过来。

"小晏哥，你听我说，张萱萱被绑架了。上午洪世光的女秘书误把勒索视频当成表彰报告群发给了内部员工。现在视频被发到网上，局里至今没接到家人和洪世光的报警电话，你知不知道这件事？"

李晏之愣住，抬头看向张妈妈。张妈妈一脸茫然地看着李晏之，完全不知道发生了什么事。既然绑架的事情已经曝光，劝说她报警已经没有意义了。

"鱿鱼仔，你尽快整理线索，我马上过来。"

洪氏集团大门外被记者包围得水泄不通，洪世光的车一停下，立刻就有记者围上去，不依不饶地追问张萱萱的事。

"洪先生，请问您什么时候知道张萱萱被绑架的，您现在心情怎么样？"

"洪先生，视频流出后请问有没有激怒绑匪，对张萱萱人身安全是不是造成了威胁？"

"洪先生，绑匪要求高达9200万美元的高额赎金，张萱萱作为您的未婚妻，您会负担多少？还是你们已经报警处理了？"

洪世光表情凝重地从车里走出来，冷冷地盯住记者。人群一下子安静下来，所有镜头都对着他。

洪世光沉声道："半个小时前我让秘书把我名下所有的不动产、藏品全部公开低价抛售，无论花多少钱一定会救回我的未婚妻。"

他盯着摄像机，似乎希望绑匪能听到他的话："你们要的是钱，钱我们正在准备，视频不是我们发布的，我们也没有报警，请务必保证我未婚妻的安全。"

洪世光说完，转身走进了洪氏集团的大楼。

李晏之正听着电视直播的声音，鱿鱼仔走过来："已经找到了张萱萱的车，就在大学的停车场里。"

李晏之疑惑道："车在大学的停车场，是去找叶琛吗？"

"我已经给叶先生打了电话，关机了。刚才我又给他的助理打了电话，助理说叶先生熬夜做研究，可能回家休息去了。"

关键时刻人都不在，李晏之烦躁地吐了口气："萱萱姐被绑架前去过洪世光家，你找物业公司把监控视频尽快调过来。"

说完他掏出手机给田净植打电话，竟然也是关机，他不禁有些奇怪，为什么人都不在。

此时对外界事物一无所知的田小姐正在享受自己美味的午餐。餐桌上还放着一个小鱼缸，里面有两条灰色的小鱼，欢快地游来游去。她花了一上午的时间捕获了两条拇指大的小鱼，正好放在浴缸里做宠物。

田净植满意的欣赏着："这么大的湖，你们怎么就钻进了我的玻璃瓶中呢？为什么呢？"

"大概是因为倒霉的孽缘吧。"薛灵乔搭腔。

"我觉得你是根本不清楚这世上有多少宅男期待着和我拥有一段倒霉的孽缘，我下一任男朋友一定会感激你的。"

这么快就想着下一任？薛灵乔冷笑一声，讽刺道："你的男友档期排得真是比工作档期还满。"

田净植一扬下巴，故意道："是的，网上说，忘记一段恋情的方法就是赶紧进入下一段恋情。"

"谬论。"

第十章

"可是我觉得可以试试耶。"

"你敢！"

得到他这个反应，田净植顿时满意得双眼发亮，眉开眼笑："你管我啊？你是我什么人啊？"

他的确不是她什么人了，薛灵乔不想她这么得意，干脆无视她，拿起遥控器打开电视。

田净植嘿嘿一笑，得寸进尺地拿着他的手，突然放到自己的小腹上，没羞没臊道："啊，对呀，说不定我已经怀上小妖怪了，你要当爸爸啦。"

薛灵乔连忙把手抽出来，脸热不已："你废话那么多，吃饭。"

田净植见好就收，笑眯眯地开始吃饭。

电视里，女主播正在播报新闻——"关于张萱萱绑架案，记者采访了洪氏集团的总裁洪世光，请看现场发来的报道。"

张萱萱绑架案？！田净植猛然停住，愕然地看向电视。

04

警察局里，李晏之正和鱿鱼仔一起看监控视频回放。视频中，张萱萱背着包走进电梯，低着头似乎在思考着什么，一脸紧张的样子。电梯停下，张萱萱往前一步，抬头发现才到五楼，又退了回去。就在电梯门即将关闭时，张萱萱突然快速地按开门键，电梯门再次打开，她走出电梯去了五楼。过了一会，电梯门打开，她再次走了进来，电梯下降到地下二层。

"有没有过道里的监控视频？"李晏之问鱿鱼仔。

"只有一楼过道有，其他楼层没有安装。"

李晏之皱了皱眉："萱萱姐在五楼时出去电梯有一分钟，到底做了什么呢？"

"可能是看到有意思的东西或者熟人吧。不过这跟绑架应该没什么关系，我们刚才不是看了停车场出口的监控吗？张萱萱开车离开时没什么异样。"

李晏之还是觉得不对劲，对鱿鱼仔说："你马上去五楼的过道里看看。"

鱿鱼仔点点头去了。李晏之正忙得头昏眼花,手机突然响起来,屏幕上显示"小植"。

"喂……"

"小晏,你一定要把萱萱救出来!"电话那端,田净植和薛灵乔已经坐在了回程的车上,声音带着明显的哭腔。

"我会尽力的,你不要太着急。"知道田净植没事,李晏之松了口气,以田净植的倒霉程度,他真担心是买一送一。

"可是我真的好担心怎么办……"

李晏之顿了顿,沉声道:"尽量照顾好你自己吧,回家后也不要单独外出。"

"嗯,等你的好消息。"田净植万般无奈地挂断电话,看着窗外默默掉眼泪。她这个闺蜜太不称职了,萱萱出事的时候,她居然还快活地在森林里度假。

出了这样的事,薛灵乔只能跟着回来。田净植转过头,对上薛灵乔温和的眼神,忍不住继续哭起来:"怎么办……万一……"

"张萱萱不会有事的。"薛灵乔坚定道。

"你保证!"

"我保证。"

"可是如果萱萱受了很重的伤,我还是会逼你做不想做的事。你说得没错,人心都是贪的。"

薛灵乔顿了顿,忽而对她温柔一笑:"不是为了你。你别忘了,我可是张萱萱的崇拜者。"

田净植勉强笑了笑,却也稍微安心了。她无力地将头靠在薛灵乔的肩膀上,祈祷萱萱千万要平安回来。

回到家后,田净植一直坐在沙发上发呆。李晏之打电话过来都是薛灵乔代接的,他说自己现在和同事守在张母家里等绑匪打电话过来,有新进展会再联系田净植。

薛灵乔从二楼下来,有些担忧:"你真的不吃点东西吗?"说完,他又补

第十章
Chapter.10

充了一句，"不是我做的，是叫的比萨外卖。"

田净植的胃里像胀满了棉花一样，完全没胃口。

薛灵乔拍拍她的脑袋："我已经说了会保证萱萱没事，你不相信我？"

"我相信你。我只是在想是不是因为我太倒霉，所以跟我亲密的人都会沾上霉气，否则萱萱怎么会突然被绑架呢？"

薛灵乔对她这个自责的逻辑很无语："不要想太多，跟你没关系。"

田净植犹豫地看着他："那……会不会跟你有关系？"

薛灵乔愣住："也不是没有这种可能。"

田净植突然想起什么，连忙找手机："我要打电话给冯冻冻，明天让他无论如何也要破解那台笔记本。"

05

第二天冯冻冻直接把设备都搬到了田净植家的客厅里。

薛灵乔和田净植坐在两边的沙发上，不时地探头往屏幕上看，等得有些着急。

薛灵乔问："还要多久？"

冯冻冻边操作键盘边道："大乔哥，你别急，第一个文件就快好了。这个加密程序比我想象的要复杂得多，光运算都要好久，幸亏我找朋友借了设备。"

田净植不爽道："别邀功了，速度速度。"

冯冻冻讪笑着点头，又敲了几下键盘，不一会第一个文件出来了，是张图片。

两人连忙凑过去看，图片慢慢显示，正是薛灵乔拿到的那张假照片的电子文件。

田净植一惊："薛妖怪，这不是……"

"没错，是我拿到的那张假照片。"薛灵乔微微有些怒意，"果然是张侦探设置的陷阱。"

既然这是一张假照片，那原照片一定也在电脑里，田净植焦急地继续催冯冻冻。

冯冻冻举起手，左右看了一眼这对冤家："两位少安毋躁，其他的文件还在处理之中。"

接着冯冻冻埋头破解，田净植烦躁地在屋子里走来走去，指甲都快咬没了。薛灵乔倒是很淡定，在院子里浇完了花，又去榨了些果汁，跟平常没什么两样。田净植趴在沙发上，整个人都快崩溃了，冯冻冻那边终于有了结果。

"好了，新文件解密完成！"冯冻冻一拍手，非常帅气地敲下回车键。

薛灵乔几步走过来，田净植也跑来看。新解密出来的是一个视频文件，拍摄地点好像是在快速移动的车上，画面摇晃得很厉害，突然左侧撞过来一辆车。

冯冻冻指着屏幕道："好像是被撞的这辆车上的行车记录仪拍到的画面。"

田净植觉得有点眼熟，指着那画面说："是那次我和洪世光被追车时拍到的。"

"没错，这个人也是后来纵火的凶犯。"

田净植皱眉道："我怎么没听洪世光说过他车里有行车记录仪啊，而且他也没有把这段视频交给警察。"

薛灵乔若有所思地拍了拍冯冻冻的头，鼓励道："继续。"

最后一个文件似乎藏得更深一些，冯冻冻不时地皱起眉头。时间过去很久，田净植不耐烦地在客厅里踱步，终于忍不住催冯冻冻："你行不行啊？怎么搞那么久？"

冯冻冻没抬头，烦躁地敲着键盘："别催啦，觉得慢你自己来好不好？"

嚯？这家伙竟然敢顶嘴了！田净植愣住，不可思议地握拳，气得不知道该说什么好，转身向薛灵乔告状："薛妖怪，你听到没，冯冻冻竟然凶我？你管还是不管啦？"

薛灵乔淡定地喝着茶："他是你助理，为什么要我管？"

冯冻冻沉浸在破解文件的紧张中，浑然不知自己点燃了田小姐的怒气。

第十章
Chapter.10

　　田净植撸起袖子走过去要揍他,千钧一发之时,冯冻冻突然双手握拳兴奋地大喊:"好极了!破解成功!"

　　田净植吓了一跳,瞬间忘了要揍他的事,和薛灵乔一起好奇地凑过去。

　　图片从上往下慢慢显示,似乎是那张真实的旧照片。

　　等照片完全显示出来,三个人都怔住了。

　　怎么会是……洪世光?!

第十一章
事后诸葛亮，事前猪一样

01

庄园里，被通缉的张侦探正一脸憔悴地站在沙发旁，头发凌乱，胡须也没刮，整个人邋遢至极。

洪世光看他魂不守舍的样子，扔给他一罐啤酒："坐下吧，看你的样子这些天在外面肯定没少受罪。"

张侦探迟疑了一下，解释道："老板，你放心，我来的时候很小心的，不会暴露这里。"

洪世光"哦"了一声，示意让他坐下说话。

"老板，我不想在这里待太久。请给我钱，我马上就离开。"

"钱？"

"我们说好的，一个亿。我已经找好了人，只要拿到钱，我今晚就偷渡出国。"

洪世光思考片刻，一脸嘲讽地笑了笑："张先生，我救未婚妻都还缺钱。你把事情搞砸了，还好意思问我要钱？"

张侦探一脸诧异："你说什么！"

洪世光冷笑一声，从身上掏出一把装有消音器的手枪对着张侦探，命令道："坐下！"

张侦探满脸怒气，看着那个黑漆漆的枪口，无可奈何地坐了下来。他盯着洪世光看了几秒，突然冷冷道，"原来老板是想赖账啊，这一天我早就应该想

第十一章
Chapter.11

到了。"

"不要说得那么难听。杀掉一个通缉犯，找个地方埋了，挣一个亿，这是一笔很划算的生意。"

"在你动手之前，我必须告诉你一件事。如果我死了，有些东西会自动发送给警察，还有薛灵乔。"张侦探目光一沉，脸上反而有了笑意。

洪世光脸色微变，但马上又恢复了淡定："既然大家都留有后招，不妨说来看看，那些东西值不值一个亿？"

张侦探咬牙瞪着他："买凶杀人、谋杀栽赃，哪一条都是死罪！"

整个计划开始于两个多月前。

洪世光得知洪世龙回国，安排张侦探去调查，却一直没有进展。与此同时阚家夫妇被杀，洪世光得到了那张旧照片。他突然想到了一个一箭双雕的好办法。张萱萱和叶琛闹绯闻，他向张萱萱提议举办慈善晚宴消除影响，主要目的却是安排张侦探雇佣职业杀手去纵火害田净植。趁杀手去纵火时，张侦探把他车里的香水换成了迷香。

晚宴现场大乱后，洪世光第一时间去追职业杀手，是为了确认他一定要出车祸当场身亡。如果当时职业杀手没有把车开进河中，洪世光也一定会要他死。

杀手死后，张侦探将那张提前准备好的假照片放进职业杀手家中的暗格里。

洪世光对他说："不管警察和薛灵乔谁先拿到那张照片，他们都会帮我把洪世龙找出来。如果薛灵乔能杀了洪世龙最好，报仇之后他会放松警惕。如果是警察先找到洪世龙，你一定要想尽一切办法杀了他。"

一切原本都计划得很好，没想到张侦探在杀洪世龙的时候失了手，而且被薛灵乔和警察都看到了真面目。

02

张侦探说完这些，淡定地喝了一口啤酒，抬眼看着洪世光："洪先生，我的这份口供你觉得值多少钱？"

洪世光盯着枪小心地擦拭，突然用力一拉，上了镗，他轻笑："片面之词，一文不值，警察办案可是讲证据的。"

张侦探心里紧张，脸上却还是笑了笑，继续道："你不会忘了我是如何找到那个完美杀手的吧？"

那次追车案是洪世龙找来的杀手，洪世光将计就计，给张侦探看了行车记录仪拍摄到的画面，让他找同一个杀手在晚宴上纵火，目的就是让薛灵乔误认为追车案也是针对田净植的。这样当薛灵乔从职业杀手家找到假照片时，他才会深信不疑。

洪世光一怔，烦闷地解开了衬衫的一粒扣子："你竟然还保存着那段视频。"

"当然，我想警察一定很困惑你为什么不把视频交给他们。"张侦探也是没办法，与虎谋皮，怎么能不留后手？

洪世光眼眸微眯："你偷了我的行车记录，雇同一个杀手杀田净植，再用照片陷害杀手，目的是想让洪世龙和那个杀手为你背别墅杀人案的黑锅。这些事跟我一点关系都没有。"

"你……"

"谢谢你为我做了那么多，不过你真不应该回到这里。"

"我只是想拿回我应得的报酬。"

"报酬？你是想要警察的手铐还是想要我的子弹？"

张侦探缓缓道："两样我都不想要。洪先生，如果你觉得视频不够分量的话，那照片呢？"

洪世光眸色一沉："照片我早就烧掉了。"

"是吗？"张侦探阴沉的脸上忽然掠过一丝笑意。

他去别墅杀掉阚家夫妇后找到了那张一百多年前的旧照片，而自己的老板出现在上面，这太诡异了。所以他把旧照片交给洪世光前，已经偷偷备份了。

张侦探看洪世光狠狠地盯着自己，无畏地笑了笑："只要看过那张照片，再联系一下你让我做的那些事情，你的秘密也就不是秘密了。如果薛灵乔拿到

第十一章

那张照片，你猜他会对你怎么样？"

"我最讨厌别人威胁我。"

"但你更讨厌死。"

洪世光一愣，几乎要冲动得开枪了，但随后又握紧拳头，努力克制住自己的怒气。他很想一枪崩了面前的人，可这个人说的全是真的。如果这一切暴露出去，他将失去现在的身份，功亏一篑。

正犹豫着，他的手机响了起来，是薛灵乔打来的。洪世光长吐了一口气，恢复平常的语气接电话："喂，薛先生……"

"洪先生你好，请问张小姐那边有消息了吗？"

"还没有，真的很抱歉没有照顾好萱萱，害你和田小姐也一起担心。"

"洪先生别这么说，你一定比我们更着急。"

"是啊，不过现在也没有办法，只能等绑匪再打电话过来……"

洪世光这边正和薛灵乔通话，口袋里的另一个备用手机突然响了起来。他一愣，另一只手拿着枪，只能任凭手机响着。

薛灵乔顿了顿，道："如果有能帮到忙的地方，洪先生千万不要客气。"

"那就先谢谢了。"洪世光挂断电话，从口袋里掏出另一个手机。看着屏幕上的陌生号码，他略一沉思，眼神变得凌厉，突然愤怒地将手机摔到地上。他狂躁地站了起来，无头苍蝇一样地走来走去。

张侦探吓了一大跳，不知道他到底怎么了，心里惊惶不已。

洪世光莫名地笑了起来，带着一点神经质，拿着手枪朝张侦探指指点点。

张侦探惊恐道："喂，你不要乱来！"

洪世光看着他害怕的样子，笑得更大声了。

张侦探只觉得他疯了，连忙道："钱……钱我不要了，只要你放我一条生路，我一定会替你保密的……"

洪世光呵呵笑了两声："保密？你的保密已经一文不值，薛灵乔知道我的身份了。"

张侦探一脸不可思议："怎么会……求求你，看在我为你出生入死的份上……"

洪世光脸上的笑容消失了，毫不犹豫地扣下了扳机。

就在刚刚，薛灵乔一边假装打电话慰问洪世光，一边叫冯冻冻拨打另一个手机号码。他的听筒里清晰地传来了另一个铃声，而后他示意冯冻冻挂断电话，铃声也紧跟着停止了。

"薛妖怪，冯冻冻这是打的谁的电话？"田净植问。

薛灵乔缓缓地说："和那个张侦探一直保持联系的、我的仇人的电话。"

03

警察局内，鱿鱼仔拿着刚传真过来的资料快步走进李晏之的办公室。

"小晏哥，我去调查过了。张萱萱走出电梯的时间点附近，五楼有户人家收过快递。"

李晏之一愣："快递？你是说萱萱当时走出电梯是因为看到了快递员。"

"这个不清楚，我准备一会去一趟快递公司。"鱿鱼仔将手中的资料递给李晏之，"这是国际刑警那边传真过来的，上面的账号就是给做亲子鉴定的医生转账的源头账号。"

李晏之看着账号，回想了一下，在办公桌上找出一个资料夹，翻了几页一对比，惊异不已，"这个账号同时也是给李教授的研究中心提供资助的账号。"

"啊，这么巧？"

"不是巧合，叶琛还是联系不上吗？"

鱿鱼仔摇了摇头。不能等了，李晏之站起身来拿外套，准备直接到叶琛家里去看看。就在此时，叶琛的电话打了进来。

"你终于出现了！"李晏之松了口气。

"萱萱找着了吗？"叶琛的声音焦急得有些发抖。离开研究中心后，他一直在补觉，刚刚打开电视才知道张萱萱被绑架的消息。他连忙开机，发现有李晏之十几个未接电话提醒。

"没有，你先别着急，绑匪还没打来电话。"李晏之安抚道。

第十一章

"该死,我不该关机的……现在有什么线索了吗?"

"直接的线索没有,但我这边有一个新的发现。萱萱的未婚夫,也就是现在的洪世光很有可能是假冒的。"

"什么意思?"

"当年为洪世光做亲子鉴定的医生收了钱,现在人也失踪了,洪世光是这件事最大的受益人。而且我们查到转给医生钱的账户和给你们研究中心提供资助的账户是同一个。"

叶琛有些不可思议:"你的意思是洪世光是研究中心的资助人,租借干尸做研究也是他主导的?"

"是的,这种可能性很大。"

叶琛一顿,他忽然回想起了血液小样的事。

"前天下午我收到了一份匿名血样,这份血样很特别,应该就是那具复活干尸的血液,所以我才关了手机一直在做研究。如果洪世光真的是研究中心的资助人,那这份血样最有可能是他保存着的。"

李晏之听叶琛这么一说,想起那份监控录像,顿时恍然大悟:"我明白了,是萱萱给你快递的血样!刚才我就在怀疑是洪世光找人绑架了萱萱,但却想不明白动机。萱萱在被绑架前曾经去过洪世光的家里,一定是她拿走血样后被洪世光发现了!"

"那现在要怎么办?"

"这些都是推断,没有证据。即使是洪世龙的指控,我们也需要拿到直接证据才能申请逮捕令。"

"不行,我们不能这样等下去!"

"叶琛,你别着急,如果是洪世光找人绑架了萱萱,萱萱应该暂时不会有危险。"

"不,是他反而更危险。"叶琛忽然想起一个人,连忙道,"我现在去找小植。"

"找小植干什么?"李晏之不解。

"你抓紧找证据吧,我回头再给你解释,先挂了。"

04

　　田净植坐在露台上，拿着IPAD盯着那张真正的旧照片看了好半天，心下凄然，看向薛灵乔道："原来你的仇人一直都在眼皮子底下晃。被熟人欺骗，心里很不是滋味吧？"

　　薛灵乔自嘲地笑了笑："因为是张小姐身体抱恙的未婚夫，所以从一开始就开了绿灯。"

　　回想起第一次与洪世光的碰面，那时，他正在片场拍戏，从高高的天台上如复仇者一般降落下来。

　　犹记得，洪世光惊恐的表情，像是看见了什么可怕的东西一样。

　　当时只道是他身体羸弱被吓到了，现在回想起来，呵……那分明是老鼠见到猫般的眼神。对洪世光来说，越是危险的地方就越是安全。

　　"一百多年前洪世光偷了你的血，怎么身体会差成那样？"田净植一遍遍回想着洪世光这个人，觉得处处难以置信。

　　"我也觉得我的仇人喝着我的血应该是不会有病的，洪世光不符合这一点，我也就没有怀疑他。不过反过来想，如果不是身体出了问题，洪世光又怎么会急着要研究我呢？"

　　田净植喊了一声："事后诸葛亮，事前猪一样……"

　　薛灵乔摇摇头，纠正她："不是猪，而是牛，一直被牵着鼻子在走。"

　　现在想想，洪世光的确一直在悄悄地引导他往错误的方向走。

　　"比起慈善家洪世光，被他神话了的洪世龙确实更像你的仇人。"田净植觉得薛灵乔被骗也是情有可原的。

　　薛灵乔笑了笑："谢谢你的安慰。"

　　"不过，被追车之后就完全可以栽赃给洪世龙了，为什么还要找人放火烧我！"想起这件事田净植就火冒三丈，如果真的不小心被烤熟了，即使有薛灵乔也活不回来了。

　　"洪世光不是真的想要烧死你，而是为了让我确信凶手是冲着你来的，同

第十一章

时自然地拿到那张假照片而不去怀疑。否则，他就不会特意邀请我去了。现在看来，那场慈善晚宴是特意为你举办的。"

田净植翻了个白眼："纠正一下，是特意为了烤我举办的，你要是来得再晚一点，我都能闻到自己的肉香了。对了，你拿到假照片之后怎么知道那个男人是洪世龙的？"

"我在洪氏集团的慈善纪录片里看到的，就是你微博转发的那个视频。"

呃……田净植回忆起自己随手转发的"慈善微博"，弱弱地对手指："萱萱让我转的，说是洪世光要求的。唉……我竟然稀里糊涂地成了洪世光的棋子，我有罪！要是再让我碰到洪世光，我一定……"

薛灵乔帮她接话："一定把他的脑袋拔下来。"

"咦，你怎么知道？"

"因为你的助理早就预定了。"

"冯冻冻真是大变态啊……不过，我喜欢。"

果然是主仆一条心。

田净植正得意着，突然接到了叶琛打来的电话。

"喂……什么，你还有十五分钟就到我家了？"田净植被吓到，转头看向薛灵乔，满脸紧张，"叶人渣，你有什么事电话里说就行了啊……喂，喂，喂……竟然敢挂我电话！"

薛灵乔看向她："叶琛要过来？"

田净植调整了一下呼吸，抓住薛灵乔想把他拉起来。

"你快走啦！叶人渣要来，我怕你们俩打起来！"

"为什么要离开，你担心我打不过他？"

"我是担心你打死他。你先藏起来好不好？"

薛灵乔立刻回绝："不要，我又没做什么亏心事。"

这熊妖怪怎么就是好赖不听呢！田净植有些生气了，叉腰看着薛灵乔。

薛灵乔抱起胳膊也看着她："叶琛来找你做什么？"

田净植没好气地回道："我怎么知道。他说自己知道是谁绑架了萱萱，要见面后再跟我说。"

薛灵乔愣住："难道是洪世光绑架了萱萱？"

"对哦，萱萱是去跟洪世光谈解除婚约的事之后失踪的。现在洪世光是个大坏蛋，那完全有可能啊！"田净植一拍脑袋，幡然醒悟。

"叶琛知道我的真实身份，会不会现在也知道了洪世光的真面目？"

薛灵乔想到这里，忽然一惊，不好，叶琛有危险！

05

叶琛此刻正坐在出租车上，司机不时地看向后视镜，终于忍不住问道："那辆银色的面包车跟了我们一路了。大哥，你真的没有得罪过什么人吗？"

"应该……没有吧。"叶琛疑惑道。

"大哥，我老婆刚怀孕不久。要不你在前面找个地方下车吧。"司机很是不安，深踩一脚油门试图甩掉后面的面包车。

"师傅，你别自己吓自己。"

司机转眼看到那面包车也紧跟着提了速度追了上来，担忧道："我说真的，前面的路段没什么车，我担心他们是准备在那里动手。"

叶琛一笑，试图缓解紧张的气氛："师傅，你很喜欢看好莱坞电影吧。"

司机紧张地摇摇头，继续加快速度。到了一个T型路口，司机急转弯，在一个拐角处停下，为难地看向叶琛："大哥，那辆车真的在追你！你行行好，从这里下车吧，找个地方躲起来，大哥，对不起。我老婆刚怀孕，我真的不能有事。"

君子不强人所难，叶琛看了一眼车窗外，只能无奈地下车。他拿出手机正准备打电话重新叫车，一抬头，忽然看到不远处正停着那辆面包车，两个戴着口罩的人拿着刀从车上下来。叶琛这才意识到事情的严重性，拔腿就跑。

那两个人看叶琛想逃，迅速朝他追过来。

叶琛不断推倒路旁的物件做路障，阻止他们的靠近，却被逼近了死胡同。叶琛大骇，紧急之下抓起旁边的铁锹朝二人挥去。那两人围上来，叶琛踢中其中一个人的要害，暂时获得了一个突破口，向着十字路口狂奔而去。

第十一章

没想到那辆面包车上还有一个司机，开着车追了上来。叶琛被逼到小路，身后那辆面包车已经加足了马力，朝他撞过来！

叶琛被路边一辆倒掉的自行车绊倒，眼睁睁地看着车朝他迅速逼近。

千钧一发之际，一个异物从天而降，落在他的脚边，面包车差点撞上这突如其来的障碍物，一打方向盘朝围墙撞去。叶琛睁开眼睛，发现一个石狮子正卡在他与面包车之间，只差一点，他就要被压成肉泥了。

怎么会突然出现一个石狮子，叶琛正惊惶未定，只见薛灵乔的身影从空中轻轻落到面包车的车顶。

面包车里的杀手不明白发生了什么事，被突然出现的石狮子吓了一跳，连忙倒车。薛灵乔从面包车上跃下，挡在叶琛面前。

"快走，这个人是怪物！"

"他……他还会飞。"

几个杀手面面相觑，急忙钻进面包车，消失在现场。

叶琛不可思议地看着他，好厉害！这就是他一直想要研究的那具……干尸吗？

田净植打开门，叶琛一瘸一拐地走进来。

"你来啦。"田净植侧开身子让他进屋，偏头又看到他身后的李晏之，奇怪道，"你怎么没说你是跟小晏一起来的，害得我还担心让大乔去接你。嗨，小晏！"

李晏之向她点点头，神色很是复杂。

她伸长脖子往远处看，却没看到薛灵乔的身影，问叶琛："你……没碰到大乔吗？"

"碰到了，他走了。我是后来才遇到小晏的。"

田净植一惊，走了？去哪了？还回来吗？

其实薛灵乔只是去了洪世光家。他从楼顶轻松翻下去，站在阳台上，推开玻璃门走进客厅。

这里已经人去楼空。

密室内,冰箱打开着,里面是空的。角落里有几个空血瓶,瓶中还残留着血液。薛灵乔弯腰拿起空瓶,闻了闻,是他的血。他舔了舔瓶中残留的血液,闭上眼睛,血液的滋味在舌尖蔓延。一百多年前的画面突然快速地在脑海里涌现,头疼欲裂。

那些消失的记忆,一瞬间全部回来了。

06

一百多年前,一个十几岁的少年来宝,带着虚弱的娘亲坐在他家后门口瑟瑟发抖。当时匪兵在抓壮丁,而来宝的娘重病,失去儿子,她将不久于人世。

他感动于这对母子的不离不弃,打开后门让他们进来躲避。因为怜悯他们无处可去,他拜托相识的孙老板收留他们。

孙老板领着他们去了一个四合院:"这里住着十几户人家,我叫人给你们母子收拾出来一间,也送了旧被褥和锅碗来,你们先住下,租金就从工钱里扣。"

来宝娘很感恩,拉着来宝就要跪下:"来宝,快,给孙老板磕头。"

孙老板连忙扶住他们:"快起来,别折了我的寿。薛先生介绍来的人,肯定错不了。你有绣花的手艺,来宝长得机灵能跑腿,我这铺子里正缺个这样的伙计,你们好好干活,就算帮了我了。"

来宝娘一边抹泪一边点头。

他在旁边看着,也替他们开心。母子俩以后能在这个地方待下来,也算是有了家。

来宝一直都很感激他的救命之恩,平日里没事就会跑家里来帮他干活,做得不亦乐乎。来宝娘偶尔会帮他缝补衣服上掉落的扣子,跟他拉拉家常。

他没事的时候还教过来宝书法,来宝进步很快,学得也很开心。

那年中秋,来宝娘做了一桌子菜,三人在凉亭里边吃晚饭边赏月。

来宝娘问他:"薛先生一个人在这边,父母家人呢?"

"我父母都去世很多年了,现在孤身一人。"

第十一章

来宝娘叹了口气道："这世道动荡，能平平安安团团圆圆的，就是天大福气了。要不是遇到您，我和来宝早就没命了。"

"那不过是举手之劳的事，大娘不必总挂在嘴上。这一年来多亏有大娘，衣物缝缝补补，隔三差五的做些好吃的送来。来宝也帮了我不少忙，是我该感激你们才是。"

来宝娘笑了笑："也就是薛先生不嫌弃我们。"

来宝吃着月饼，抬起头傻笑："大乔哥不嫌弃，那我一辈子都给大乔哥当牛做马。"

他觉得好笑，打趣道："那你娶了媳妇呢？"

来宝答得干脆："那就让媳妇一起当牛做马呗。"

他被这稚气的言论逗得笑起来，那个中秋节，过得其乐融融。那时候，这对母子的亲近和友善，让他感受了久违的家人的温暖。

……

那张照片是七年之后拍摄的。来宝成年后也是个好性子的孩子，对他的相机好奇不已。

"大乔哥，我听人家说这个东西会把人的魂魄给拍进去，真的吗？"

"你大乔哥说能把人像留下来做个念想，他还能害你不成？"来宝娘嗔了儿子一句。

他摆弄好相机，告诉来宝："就像画像一样，只是留下影像。"

"那这个影像可以留多久？"来宝问。

"会很久。"

"十年？二十年？一百年？"

"对，一百年。"

没想到一语成谶。

……

之后来宝娘病入膏肓。虽知道人类的生老病死，可薛灵乔看着相熟的人死去，难免悲伤。来宝娘拉着他的手道："薛先生已经帮了我们母子太多了，可是我老婆子临死之前还有一个请求，不知道薛先生能不能答应。"

"大娘请讲，只要我能做到的，我绝不推辞。"

"我最不放心的，就是我这个儿子，他这个莽撞又一条路走到黑的性子早晚会吃大亏，还求薛先生照拂。"

他心中一动，点头答应了。

……

没过多久郎中来了，诊完脉，看着他直摇头。

"这种痨病是治不好的，平日里又操劳，人是不中用了，我开几副镇咳镇痛的药，你一会儿让来宝来取。"

来宝瞬间就慌了，求他："大乔哥，你的洋人医生朋友可以救我娘的对吗？你说过的，把人开膛破肚都能活的，对吗？"

他摇头："来宝，那不是一回事。"

"如果……如果那个不行的话，大乔哥一定有其他办法的，一直以来没有大乔哥做不到的事！"来宝看着他的眼神里充满了渴望。

他有些不忍，却依旧讲了实话。

"来宝，你心里清楚的，你娘的病药石难医，人有生老病死，这是自然规律，好好陪你娘度过最后一段日子吧。"

来宝眼眸一暗，心如死灰。

他把那张照片放进翡翠盒的夹层里，作为他最珍视的物件之一。几百年来，他遇到的每一个人，无论好坏，最终都会被压缩进记忆里。

……

几年后的某一天，来宝浑身是血地跑进家门，肚子上被火枪打出了一个血窟窿。

"大乔哥……救……救命……"

来宝乞求的眼神让他犹豫了一下，但这么鲜活的生命，他最终还是不忍看着他死去。他把来宝扶起来，拿起桌上的茶盏，含住杯子咬破舌头，口中的鲜血滑落进杯子中。在来宝不解和恐惧的眼神里，他把那杯混着鲜血的茶水强行灌进了来宝的口中。来宝被呛得咳嗽起来，大口地喘气，而后却发现疼痛的感觉慢慢消失了。

第十一章

他低头查着自己的腹部,只见血迹下面竟然是完好的皮肉。他面色惊恐地推开他:"你……你……你是什么东西……"

"你放心,我不会害你。"

他像以前一样安抚地拍拍来宝的肩膀,可是来宝像见鬼一样地躲开他的碰触。

他有些失望:"你娘去世前,我答应她照顾你。我很快就离开这里,你以后好好过吧。"

来宝惊骇地看着他,无言以对。

……

谁知道,一心软就是万劫不复。

不久之后,孙老板专程来找他,告诉他来宝已经好些日子没来上工了,家里也找不到人,听四合院的人说,最近来宝都是喝得醉醺醺地回去,也不知道是遇上什么事了。

"来宝毕竟是薛先生介绍的人,还是要告诉薛先生一声,明天若是他再不去上工,我就只能换人了。"孙老板抱歉道。

那天晚上,大雨瓢泼,他在酒馆外找到了来宝。

来宝喝得醉醺醺的,摇摇晃晃地走在雨中。

他站在来宝面前,来宝看了看他的脸,脸色一沉,面无表情地穿过他,准备离开。

他伸手按住了来宝的肩膀,冷冷地问:"我记得我救了一个人,什么时候变成了一条醉狗?"

"不用你管!"来宝烦躁地拨开他的手。

他一把抓住了来宝的领子,腾空起来,将来宝带回了后院。

来宝被摔在泥里,吓得六神无主地指着他:"你会飞!你会飞!你到底是什么怪物!"

他被来宝这副颓废的样子激怒了,一脚将他踹翻在泥里。

"我救回来的命,不是让你糟蹋的。你娘泉下有知,也不愿看你活成这个狗模样!"

　　提起他娘，来宝好像被踩到尾巴一样，愤怒地瞪着他："闭嘴！你凭什么提我娘！我们母子那么信任你！你说没有办法，我信了！你明明可以救我娘！你明明可以！我娘本来可以不用死！"

　　"是的，我可以，但是我也告诉过你，人终将有生老病死，我不会打破这个规律，这是我的原则。"

　　"可是你能逃过生老病死！"

　　"是的，我遇到了那么多人，也只有我是特例。而且，这并不是一件值得高兴的事。"

　　来宝摇头，突然像着了魔一样："可是我做梦都想！大乔哥，求求你，你把我也变成这样吧！我过够了平凡的像狗一样被呼来唤去的生活了！我不老不死地陪着你，这样不好吗？"看他不回话，来宝更加疯狂起来，眼神狂热而贪婪，继续道："你不用孤独地一个人活着，你不喜欢做的事，我都帮你做，这样不好吗？"

　　他问他："如果我要你杀人呢？"

　　来宝愣了愣，神经质地笑起来："你要我做什么都可以。"

　　他失望至极，慢慢收起了伞，任雨水打在身上。

　　来宝以为说动了他，正要上前一步，他突然用伞尖指着来宝的喉咙。

　　"狼心狗肺之徒！滚！否则我杀了你！"

　　来宝被吓住了，眼中的贪婪之色一瞬间变成了恨意。薛灵乔有这个能力，却不肯分享给任何人，这才是自私！

　　行走人世的几百年，薛灵乔明白人类的贪婪之心是把利剑，想不为其所伤，就要学会隐忍之道。

　　……

　　几天后，突然有人急切地跑来找他说，来宝疯了！

　　"昨天来宝突然吵着他娘可以活过来，我们都当他发癔症呢，可是……他把他娘的坟给刨了，带着他娘的骨头跑到码头那边去了！"

　　他惊住，急忙去码头找他。

　　冷库门口，来宝痴傻地坐在地上，旁边不见他娘的尸骨。他蹲在他面前，

第十一章

拍他的脸："来宝！你怎么了！你清醒点！你娘的遗骨呢？"

见他来了，来宝的眼珠终于动了动，手抬起来，慢慢地指向冷库里面。

他毫不迟疑地走进去，只见冷库深处，一个身上挂着破布的骷髅坐在墙角里。他正要走过去，冷库门却轰然关上了。

在他不知道的时候，来宝的心已经彻底被欲望吞噬了。就这样一直到他被冻得失去行动能力，来宝才出现，穿着厚棉衣，拿着匕首，他想要放干他的血。

"你是不是很奇怪，我怎么会知道你的弱点呢？呵呵，大乔哥，你还记得吗？我邀请你去我的家乡看雪，你说过，你不去东北，因为你怕冷。原来你这样的怪物，真的有怕的东西呢。你死后，不要怪我，是你先辜负了我们。"

来宝冷冷说完，将匕首横在了他的颈上……

升米恩，斗米仇，人类的欲望是个永远都填不满的无底洞。

第十二章
扑通、扑通

01

薛灵乔回到家时，客厅里正坐着田净植的两任前男友。二人坐姿很标准，都端着一杯茶，老爷爷一样僵硬深沉。

就在刚刚，叶琛已经向李晏之和盘托出了薛灵乔的真实身份。李晏之一时头脑有些混乱，还没彻底明白过来，主角就出现了。他呛了一口茶，狼狈不已地擦嘴。

屋内诡异地沉默了三秒。

田净植心想着关键时刻，就不能靠你们这些怂包，带头咳嗽了两声："你去哪了？"

"洪世光家，他已经躲起来了，电话也打不通。"

当然啦大哥，还为了你二十四小时待机啊？！

"果然是他绑架了萱萱。"叶琛看了一眼李晏之，此时李晏之正不停地偷瞄薛灵乔，一脸不敢相信的神色。叶琛敲敲茶几："小晏，现在……薛灵乔就在你面前了，你还不相信干尸复活的事吗？"

"我相不相信很重要吗？"李晏之让自己尽量有诚意地笑了笑，"谢谢你之前救了我。"

薛灵乔点点头，这个话题太破坏气氛，众人又陷入新一轮的尴尬。

田净植环视了一圈，眼珠一转，突然激动得一拍手："好了，三位前任共聚一堂，和平相处。我还是要补充几句，叶人渣、小晏，你们不能把大乔当怪

第十二章

物，他只不过多活了几年，他虽然看上去坚强，但其实内心很脆弱的。"

她边说边看向薛灵乔，薛灵乔心想着，我内心脆弱你都看见了，你比我还厉害啊。

"大乔，虽然你排行老幺，也最受宠，但毕竟五百多岁了，坚决不能对他们俩使用暴力。还有，叶人渣，你已经有萱萱了，不要再对小晏有非分之想。"

叶琛不可思议地盯着这个怪胎："现在萱萱在绑匪手里，你还有心情开玩笑？"

田净植往沙发上一躺，胸有成竹的样子："大乔已经答应我帮忙救萱萱了，他的本事你们俩都见识过的，有他在，萱萱一定会没事的。"

叶琛紧张地看向薛灵乔，见他点了点头，这才缓和下来，说了声谢谢。

接着三人又陷入新一轮的沉默。

李晏之想了想，自己作为警察还要请妖怪配合，只能调子放低，一副谦虚到底的样子："薛先生愿意帮忙，我也感激不尽。明天就是第三天，绑匪会打电话过来要赎金，我们需要配合行事。另外，那个李教授和张侦探应该也是在替洪世光办事，不知道明天会不会和洪世光一起露面。我不清楚薛先生和洪世光有着怎样的过去，我只希望你在碰到他们的时候能够克制一些……不能杀人。"

薛灵乔心里又叹口气，你们真是影视剧看多了，怎么动不动就杀人。

"好，我尽量。"

什么叫我尽量？田净植捂着脸觉得很心塞，这便秘脸说"我尽量"的意思就是，我要非杀的话，你们也别怪我。

私心里田净植希望洪世光能制造一起让薛灵乔不得不弄死他的事件，起码这样的话，他可以用正当防卫杀了他。

不行，也不能这么血腥。

众人看田净植一会儿捂脸，一会儿捂心脏，独自天人交战了半天，一个人演了一场百人大戏似的，最后心衰地趴在了沙发上。

"常态、常态。"李晏之说。

薛灵乔点头附和，"常态。"

叶琛无力吐槽状："的确是常态。"

02

张萱萱不是没想过，自己有一天会被五花大绑丢在一个废弃的工厂里。可是绑架这种事也就是想想，毕竟她是公众人物，绑架她的风险比绑架一个普通富豪的风险要大得多。

她的眼睛被黑布蒙着，不知过了多久，是白天还是晚上。她手脚已经僵硬发麻，还维持尊严端正地坐着一声不吭。如果求饶有用的话，还要钱干什么？

陈旧的铁门被推开时发出粗哑的摩擦声，随后是皮鞋脚步声渐渐走近。张萱萱静静听着，来人拿着酒瓶放在了旁边的桌子上，然后那人解开了她的绳子，又解开了蒙眼睛的黑布。

仓库内的灯光很暗，张萱萱努力地适应着光线，许久才看清楚眼前的人。

洪世光一身西装革履站在她面前，还是那副体面儒商的样子。

张萱萱没有太多的惊讶，只不过心里的预想成真了而已。她抬手整理了一下头发，就是因为沦为阶下囚，她才更要保持住尊严。

洪世光淡然一笑："看你的样子，似乎早猜到了是我。"

"谁让我撞破了你的秘密呢。"

"他们应该没有对你怎么样吧，我有特别交代过。"

张萱萱微笑着，眼神却是冷的："所以我应该说谢谢吗？"

洪世光虽然被噎了一下，但还是赞赏地对她笑了笑。处乱不惊，如果张萱萱真的愿意跟他做同类的话，说不定他们就是一对令人称羡的神仙眷侣。

他看了一眼刚才自己放在破木桌上的红酒和酒杯："我就喜欢你这种高傲的姿态。我特地带了红酒过来，咱们喝一杯吧。"

说完他倒了一杯酒放在她面前。

"你……为什么来见我？"

洪世光举起杯子："来，先喝酒。"

第十二章

张萱萱深吸一口气,接过酒杯,仰头喝完,不想跟他浪费时间。

洪世光一笑,并不介意她这么敷衍:"明天你就要送去换赎金了。我们怎么说也是有些情分的,以后怕是见不到了,今天晚上就算是告别吧。"

他慢慢地饮酒,仿佛像从前一样是出来约会,面前的人还是他的未婚妻。说真的,他有些轻微的遗憾,如果张萱萱是贪生怕死之辈就好了。可是那样的话,他也不会欣赏她。

"谢谢你的告别酒。"张萱萱将杯子放下,有点看不懂他,"你到底想干什么呢?"

洪世光叹了口气,轻声道:"其实我之前的想法是自己带着张家的赎金去交换你,然后'洪世光'为了救未婚妻而死,而我拿着钱开始新的生活。可惜,你的朋友们提前发现了我的身份。也不知道是不是上了年纪的缘故,不做洪世光,没有了前拥后簇,突然感到很孤单,很想找人说说话。"

张萱萱没有搭话,她几乎已经认定了,洪世光跟她说得越多就越没有留活口的想法。

洪世光抱歉地笑了下,解释道:"对不起,忘了告诉你,我是十年前才开始叫洪世光的。在那之前我还叫过Jack、松本一郎、胡和平,等等等等,很多名字我自己都忘了。我用得最久的是一百多前我娘给我起的那个名字,很朴素,叫来宝。"

一百多年前?张萱萱一怔,他这是在告诉她,他是个活了一百多年的人?!

这根本就是天方夜谭!

"怎么,你都不好奇吗?有什么问题尽管问,我是来找你聊天的,不会伤害你。"

张萱萱给自己倒了半杯红酒,一饮而尽。喝完酒压惊,她依旧是难以置信的样子,平静问:"你活了一百多年了?"

"是的,不过你先不用太惊讶。你的闺蜜田小姐大概没有告诉你,她的男朋友薛灵乔已经活了五百多年了。"

张萱萱被惊得合不拢嘴,听到洪世光的经历已经让她大骇,知道小植身边还有个更老的，这已经完全脱离了她的理解范围。每个人都有生老病死，如果洪世光说的是真的，那为什么只有他们可以逃脱？

"你们……都不会老不会死的吗？"

洪世光轻轻摇头，有些不屑："不老不死的人只有薛灵乔而已，一个自私又狭隘的小人。他不愿意分享，那我只好主动一点。你在密室里看到的那些血其实是一百多年前我从薛灵乔的身体里放出来的，然后他变成了干尸躺进了博物馆，而且还失忆了。"

张萱萱一下子明白过来："你就是靠那些血维持不老的？"

洪世光摇着酒杯，丝毫不掩饰："对，原本那些血可以供我用两百年，可是不知道怎么回事，近些年来我对这种血的需求越来越频繁，一旦不能及时喝到，身体就会迅速衰老下去。"

"所以我去找你的那天你就是这种情况？"

"是啊，衰老来得一点征兆都没有，而且剩下的血用不了多久了，所以我才会想要把薛灵乔从博物馆里运出来做研究，希望找到解决的办法。"他眯了眯眼，语气沉下去，带着一丝狠劲："没想到碰到你那个倒霉的闺蜜，竟然出了一场车祸，用自己的血把薛灵乔给复活了。"

张萱萱想起田净植，心头一暖："我那个闺蜜，倒是经常倒霉得让人措手不及。"

洪世光冷冷一笑："有时候倒霉会要人命的。"

张萱萱没接话，给两个红酒杯再倒上酒，递给洪世光一杯："这杯酒是谢谢你愿意给我讲这些。不过我还有一个不明白的地方，你已经用这样年轻的身体活了一百多年，为什么还不知足呢？薛灵乔的血液对你越来越不起作用，说不定是老天在警告你适可而止。如果我是你，我会选择放下。"

放下？！这真是他今天听过最好笑的笑话。

他一直是泥潭里挣扎的人，而张萱萱即使沦为阶下囚，也是这样的宠辱不惊。他从没有过拿起的机会，怎么放下？！

"你们这种生下来就高人一等的人是不会明白的。为什么你从小就可以锦衣玉食，别的小孩就要食不果腹？为什么薛灵乔可以永远活下去，而我就要适

第十二章
Chapter.12

可而止？你知不知道，这么多年来，我虽然可以保持年轻，却没有一点薛灵乔飞檐走壁的本事。我像只下水道里的老鼠一样，东躲西藏，不断地变换身份，过得有多辛苦你知道吗？"

张萱萱冷漠道："这都是你自己的选择。"

"不，我选择的不是那样的生活，而是像现在这样。"他顿了顿，感慨道，"当年我在美国碰到一个叫做洪世光的私生子，和我长得有几分相像，没有公开露面又有着强大的家族企业，我想我应该是他才对。"

"所以你就想方设法，鸠占鹊巢？"张萱萱摇摇头，可怜之人必有可恨之处。

"不对，如果是他自己，根本就继承不了洪氏集团。"

"你总能为自己做的恶找到完美的理由。"

洪世光冷脸笑了笑，并不在乎。回过头，只见张萱萱的目光盯着被扔在不远处的包，她站起来想往那边走。注意到洪世光的眼神，张萱萱摊开手："不用紧张，你觉得我有能力伤害你吗？"

她捡起包，从里面拿出一副塔罗牌，回到桌边坐下。她洗完牌后随意地摊开在木桌上，看着他："按照你的计划，明天应该是你的新生吧。不如让我用塔罗牌帮你算一算？"

洪世光不屑道："我从来不信这些东西，我只信自己。"

"选一张吧，无伤大雅，就当是我感谢你今晚的款待。"

洪世光笑了一下，随意抽出一张，仰头喝完杯中的酒，站了起来。

"你自己慢慢算吧，我先走了。"他走了几步，又回过头，眼眸闪过一丝微光，"张小姐，再见了。"

张萱萱看着他的背影消失在门外，她伸手翻开他选中的塔罗牌——审判。

03

前男友们离开后，只剩下他们两个人。薛灵乔给她讲述了自己和洪世光之前的渊源。

田净植忍不住愤愤道："你当时一定很心寒很绝望吧。来宝这个恩将仇报的白眼狼，你一开始就不应该救他。"

薛灵乔摇摇头，他从没后悔救过来宝和他娘。

"我最开始见到的来宝，和后来放干我的血的来宝，还有现在冒充洪世光的来宝，肯定都有很大不同。遇到过什么人，经历过怎样的变故，选择了怎样的生活，都会改变一个人。"

"这个说法我认同。就像你，如果不是遇到我，可能还是一具干尸，如果没有爱上我，可能早就离开了。"

薛灵乔偏头看着田净植，还是为她的直接感到头疼。

"我在棺材里躺了一百年，来宝在这一百年里又做了些什么呢？"

"肯定没干什么好事。"田净植想起张萱萱被绑架，连忙双手合十，"明天萱萱就拜托你了！我要去休息了，你也早点休息吧，我明天去陪萱萱的妈妈。"她盯着薛灵乔看了几秒，柔声说："薛妖怪，那间卧室永远为你留着。"

说完她像怕被拒绝一样迅速逃离现场。

薛灵乔明白她的意思，即使他不在，她也为他保留着那一个房间，一直等他。

这种感觉很奇妙，就像之前他无论走到哪里，薛府里都有爹娘在等他。现在无论他在什么地方，也有田净植在等他。

他终于不再是孤身一人。

次日李晏之带着同事守在张萱萱的家中。茶几上的座机响了起来，他伸手按住，让同事开始监听。

"伯父，别紧张。"李晏之交代张爸爸，"按照我们之前说好的来。"

张爸爸点点头，拿起听筒，绑匪的声音嘶哑地传来："钱准备齐了吗？"

张爸爸镇定道："准备齐了，请你们不要伤害我的女儿。"

"带着你的手机，将钱放进保姆车里，你开车一个人来，不要耍花样。"

"去哪？"

第十二章

"先上路,我会再跟你联系的。"

李晏之朝张父使眼色让他拖延时间,张爸爸立刻道:"等等,我要听到我女儿的声音。"

电话那端,绑匪把电话递给张萱萱,张萱萱叫了声:"爸……"

然后电话就突然挂断了,监听的同事朝李晏之摇了摇头,定位不成功。

"算了,绑匪肯定知道警察介入了,只能见机行事了。"李晏之对两个同事道,"你们两个带上设备开车跟我,我已经申请在多个地点预留了警力,一旦确认交易地点,你们要用最快的速度请求援助。鱿鱼、水晶,你们俩坐我的车。"

快速部署完后,李晏之又看向张爸爸,郑重道:"伯父,除了手机我们能监听到之外,你的衣服里还有另一个监听设备以防万一。保姆车会被我们一直定位,你只要按照他们说的去做就可以了,我们一定会把萱萱救出来。"

"小晏,你是我看着长大的,我当然相信你。"

张妈妈由田净植陪着从卧室里走出来,看着老公哀求道:"一定要把萱萱带回来。"

张爸爸点点头,拍拍田净植的肩:"小植,你阿姨就拜托你照顾了。"

田净植拍拍胸脯,包在她身上。

营救计划正式启动,张爸爸开着保姆车走在最前面,李晏之保持着一段距离跟在后面,叶琛随着负责联络定位的面包车行驶在最后。保姆车行驶到博物馆附近,绑匪打电话来要求张爸爸往北上青年路。张爸爸看了看路标,往右打方向盘。

薛灵乔一直避开监视器在楼顶上快速穿梭,悄悄观察着这三辆车的情况,等待着绑匪出现。

到了松石公园,绑匪又来了指示,让张爸爸往南上清远路。

李晏之车内,鱿鱼仔觉得很不对劲:"小晏哥,绑匪根本就是在玩我们,这样走又回到原点了啊。"

李晏之抬了抬手,示意他不要说话。

绑匪的声音继续从蓝牙耳机里传来:"乐一小学前方100米有个倒闭的小卖

部，我在里面给你准备了新手机、新衣服、帽子还有口罩，尽快换完装重新回到车上。"

张爸爸把车停在绑匪指定的地方，下车跑向路旁不远处的小平房。李晏之在远处定睛看着，过了一会，被帽子和口罩包裹严实的张爸爸重新回到保姆车。

绑匪的声音从蓝牙耳机里再次传来："下一个十字路口右转。"

虽然换了手机和外套，但张爸爸还是带上了外套上的监听设备，通讯一切正常。

到达十字路口后，保姆车赶在红灯亮起前右转，而后红灯亮起，将李晏之的车拦在了后面。

面包车内负责监控的警察盯着显示器，发现定位红点在快速移动，连忙用对讲机联系李晏之："小晏哥，保姆车现在车速过快，很容易跟丢。"

李晏之皱了皱眉，对着耳机道："伯父，请放慢车速，我们还在等红灯。"

绿灯亮起，李晏之的车立刻跟了上去。

负责监控的同事又报告道："小晏哥，保姆车已经停下来等待，下一个路口右转就能看到。"

李晏之快速右转，保姆车重新出现在视线里，又再次启动。

三辆车继续保持着最初的队形和距离，依次前行。

坐在面包车上的叶琛突然觉得不对，之所以换衣服，是因为要制造同样装扮的人，混淆视线么？

叶琛连忙用对讲机喊李晏之："小晏、小晏，我们上当了！张伯父可能已经被调换了……"

李晏之一个急刹车将车停在路边。

"马上锁定代号深山老妖的位置告诉我。另外呼叫警察拦截前面的保姆车，再安排人去小卖部。"

"收到！"

保姆车被警察拦了下来，司机并不是张爸爸。原来张爸爸在小卖部时就已经被袭击，绑匪用帽子和口罩做掩护，伪装成张爸爸一直开着保姆车。在将李晏之的车甩掉之后，绑匪拿着赎金换到了另一辆来接应的车上。而张爸爸的保姆车却交给了一个代驾司机。

"小晏哥，深山老妖已经停止移动了！"负责联络的警察再次汇报。

"好的，把地址发给我，绑匪应该就在那里，速度跟上！"

04

郊区废弃的厂房里，张萱萱依旧被绑在椅子上，她很疲惫，垂着头休息。负责看守的两个绑匪一边巡视一边闲聊。

"干完这笔买卖，咱们可就算发大财了吧。"

"当然，拿到钱我就准备带着我的老婆远走高飞。"

"谁发财了还带老婆啊！"

"你知道个屁！原装的！"其中一个绑匪看了看张萱萱，低声问："一会儿真要撕票吗？"

"当然啊，不撕能怎么办？"

不远处的另一个绑匪听到发动机的声音越来越近，呵斥道："你们俩闭嘴，送钱的来了！"

聊天的两个绑匪立刻精神一振，走到张萱萱旁边，拿出匕首。若是来的车不对，他们有人质在手也好应对。一辆面包车驶进了厂房，看到下车的是他们的同伙，几个绑匪都松了一口气。

"做得好，连交换人质都省了。咱们先确认一下钱。"

绑匪想把钱搬出来，突然间身后卷过一阵疾风，他打了个哆嗦，车门居然"嘭"的一声关上了！

"谁？！"

四个绑匪环顾四周，并没有发现什么人。一个绑匪去拉车门，却拉不开。其他三人对视一眼，一起合力去拉，但车门依然纹丝不动。

身后突然传来一个清冷的声音："拉坏了车门，你们赔吗？"

四个绑匪齐齐顺着声音的方向回头看去,只见一个高大的黑衣男人正站在张萱萱的旁边,手里上下抛着他们扔在桌上的匕首,似笑非笑地看着他们。

张萱萱听出是薛灵乔的声音,努力地看向他的方向,本来命悬一线的紧张,陡然松懈下来。

绑匪们一脸诧异,握紧了手中的刀,面露凶狠地冲了上去。他们不过是一群有些蛮力的亡命之徒,在薛灵乔的眼里都是些慢动作。他们还没沾到薛灵乔的衣角,就眼前一黑,晕倒在地。

张萱萱揉着手腕上的绳印,看了一眼地上横七竖八躺着的四个绑匪,只觉得他们可怜。

她将手机还给薛灵乔,指了指旁边另一张破烂的椅子:"将就着休息一下吧。我刚才已经给我妈报平安了,小植在洗手间,没说上话。"

薛灵乔坐下来,看向她:"你好像一点都不惊讶?小植告诉过你我的身份吗?"

"不是小植,昨天晚上洪世光给我普及了你的传说。"

薛灵乔一怔,他就知道洪世光没打算留活口。

张萱萱耸肩笑了笑:"放心,他是说了你的坏话,但我不相信。他大概认定我活不过今天,所以才给我讲的。不过,听了你的传说之后,我觉得我肯定能活下来。"

"为什么?"

"中国好闺蜜可不是白叫的,小植死皮赖脸也会让你来救我的。"

"是啊,她对待朋友就是这样的烂好人。"

张萱萱上下打量了一圈薛灵乔,八卦之心顿起:"我很好奇,活了五百多年的人,是怎么适应了小植的无理取闹?"

对啊……他是怎么适应的呢?她性格怪异,倒霉透顶,又喜欢强词夺理,可是……她也很直率,很善良,喜欢一个人,就会用尽全力的去喜欢。

这个世界上,没有人比得上她。

张萱萱一脸歉意:"真是对不起,打扰了你和小植的分手旅行。"

薛灵乔坦然一笑:"既然是分手旅行,太久反而徒增烦恼。天下没有不散

第十二章
Chapter.12

的筵席。"

"你们……不能继续在一起吗?"

那天,田净植在小船上的时候也曾问过一样的话。

她说:"薛妖怪,你说……我们还有可能吗?比如和地下情人一样,平时你都躲起来,然后我们找时间偷偷地约会。我是明星,不公开恋情也很正常……至于老田和秋女士那边,最多威胁啰嗦几句,也不能把我怎么样。"

这是不可以的,一而再再而三地去打破自己的原则,只会越错越离谱。

05

李晏之到达后,薛灵乔默默离开,他是不能见光的。行动开始前,他们分了工,李晏之负责地面跟踪,薛灵乔负责高空监视。他们是早就准备好上当的,让绑匪将薛灵乔带到目的地。张爸爸被调包虽然是计划外的,但好在并没有什么影响。

薛灵乔回到田净植家,她还没有回来。

看着眼前熟悉的一切,他隐隐有些不舍。这里的每一处地方都充满着他们的回忆,每个清晨至黑夜,都是他漫长生命中最难以割舍的时刻。

他等了许久,田净植还是没有回来。

难道连最后的告别都要省去了吗?薛灵乔摸了摸胸口,心跳平稳,田净植应该很好。他看了一眼客厅,忽然有了想法。反正闲着也是闲着,他将屋子里里外外认真地打扫了一遍,浇了花拖了地,然后对着菜谱做好了大餐。

一切就绪,薛灵乔满意地看着自己的杰作,想到田净植窃喜的表情,也跟着微笑了。

只是,他没能等来田净植,却接到了洪世光的电话。

"薛灵乔,如果你还想要田净植活着,就一个人过来。"

薛灵乔一惊,怎么会?!田净植不是在张萱萱家陪着张妈妈的吗?

他们千算万算却算漏了张妈妈爱女心切。洪世光私下和张妈妈达成协议,在警察出发之后就将田净植拱手交给了他来换取自己女儿的平安。

薛灵乔焦急地赶到了洪世光指定的仓库。

洪世光背对门口坐在一张椅子上，光线透过缝隙斑驳地落在他的脸上，他整个人如同陈旧的雕塑般，以颓然的姿态坐着。他用了那么多年，才能这样与薛灵乔平等地面对面。可薛灵乔实在是太愚蠢了，只要有了弱点，即使成了神，也会堕落进地狱。

"薛先生来得好快啊，果然是真爱。"

"田净植呢？"

洪世光回过身，同时把桌上的笔记本屏幕转过来。屏幕里，田净植正躺在单人床上，一只手被手铐挂在床头的铁栏杆上，看起来很虚弱。

看到田净植没什么大碍，薛灵乔稍稍放下心来。他抬头看着洪世光胜券在握的表情，平静道："说出你的条件。"

"显而易见吧……"洪世光耸耸肩，指着一侧的冷库门，"你走进去……我通知属下放了田净植。对了，如果你能痛快一点的话，我不会吝啬在你临死前，和田小姐最后见一面。"

薛灵乔看到门口有一张破椅子，他气定神闲地走过去，拉着椅子走到仓库的中央。顶棚的破洞里有阳光洒下来，覆盖住他的影子。他在光线中坐下来，庄严俊美犹如神祇。

他这般泰然自若，让洪世光有点不解。

"看起来，薛先生好像不怎么在意田小姐的死活呢！"

薛灵乔勾起嘴角，不屑地笑了笑："一百年前用你母亲的遗骨做诱饵，一百年后又故技重施，这一百年，你真的没什么长进呢……来宝。"

听到"来宝"这个名字，洪世光嘴角一抽，表情瞬间冷下来："你都想起来了？"

"是啊，想起来了。"

"可是想起来你又能怎样呢？你很喜欢田净植吧！你要知道，如果我死了，田净植也会死。"

"你说得很对，所以你不用怕，我会按照你说的去做。"

洪世光愣了愣，突然神经质地大笑起来："我果然没有看错你……你这个

第十二章

怪物可真好笑,好不容易复活,竟然真的愿意为了区区一个女人去死……既然有大把的时间和钱,要什么样的女人没有呢……"

薛灵乔平静地看着他:"来宝,你说错了,即使有大把的时间和钱,多好的女人,她们也都不是田净植。有些东西一旦失去了,就再也回不来了。不过,像你这种活得像下水道老鼠般的人,即使再活几百年,应该也不会懂的。"

洪世光被他激怒,狠狠地打断他:"你闭嘴!不要叫我来宝!那个信任你的来宝已经死了,是你杀死了他!所以你有今日,是你活该!"

薛灵乔笑了笑:"嗯,这么说也对。世事皆是因果循环,我愿赌服输,你好自为之。不要再伤害对你没有任何威胁的普通人了。"

说完,他毫不犹豫地站起来,大步走进冷库。

即使已经注定了结局,他躺在手术床上,表情依旧是平静而温和的。这个世界上,有人愿意为了长生毁灭一切,也有人,愿意为了最爱的人,放弃长生,甘愿赴死。

那一刻,田净植像是感受到了什么,摸了摸自己的胸口,眼泪不受控制地流下来……

洪世光就这样静静地看着电脑上的两个监控画面,一脸期待和享受,像你们这样一个个愿意为别人去死的蠢货,根本不配活着。

这本来就是个弱肉强食的世界。

薛灵乔陷入休眠后,李教授穿着隔离衣,推着手推车走进冷库。洪世光跟了进去,站在薛灵乔旁边,冷冷道:"李教授,可以放血了。这一次应该没问题了吧。"

李教授点点头,一脸诡异的兴奋:"嗯,放完血之后他会再次变成干尸。然后我会抽掉他的红脊髓,失去红脊髓的超级生命体就失去了制造和储存完美修复酶的仓库。"

"即使给他喂血,他也不会复活了对吧?"

"是的,没有根的植物浇水也没有用。"

洪世光冷笑道:"原来上一次是斩草没有除根。教授,你做得很好,放掉的血归你，你可以拿去救你的女儿。但是，你必须像你保证的那样，要转变我。"

李教授看上去有些为难："可是将他的注射到其他的身体里，不知道会不会产生排异反应。"

洪世光死死地盯住李教授，试图看穿他一样："所以你没把握？"

李教授犹豫一下，实话实说："是的，我没把握。"

洪世光却忽然笑了笑："教授，你是个老实人，我相信你。不过你只管做，我相信老天爷允许我活到现在，就是我命不该绝。"

"那我开始了。"

血液慢慢从薛灵乔的身体里流出来，随之而来，他的身体也慢慢地干瘪下去。他垂在床下的一只手忽然动了动，像是试图抓住什么，然而终究只是徒劳。

06

那是一种很奇怪的感觉，无法形容的微妙感觉。田净植清晰的感知到，连接她与薛灵乔之间的那根线，断了，他像风筝一样消失了。

田净植无力地靠在床上，手腕因为用力挣扎而划破滴着血。

有人开门走进来，打开她的手铐，把她从床上扛了起来。她像是没有知觉的木偶人一般，被那人扛到冷库的门口，垃圾一样地扔在地上。

洪世光从冷库里走出来，李教授提着装血袋的保温箱跟在他身后。他低头看着丧家犬一样的田净植，心里无比的舒畅。

"啊，田小姐，真是抱歉把你请过来，上次你误打误撞用血把他救活，可这次，你把血流干都救不活他了。"

洪世光慢条斯理地理了理领口，带着李教授转身离开。

田净植好像突然被惊醒了一样，难以置信地站起来，吃力地扶着墙，慢慢走进冷库。

手术床上，躺着她的薛灵乔。

第十二章
Chapter.12

　　他明明是那样挺拔好看的人，却躺在那里像干枯了千百年，被人如垃圾般抛弃。

　　她从没见过薛灵乔干尸时的样子，这样在她面前，却这样让她心痛。她呆呆地站着，颤抖地握住薛灵乔垂下来的干枯的手，勉强镇定自己的心神，自言自语："不要……不要相信洪世光的话，可以的，薛妖怪不会死的，血……我的血……"

　　她左右看了一下，抬起一把破椅子砸向玻璃窗，"哗啦"一声，玻璃碎了一地。

　　她捡起一块碎玻璃，用力地割破手心，握拳让鲜血涌出来。

　　血液一滴滴地落在薛灵乔苍白的嘴唇上，然后缓缓地流向了一边，完全没有被吸收。

　　怎么回事……不可能的……只要有血他就能活过来……

　　田净植慌了，立刻用玻璃割破另一只手的手心，拉开他的衣领，滴在他的胸口。可是血还是流到了一边，一滴都无法渗入。

　　"快吸啊！像上次那样吸了血活过来啊！快啊！"田净植绝望地把流着鲜血的双手放在他的心脏上，苦苦哀求："薛妖怪……你不是来救我的吗……你快醒醒带我离开这里……我好害怕……薛妖怪，求你别丢下我……"

　　她颓然地跪在地上，撕心裂肺地大哭起来。

　　"求求你……不要离开我……"

　　临时手术室里，李教授和另一个医生正在整理手术用具，准备给洪世光做移植。

　　洪世光等了许久，有些不耐烦："你到底需要多久？"

　　李教授回过头，平静道："只是简单的处理，减少排异反应，不需要多久，二十分钟。"

　　"尽快！"

　　洪世光走出手术室，望着窗外的蓝天白云，眼神中有着掩饰不住的狂喜，很快很快，他就能够彻底摆脱束缚了。

二十分钟过去后，李教授还是没有通知手术开始。

洪世光不耐烦地看了看时间，旁边的医生很识趣地站起来。

"我去催一下李教授！"

医生走到小实验室的门口，敲了敲门，没有人回应。

"李教授，你还要多久？"

医生试图去推门，却发现门从里面锁上了。他预感不太妙，开始大力的敲门："李教授！你在里面干什么！快开门！"

洪世光愣了一下，神色大变，突然跑过去奋力将门踹开。

小实验室内，水槽里在哗哗放着水。窗户打开着，并没有李教授的身影。

洪世光走到水槽边，看到空的保温箱放在一旁。而那些血袋扔在水槽里，血已经被冲干净了。

"不对……不应该是这样……他的老婆和女儿都在我手里……他不会背叛我的……怎么会……"洪世光像是被惹怒的困兽一般，"啊啊啊啊！我杀了你！我要杀了你！"

他掏出手机，恶狠狠道："我先杀了你的女儿！"

电话还没拨出去，他的手下慌乱地从外面跑进来："老板，警察来了，快走！"

洪世光顿时心神大乱，仓皇逃离。

07

冷库内田净植面色苍白，呆呆地坐在地上。她的头发上和睫毛上都结了霜雪，可她把脸贴在薛灵乔的手背上，好像再也没有了任何感知。

她的薛妖怪就在这里，她哪里也不去。

"田净植，你坐在这里干什么？"

忽然间，她好似听到了薛灵乔的声音，她茫然地抬起头。

那个幻听的声音继续传来："带我回家啊。"

第十二章

田净植吃力地站起来，在冷库里看了一圈，最后落在手术床上的薛灵乔身上。

她突然想起来，他的超能力不抗冷，他在这里，一定会很冷。她要把他带回家，让他睡在床上，盖着最柔软的棉被。

"对，我会带你回家，离开这个冷的地方，你就会醒了，你就会醒了。"

田净植突然来了精神，费力地把薛灵乔从床上拖下来，一步步拖到了冷库门外。她的双手重新涌出血来，却完全没有知觉。她无力的瘫坐在地上，从背后用鲜血淋漓的手紧紧地环抱住他，靠在他的背上，疲惫地闭上眼睛。

"薛妖怪……我好困……"

田净植伤心过度，被冻后又突然遇到热气，整个人慢慢失去了意识。她努力握住薛灵乔的手，终于倒在了地上。

她手上的血，缓缓地渗入了薛灵乔的皮肤。那干瘪的皮肤，渐渐地、渐渐地恢复了饱满与鲜活，接着薛灵乔像是被呛到一样，忽然间睁开了眼睛，大口地呼吸着。

他活过来了！

一低头，薛灵乔看到了自己手旁，一双血迹斑斑的手。

田净植倒在他身边，一动不动。

薛灵乔轻柔地抱住田净植，喃喃道："不要睡，我来救你了。"

时间回到一天前。

他们商量解救张萱萱的计划时，叶琛提出了一个建议。

"小晏，我想以私人名义联系一下老师，如果他跟洪世光在一起，或许知道萱萱被藏在哪里了。这样也是另一个机会。"

"你能联系上李教授？"

"可以试一试。我知道他跟家人联系的私人邮箱。"

李晏之略一思忖，点头道："嗯，如果他愿意回复你，可以劝他自首。如果不回复，也没损失。"

叶琛道:"我就是这样考虑的。不过我还想拜托你一件事,老师之所以变成这样,主要还是因为家人的关系。现在他跟着洪世光应该不是自愿的,我怀疑他在美国的家人受到了威胁。"

"我明白你的意思,把李教授家人的地址告诉我,我来想办法。"

……

张萱萱被救出后回到家中,马上就知道了田净植被洪世光带走的事。她和叶琛、李晏之一起赶到田净植家,正好碰到薛灵乔要去找洪世光。

"他是冲着我来的,我会把小植救回来。"

叶琛打断他:"薛灵乔,你不要冲动,事情没那么简单。你想一想,洪世光为什么之前没有掳走小植来对付你,在暴露之前他有更多的机会,而且他早就知道你跟小植的感情很深。"

"正是因为暴露了,所以他才铤而走险。"

叶琛摇摇头:"不对。他现在掳走小植一定是因为老师帮他研究出了对付你的办法,否则他不敢招惹你的。"

薛灵乔咬了咬牙:"我已经管不了那么多了。"

"但你至少得知道一件事。"叶琛看着他,"刚才美国警方已经联系了小晏,他们把老师的家人救出来了。我给老师发了邮件,我相信他是被迫的,我要证实我们的猜测,说服他来配合我们。而且……我还替你答应了他一件事。"

薛灵乔疑惑地看着叶琛。

"我答应他,如果他愿意悬崖勒马的话,你会用你的血救他的女儿。"

所以在关键时刻,李教授没有站在洪世光一边。他从临时手术室逃出来后给叶琛打了一个电话:"叶琛,我没有抽薛灵乔的,他现在在冷库,还可以复活。叶琛,安妮就拜托你了……"

08

第十二章
Chapter.12

虽然没有移植成功，洪世光也只能按照原定的方案逃离。

他匆匆走进游艇的套房里，快速打开衣柜拿出行李箱放在床上，然后走到床头打开小冰箱。虽然他只剩下几十支血液，但也够他撑一阵子，他还没输，他还可以想办法。

小冰箱里是空的，他顿时愣住了。

"你在找这个吗？"身后传来一个熟悉的声音。

洪世光惊恐地转过头，看着来人："你没死？！"

薛灵乔优雅地坐在沙发上，交叠的长腿上放着一个保温的木盒。他把木盒扔到地毯上，一扬下颌，唇边带着冷意。

"来宝，过来捡。"

洪世光审视着薛灵乔，确定他没有任何攻击的动作后，连滚带爬地跑过去抢过木盒，转头就往套房门外跑。

他惊慌失措地跑到楼梯口，一回头，只见薛灵乔慢条斯理地朝他走过来。

他在慌忙中一脚踩空，从楼梯上滚了下去。

薛灵乔负手，一步步地慢慢走下来，像猫捉老鼠一般从容："我建议你还是不要下游艇比较好，因为我报了警，警察应该已经到了吧。"

洪世光靠着墙，手忙脚乱地打开木盒，里面空空如也。

他凶狠地抬起头："血呢？"

薛灵乔很轻微地笑了一下。这一笑，让洪世光彻底失去了理智，他疯狂地吼道："我在问你，血呢？血呢！"

薛灵乔皱了皱眉，快速走过去，抓住他的前襟用力一拽，把他狠狠地掼在了甲板上。

洪世光忍痛抱着腿，恶狠狠地看着薛灵乔："你想杀我吗？那你就杀我好了！如果你不杀我，无论多少次，我都会想办法彻底杀死你！"

薛灵乔居高临下地看着洪世光，眼底充满了怜悯："是吗？可惜你没这个机会了，不过你可以看着自己的血一点点流干……"

"哈哈，好啊，杀啊！现在我是洪世光，你杀了我，就没办法在你那个小明星身边了吧！你不是很喜欢她吗？还是你也把她变成跟你一样的怪物了？薛灵乔！你看看你有多虚伪！"

薛灵乔被他激怒了，一脚踏在他的胸口上。

洪世光吐了一口血水，靠着墙壁坐起来，看着天空，张狂地大笑："来啊，杀了我啊，白捡了一百多年的命，我也值了，做个了结吧！"

薛灵乔犹疑着，杀了他，杀了这个人，结束这段孽缘。

洪世光突然痛苦地按住摔伤的部位，他的肋骨被踩断了。薛灵乔一顿，眼前的人以肉眼可见的速度，慢慢变成了一个鹤发鸡皮的老年人，痛苦地呻吟着。

他的声音也变得沙哑而苍老："杀了……我……快杀我……"

薛灵乔一惊，清醒过来。

作恶之人举起屠刀时，一把明晃晃的审判之刀也悬在了他的头顶。

薛灵乔突然意识过来，报仇对他来说已经没有意义。对来宝来说，没了血，他只能苟延残喘，一动不动地躺着，或许一年两年，或许十年，他将以最悲惨的方式走到生命的尽头。

他最后看了一眼老去的来宝，而后毫不犹豫地离开。

来宝看着他离去的背影，惊恐地嘶哑地大叫着。

赶到游艇的人发现了他，因为找不到他的资料，把他送去了收容所。他躺在病床上，绝望地看着天花板，连寻死的力气都没有。

09

入夜之后，田净植的卧室里亮着一盏柔和的灯，照着她疲惫的睡颜。薛灵乔看着她，温柔而不舍。

他自以为坚守原则，也敬畏这个全新的世界，提醒自己应该早点离开。可依旧仰仗自己的能力，擅自扰乱人类生命的轨迹。因为信守和来宝娘的承诺救了来宝，有了后来的割颈之祸。百年后被田小姐所救，欠了她的命又欠了她的

第十二章

情,还连累她数次的血光之灾,已欠她太多。

可爱的田小姐,应该有她短暂而平静的一生,这是他给不起的一生。

田净植醒来后,薛灵乔已经离开了。她看到床头柜上的凤凰玉璧,以及他留给她的纸条。

"无论我走到哪里,心里都会记着你,愿你一生平安喜乐,再无烦忧。"

她怔了怔,眼泪就这样肆无忌惮地流了下来。

三个月后。

电视里主持人正在播报新闻:"因为连续车祸事件而受到瞩目的女星田净植,最近因为陆续被拍到和九个男人的约会照片,而成为新的话题女王。这些男人不仅个个帅气,而且都是活跃在各个领域的精英,上市公司老总、画家、高尔夫冠军、服装设计师、连锁餐厅新贵等等……"

田家爸妈正兴致勃勃地看着娱乐新闻,忽然间电视被人关掉了。田净植把遥控器扔到茶几上,抱着肩膀不耐烦地坐下来。

"妈……咳咳,秋女士,你们到底要干吗啊?想看我也看过了,我很好,每天开开心心地工作,开开心心地出去玩,现在可以带我爸回家了吧?"

田母白了她一眼:"好?哪里好?每天除了工作,就是跟你的表哥堂哥表弟堂弟们一起出去玩,还自己通知记者去拍照片,我看你是被那个小子甩了以后脑袋出问题了!"

"你们怎么知道?"她想了想,咬牙想起一个人,"冯、冻、冻!"

田母冷笑一声:"是不是还指望薛灵乔那小子看到新闻后回来找你啊?"

田父在一旁劝道:"你好好跟妹妹说,妹妹现在还没有想清楚,等想清楚了,她就会跟小晏复合的,他们毕竟青梅竹马那么多年……"

田净植听不下去了:"停!爸,大乔只是暂时离开我,他连祖传的玉璧和湖心别墅的房产证都留给我了,我相信他一定会回来的。况且他的宠物也被我绑架来了。"

她回头看了一眼,一只大白龟正试图爬上楼梯,却一直在原地踏步。

"水生!你又想爬去二楼钻床底吗?回去你的小池塘!"

田母无语地哈一下,觉得她真的是疯了,正要继续讽刺她,只见田净植双手交叉,做了个拒绝沟通的姿势:"好了,就此打住,你们赶紧回家吧,我约了萱萱见面。"

咖啡店内,张萱萱和叶琛坐在一起看着对面大口吃蛋糕、精神相当不错的田净植。两人对视了一眼,这个画面太美他们不敢看。

心虚二人组都觉得是自己的原因才让田净植变成这种疯狂摄入卡路里大魔王,一时间更加的心虚。

叶琛解释道:"之所以当初在冷库里小植放了血也没用,是因为温度太低,薛灵乔身体的保护机制启动,内部的处在休眠状态。到了冷库外后,身体保护机制重启,自然就有用了。"

"是啊,当时我还真的以为那个丧心病狂的李教授把大乔给弄死了。"

叶琛叹了口气:"老师他已经很后悔了,我前两天去监狱里看他,他还是对你的事觉得很抱歉。"

"嚯,说对不起就能得到原谅,那他就不用去坐牢了?"

张萱萱听到这句话也有点心虚,开口道:"小植,你是不是还生我妈的气?当时那种情况,她也是急昏了头。"

田净植一挥手:"哎呀,伯母怎么一样,那种情况下,要是换了我老爹,把你拆了卖都有可能,不一样不一样。"

听她这么说,张萱萱感动地笑了笑,突然注意到她还在大口吃蛋糕:"小植,你这样吃没关系吗?"

田净植摇头:"你不懂,一甜解千愁,而且最近我胃口很好。"

"你这个状况倒是很像个口味大变的孕妇。"

"哈哈,别胡说。"

田净植去完洗手间,在洗手台前洗手,边照镜子边去抽墙上的抽纸,忽然

第十二章

间，手背被破损的抽纸盒刮到。

她吃痛地皱了皱眉，抬起手背，上面有一道血口子。

然而神奇的事情出现了，那道血口突然以肉眼可见的速度痊愈。

遥远的森林里。

薛灵乔快速地穿梭，鸟儿惊得四处飞起。突然间，他停在溪水边，捂住胸口，侧耳倾听。

扑通、扑通、扑通……

薛灵乔震惊不已，这是……两个心跳！

(正文完)

番外一
一孕傻三年

田净植醒来是在光影跳跃的森林里,四处都是清脆欢乐的鸟叫声。她卧在溪边松软的草地上,溪水漫过她的头发,她赤裸的双脚。

这是个很好的晚春,高耸入云的乔木,树梢拨动着白云。

她不明白自己为什么会出现在这里,可这里安详宁静,犹如天堂。

田净植坐着用裙摆擦干自己的脚,脑袋里迅速想到了一个可能。虽然不知道为什么会在这里,但她猜这应该跟薛灵乔脱不了干系。不过薛妖怪不是早就离开了么?又为什么把她偷偷运到这里来。薛灵乔已经离开三个月了,一日不见如隔三秋这样算,三个月就是九十多年没见了。他一定是舍不得她想要回来,但是又觉得没面子,所以才想了这么个糟糕的办法。

田净植内心一阵窃喜涌动,嘴角都忍不住地脱离地心引力向上扬起,但终于是被她内心女神的矜持拽住,保持住淡定的神色。

她站起来拍了拍衣服上的草叶子,四处张望了一下,一转身果然就看到薛灵乔站在溪边的对岸。

他不愧是妖怪,不会因为失恋就瘦上一些,依旧是那样唇红齿白很健康很精神的样子。他看着她,不说话。

田净植很想他,但他当时那么狠心地走了,她又装作不想他的样子,也酷酷看着他,不说话。

"田净植。"终于薛灵乔先开口,他说,"以后你一个人,好好过。"

田净植可没想到他一张口就是这么一句话,心都凉了半截。

番外一
Extra.1

"我为什么要一个人好好过,你走了,我天天跟男人出去,买名牌,吃大餐。钻戒买十个,一个指头带一个。"田净植存心气他,"那么多人追我,每一个都比你好,我才不会想着你。"

剧本里女主角只要说这样的话,男主角就会气得浑身炸毛,把女主角抱住强吻,嘴上说,你哪里都不许去,你是我的。

她心里盘算得好,但终究是女二号的命。

薛灵乔笑了笑,很和气的样子,不但没炸毛,倒是什么心事都放下了似的,又笑了笑,清仓大甩卖不要钱的那种笑法。

"你这样我就放心了,我走了,你保重。"

田净植见他真的是来告别,一时间急得要命,说出的话也无法收回。

你要去哪?真的不回来了吗?你还爱我吗?

很多话想问,却不知道从哪一句开始好。二人相爱那么久,她也无法用一两句不轻不重的告别来结束。

这不应该是结局。

而对面的薛灵乔笑着笑着,脸上的笑容终于艰涩起来,脸色也慢慢地苍白下来,眼中有了疲惫的安详的神色。

田净植问:"你怎么了?"她猜想着,"你生病了吗?"

薛灵乔摇头,低头看着脚下,田净植看到他脚下有血流出来,流到溪水里,整条溪水都染成了红色。

田净植吓得尖叫,然后——猛得从床上坐起来。

她久久无法从这个噩梦中回过神来,在床上坐了一会儿,才闻到楼上传来的煎蛋的香味。这香味让田净植忍不住一阵反胃,奔去卫生间干呕了半天。

冯冻冻听到她吐,拿着锅铲从厨房里出来,站在卫生间外头说风凉话:"田小姐,你天天吐,别是怀孕了。"

田净植擦着嘴巴没精打采地出来,瞥他一眼:"我要是能怀孕,我就让孩子喊你爹。"

"哎哟,那多不好。"

田净植一脚踹他屁股上，大怒："你还真敢应啊！唐僧说了，人是人他妈生的，妖是妖他妈生的，人和妖又不能生出人妖，不同物种，能怀孕吗？"

冯冻冻委屈地揉着屁股："你们种族不同又不能怪我。"

"那你一大早上做什么煎蛋？"

"是你说要吃煎蛋的，而且现在下午两点多了，你睡了一个对时。"

"我今天又不想吃了。"田净植做了个噩梦，心情很糟糕，心里揣了窝蚂蚁一样觉得不舒服，"怎么睡么久都不叫我。"

"我叫了你几次了，你都不醒。"

最近田净植过得很消沉，别人失恋后是嗜吃，她是嗜睡。

其实刚一开始还好，就是容易打瞌睡，早起早睡身体好。最近可就恐怖了，去超市里买东西，她推着推着车子，突然头一垂，趴在推车上就睡着了。对着镜子化个妆，化着化着，头一垂，手里拿着口红就打起了呼噜。上周在录《more than beauty（岂止于美）》时，直接在电话连线的时候说着说着就睡着了，把主持人冯热热也就是冯冻冻的双胞胎哥哥吓了个半死。

"冯冻冻，这样下去不行，我得去工作。最近有剧组打电话找我没？"

"除了平面拍摄和综艺节目的通告，其他的电视剧邀约都推了。"

"你再给我接回来。"

"你拍戏的时候睡着怎么办？"冯冻冻也很发愁的，这样下去，田小姐还没红就要彻底过气了。他又小心地劝："田小姐，要不我们去医院查查吧。"

"没病去什么医院。"田净植很糟心，又改变了主意，"算了算了，就当休假好了。"

"哦。"冯冻冻问，"那你非洲那边挖井队每三个月都要打钱过去的呀。"

田净植摆摆手，想一想都要头疼："我再想办法，你去把笔记本给我搬来，我要查点东西。"

冯冻冻问："那你要不要吃煎蛋？"

田净植听到煎蛋这种东西，莫名又开始发飙："我不吃煎蛋了！我这辈子都不吃煎蛋了！给我打十个苹果汁来！"

番外一

冯冻冻心想着,这么不稳定,八成怀孕了。

十个苹果打成的汁,一个杯子装不下,为了防止田净植再次发飙找茬,他只能用吃面的大海碗装来。

田净植正趴在茶几上,一脸沮丧的表情。

冯冻冻凑过去一看,屏幕上搜索着:周公解梦,梦到流血、死人,后面都是些不好的解释。

"田小姐,这是不准的啦。"

田净植"啪"地把电脑按上,一脸烦躁:"我当然知道不准啦……我就是随便欣赏一下人类有多迷信。"

她端起满碗苹果汁,一口气喝了,死尸一样躺在沙发上,指挥冯冻冻:"再给我榨十个雪梨汁来。"

"你不是平时都喜欢喝混合果汁……"

"对啊,喝下去我就去跑步,肚子里混合一样的。"

冯冻冻说不过她,仔细想想又觉得好恐怖,田小姐最近水果汁和牛奶的消耗量已经可以养起一家果汁店了。

田净植梦到了怪怪的东西,又看了个怪怪的周公解梦,整个人都变得怪怪的,傍晚在院子里浇花的时候也看到了怪怪的人。

这个男孩子长得很洋气,打扮很像当下韩国流行团体的偶像,站在门口猴子一样地朝院内张望。他笑得眼睛弯弯的,嘴角眉梢刷了一层蜜糖一样,笑得可爱,又有几分说不出的轻浮,却叫人不讨厌。

田净植想回屋子拿个口罩也晚了,她猜测是自己的粉丝:"你找谁呀?"

"找你。"男孩双臂挂在栏杆上,朝田净植挤眉弄眼的,"田净植,你长得很普通嘛。"

田净植翻个白眼,心里骂一句死宅男,转身就往屋里去。

那男孩子嘿嘿笑:"你生气啦?生气对小宝宝不好。"

走到门口的田净植又停住脚步,疑惑地回头看他:"哈?"

男孩子歪着头，笑嘻嘻的："薛灵乔在哪？"

田净植心中警铃大作，一时间大脑一片空白，他怎么会来找薛灵乔？当然知道薛灵乔是她男朋友的人很多很多？但是为什么他问的是"在哪"，而不是"在不在"，证明他是知道薛灵乔是不在的。那么他是怎么知道的？她是迟钝，但并不是傻，这个人很危险，她的身体已经提前做出了反应，急促地呼吸着，她跑回门口，拿了棒球棍跑出来。

门口的男孩子已经不见了。

田净植拎着棒球棍在门口左右张望。

"你在干什么？"身后突然传来声音。

田净植像蚂蚱一样蹦起来，抡起棒球棍尖叫着砸下去，来人一手握住棒球棍，正是三个月不见的薛灵乔。

"怎么乱打人？"薛灵乔问她。

田净植睁大眼睛看着他，薛灵乔站在她面前，像从前一样跟她讲话。她有些混乱了，因为薛灵乔不可能在这里。这个人说走就走了，一点留恋也没有。他不应该在这里。田净植点点头，怪不得这么奇怪，什么偶像团体的小鲜肉，什么薛灵乔，原来都是在做梦啊。

她拍了拍脑袋，很沮丧地一屁股坐下了。夕阳的余晖打在她的肩膀，她觉得自己的余生可能都会像这夕阳一样。

"薛妖怪，我可能病了。"

"……"薛灵乔蹲下来，看着她，也不知她为什么是这样的反应。

"我最近一直睡，一直睡，干什么都能睡。睡觉还很容易做梦，做梦也不知道是假的，跟真的一样。我梦到你来跟我告别，你死了。好几次都是这样。"她抱住头，很苦恼，问他，"是不是你钻到我的脑子里去了，我怎么一直能梦到你？"

薛灵乔搓搓她的脑袋，觉得她真的变傻了，笑了笑："可能是吧。"

"以后可能我就分不清现实和梦境了，你看，这梦跟现实一模一样。"

"我掐你一下吧。"

"不行，掐我也会疼，在梦里也会疼。"

薛灵乔问："那在梦里好不好？"

田净植想了想，鼻子开始酸，想着梦里的事，忍不住哭了："好，除了最后死的那一段，都好。"顿了顿，她委屈地补充，"我想你，可是你不会回来了。我把一切都搞砸了。是我咎由自取，能梦到你也好。"

"……"薛灵乔看着她的眼泪，看她现在变成这样沮丧的样子，也心酸起来，"我并没有怪你。"

"我知道，你人好。"田净植擦擦眼泪，有些不好意思，想想是在梦里，也就解放天性了，"我每次都跟你装得很高傲，可是每次你都来跟我告别，你一点都不在意我，我自作多情。"

"其实不是的。"他再搓搓她的脑袋，"你很好，只是，我不能跟你在一起了。"

这样的话，一点都不新鲜，她无数次在梦里都听到相同的话。

而且更难听的都有。

这次他这么温柔，田净植觉得，如果以后常常能在梦里见到这样的薛灵乔，她天天睡死也不错。

"你拿着棒球棍出来干什么？"

"我刚刚梦到一个男孩子在院子门口张望。"

"所以你就拿棒球棍打他。"

"他胡说八道。"田净植摸摸自己的肚子，小腹平平的，叹了口气，"我要是真的怀孕了就好了。"

"……"薛灵乔也仔细研究了一下她的肚子，眉毛蹙了蹙，又故作轻松，"你现在已经嗜睡到连现实和做梦都分不清了吗？"

"当然分得清，能看见你，肯定是做梦。"田净植很有经验地指了指他脚下，"一会儿你流血，我就会吓醒。"

"……"

薛灵乔觉得她已经傻透了，没得救了，站起来挽起袖子往屋里走。

"你去干什么？"

"我听到你肚子叫了，我去做点吃的给你。"

"因为是做梦我就不怕跟你说，你做的饭真的好难吃，我真的分分钟都会被你毒死。"

"那你吃不吃？"

"吃！"

这一个字完全是气壮山河，抛头颅洒热血，死而后已之势。

薛灵乔在厨房里榨果汁，看到冰箱里码放着各式各样的水果，而且全是水果，没有其他吃的，跟水果店里的冷鲜柜一样。冯冻冻买了个特大号的果汁机，果汁店里用的那种，一次可以榨十个水果。

田净植托着下巴在那里笑眯眯地看着他，一言不发。

三个月不见了，更傻了。

"苹果加香蕉汁怎么样？"

"什么都可以，但是要给我加五个柠檬。"

"五个？"

"我最近特别喜欢吃柠檬。"田净植说着拿了一个柠檬直接咬了一口，酸得缩了缩脖子，神经质地抖了抖，"好爽。"

"……"薛灵乔也没遇到过这种情况，五百多年第一回，"你还喜欢吃什么？"

"除了果汁和酸奶，我什么都不想吃，吃了就要吐。你说我是不是得了厌食症？"

你这算是哪门子的厌食症啊田小姐，你是真的怀孕了，如假包换的那种。

薛灵乔之所以回来，是因为他在遥远的地方听到了两个心跳声，一个来自田净植，一个来自她的肚子里。

这到底是怎么回事，他其实也是手忙脚乱的，不知道要拿她怎么办，而且，很明显，田净植现在的孕期表现更是突破了正常人类的范畴。怀孕四个月肚子还是平平的，完全看不出怀孕迹象。而且怀孕也改变了田净植的体质，饮食习惯也变成了和薛灵乔一模一样，除了水果汁和牛奶之类的液体食物，她不能消化任何固体食物，吃了就要吐。更不要提嗜睡，多梦，脾气喜怒不定等

番外一
Extra.1

等。

田净植到底会变成什么样子，以后会不会恢复正常，田净植肚子里那个肉包子到底什么情况，几个月出生，生出来的是人还是哪吒，薛灵乔完全不确定。

薛灵乔头疼得要死，一转头，看到田净植双手抱着膝盖已经靠着他的腿睡着了。

田净植醒过来，已经是第二天早上，她想起梦里的事，开心地跳起来往楼下跑。

"冯冻冻！冯冻冻！我梦见那个谁了！"

跑到楼梯，沙发上坐着个人，正在看偶像剧。电视里在播张萱萱的新剧，她在里面演一个傻白甜，有点智障，嘴巴里只有两句台词"对不起"和"谢谢你"，男主角就觉得她好特别，一定是真的真命天女。

那人穿着家居服，头也不回，只是说："果汁都给你榨好了，快来喝。"

田净植看了他一会，突然跪下，抱住头，很忍无可忍的咆哮："大哥，虽然看到你很开心，但是这个梦怎么这么长啊，我肚子好饿啊，拜托你快流血，让我醒过来去吃饭。"

薛灵乔心里又骂了一遍她傻，气得真想把她扔到花洒下淋一淋，可是又顾念她肚子里有肉包子，而这肉包子是他的功劳。

冯冻冻在外面晾衣服，听到田净植的咆哮，以为二人一言不合吵了起来，忙跑进来打圆场。一进门他就看到田净植五体投地地跪着，跟马锦涛似的，连忙劝。

"田小姐，大乔哥来看你，你不高兴吗？你跪着干什么？"

田净植大叫一声，从地上弹起来："二哥，你怎么在这？"

"哈？"

"我的梦里怎么会有你，我的脑袋是垃圾场吗，回收站吗，你来干什么？降低梦境质量好吗？……我不想活了，冯冻冻都能到我的梦来撒泼。"

"……"冯冻冻一脸惊恐，冲上去拍拍她的脸，"田小姐，你清醒一点，这不是做梦好不好？大乔哥真的来看你了，你醒醒啊。"

田净植捂着脸，开始哭："肯定是梦，我怎么醒不过来了呢，冯冻冻才不敢打我呢。"

田净植一哭就收不住，但是她又饿，一边趴在茶几上喝果汁一边哭，哭着哭着就忘了喝果汁，哭饿了就继续喝。

冯冻冻一脸呆滞地看着他们家田小姐，怎么变成这么个奇怪的状况，简直就跟中邪了一样。

"大乔哥，怎么办，我们一定要带田小姐去看精神科。"

"没事，我查了资料，饮食习惯的改变，容易哭，呕吐，嗜睡，都不是大问题。"薛灵乔假装淡定，"很多孕妇都这样。"

"孕……孕妇……"冯冻冻受到了惊吓，"谁的？"

"当然是我的。"

薛灵乔看着那哭成傻样的田净植，心想着，除了我还有谁，总不能是网上八卦的那些带着她吃喝玩乐的男人，那根本就是她的一堆堂表哥们。

冯冻冻听了彻底的傻住了，薛灵乔和田净植分手了三个多月，也就是说起码应该有四个月的身孕，四个月的肚子哪能是这样的。

薛灵乔也无法解释，俩人都在那盯着哭成世界末日还在灌果汁的田净植。

过了两天田净植终于接受了薛灵乔回来看她的事实，不过想起自己以为在梦里，什么真话都说了，又哭又闹地丢脸过，一时间很想死。

没有一个女人愿意在前男友面前丢脸，就算是脸皮很厚的田小姐也是这样。她可是女神，那么多人喜欢她，她应该在前男友面前保持风度，就像之前对小晏那样。

她很做作地坐在客厅里，化着精致的妆，端着一杯茶优雅地喝。

"你准备在这里待几天？"

"还没确定。"薛灵乔一点都不把自己当外人，"我的房间反正还留着，借给我住。"

田净植点点头，一脸和气，薛宝钗上身似的："说什么借不借的，分手了

番外一
Extra.1

还是朋友嘛,住,随便住。"

薛灵乔问她:"你在家化什么妆?"

"啊?我化妆?我在家化什么妆?"她呵呵笑,"我是素颜啦。"

"……"

薛灵乔不跟她争,继续看偶像剧。张萱萱不是拿过新人奖的么,怎么这部戏的演技那么烂,都快赶上田净植了。田净植又没声了,薛灵乔一转头看到她果然瘫在沙发上睡着了。

他认命地把她抱回卧室去,还体贴地给她卸了个妆。

他还是喜欢田净植。比她美丽优雅的女子他见过那么多,没有一张脸像她这样牵动自己的心,哭也好,笑也好,嫌弃也好,他都忘不掉她。

在这个节骨眼上叶琛去了美国开研讨会,张萱萱去美国好莱坞的一个大制作打酱油,人家双宿双飞,只剩下他们乱成一锅粥。

这两天田净植不知道为什么回过神来了,摸着自己的肚子发了两天呆,趁薛灵乔和冯冻冻都不在,自己开了个车出门找个偏僻的药店买验孕棒。

她把自己裹得严严实实跟做贼一样,买了验孕棒就找了个卫生间去试,一分钟也不能等。

不久后,她捂着脸从卫生间出来,坐在车上,又默默地摸了一会儿肚子。

"西瓜熟了吗?"后座传来一个男孩子笑嘻嘻的声音。

"快了。"

田净植回答完,突然意识到自己车里有陌生人,立刻开车门要跑,那人却猜透了她的想法,一下子勒住她的脖子,把她整个人抱到后车座去了。

那男孩子笑嘻嘻地压住她,不让她动,嚼着口香糖,全身都是朋克金属的配件,耳朵上都扎着好几个耳钉,不良少年一样。

"别怕别怕,我不会做坏事的,我又不是洪世光那种低级的渣。"

田净植声音都在颤抖了,哆嗦着问:"你知道洪世光,你是谁?"

不良少年摸了摸她的脸,逗小猫一样:"说起来,我可是你和薛灵乔的媒人,要不是我,你和他也认识不了。"

田净植完全听不懂:"什么意思?"

"你还记不记得,你之前出车祸的那天晚上,导致车祸的原因是什么?"

"车祸?"

"是呀,有一辆红色跑车闯了红灯,你记得不?"

田净植仔细想了一下,车祸之前的事情她当然记得,经过这人的一提醒,她想起来了,要不是有一辆红色跑车闯红灯,那辆货车也不会正常通行的时候因为躲避而撞上她。

她惊讶地看着面前这个人,越想越心惊胆战,只觉得那场车祸的造成并不是他们想象中的那么简单。

不良少年看她平静下来了,也不压着她,压坏了她肚子里的肉包子就坏了。他坐好把她拉起来,还好心地帮她把脖子里的大围巾松了松,伸手过去:"自我介绍一下,我叫云臻。你也可以叫我宝贝、亲爱的、达令、哈尼。"

"晕针?"

"云朵的云,至臻的臻。"

"哦。"田净植急忙撇清关系,解释说,"晕针,我跟薛灵乔已经分手了,他现在是我前男友。"

"真的啊?"云臻一下子露出个兴冲冲的表情,"那你孩子就没爸爸了,我给你孩子当爸爸怎么样?我跟薛灵乔是同类。我也很厉害的。"

"你要喜当爹?"

"是啊,我要喜当爹。"云臻兴冲冲的,"我也很帅的。"

"我知道,我也很美。"

"我们天生一对啊。"

"对……啊,不对,不是这样的,晕针,我有点乱,你到底是什么人?"

田净植默默地捂住脸,晕针是长得不错,可是她可不能接受老少恋……不对,老少恋也不是问题,问题是到底是谁比较老。她本来以为一个薛灵乔就够匪夷所思了,他五百多年都没遇到一个同类,她出门买个验孕棒都能遇到。明明是女二号的人生却比女一号过得都跌宕起伏,她觉得都对不起自己女二号的命了。

云臻搓着自己下巴想了半天，才决定全盘托出，说："我看你是个能保守秘密的，我就告诉你吧。世界上不止你前男友一个基因突变人，除了我，还有别人，不过数量不多。但不是每一个都像我这么和蔼的，有很多变态。我三百多岁，比薛灵乔小两百岁，还是个小鲜肉呢。明显着咱俩比较配，代沟比较少。"

三年一个代沟，她也就不计较少那几十个代沟了。

田净植摆摆手，恹恹的："算了，你想喜当爹，我还没想好要不要把孩子生下来。"

云臻很惊讶："干什么不生？生呀！我们已经进化成了比人类还要高级的超级人类。虽然长得一样，但已经是另一个物种了。我交了那么多女朋友，没有一个能生出孩子的。"

田净植很好奇："那你们这种人里应该有女的吧。"

"我之前交了一个女朋友叫珍妮，她也生不出孩子。我们基因突变的进化到这种程度，是无法遗传下去的，具体的原因我也不知道。"

田净植明白过来了，无语地问："你来找我，只是因为我能生孩子。"

"是呀，我也想要个孩子，你生完这个，给我生一个吧。"云臻双手合十，很可爱地拜托她，"我们俩生出来的宝宝肯定很可爱。"

"……"

田净植觉得荒唐透了，可是又很困，就真的困了。

云臻开车把他未来的女朋友送回了家。

薛灵乔回家后，以为冯冻冻开车带田净植出去了，并没有放在心上，直到冯冻冻打个电话回家问田小姐想不想吃点心。

田净植一个人开着车出去，半路上开车要是睡觉了，那可就糟糕了。

薛灵乔拿起外套正要出门，就听到外面的停车声，接着他感觉到了不对劲。外面有两个人，其中一个心跳声是田净植的，另一个却是悄无声息。

云臻好人做到底，毕竟是他未来的女朋友，他拿了钥匙把她抱回家。

他哼着歌，把田净植放到沙发上，正要去找个毯子，只听到耳边有拳风声袭来,他一偏头躲过那一拳,人已经瞬间划到几米外,轻轻一跳,狐狸般灵巧地倒挂在旋转楼梯上,看着袭击他的人。

薛灵乔摸了摸田净植的鼻息,确定她只是睡着了,依旧不敢放松地看着云臻。

"你是什么人?"

"这又不是你家,你管我是什么人。"云臻也不生气,脚一勾把身子放正,坐在栏杆上俯视他,"田小姐都跟你分手了,我追她,你有什么意见?"

"你跟我是一样的。"

薛灵乔几乎要用震惊来形容了,那么多年他都没遇到同类,可现在他遇到了,还是在这种情况下,而且不知是敌是友。

"是的,薛灵乔你好,我叫云臻,云朵的云,至臻的臻。"

"……"

"你别拿这种眼神看我,我们可是老相识了好不好。"

"……"

"当时你躺在博物馆里嘛……哎呀,我这个人又没什么文化,不爱逛博物馆,是陪当时的女朋友去的,一个美国女人,她爸爸是个收藏家。我一看就知道你被陷害了,我们的身份怎么能随便透漏出去,你怎么这么不小心?"云臻竹筒倒豆子一样:"我去监狱里找了个死刑犯想拿他的血去救你,没想到你已经被借出去了,所以,我只能跟着来到中国,制造了那场车祸……是不是很完美?我真是个天才,才能想出那种瞒天过海的办法。"

"你害死了两个人,还差点害死田净植。"

云臻耸耸肩,毫不在意:"其实按照公路规定的速度跑的话,他们顶多受个轻伤,不会死的,谁让他们超速……万事都有意外嘛。你也不用太感谢我啦,稍微崇拜一下就好。"云臻左右看了看,很新奇也很满意,"我未来女朋友的家真不错,很温馨嘛。"

本来二人之间还剑拔弩张的,薛灵乔看他这副不怎么靠谱的样子,一点敌意也感受不到,又是个什么都往外说,一点都不遮掩的人。

他把棒球棍收起来,有很多话想问他。

番外一
Extra.1

云臻问:"有果汁吗?我饿了。"

"有,冰箱里有榨好的。"

云臻立刻轻松地一跳,从旋转楼梯上翻下来,去冰箱里自己倒了果汁来,一点也不把自己当外人。

"你当时为什么想救我?"

"因为我很久没遇到同类了,尤其是你这么笨被放干血的。"云臻咂咂嘴,皱着脸,"好酸,你放了好多柠檬进去,我不喜欢柠檬。"

"我们还有其他同类?"

"有,之前还有个联盟,后来瓦解了。幸亏我从来没加入过。"

"为什么不加入,有同类不好吗?"

"不好,我只想吃喝玩乐,去和很多的美女做朋友,不想像他们那样想把人类社会变成私人屠宰场。"

"什么意思?"薛灵乔皱起眉,他听明白了,有同类,但是不像他们这样生活着。

云臻眼珠转了转,不肯说了:"你别问了,都是过去的事了。"他指着沙发上的田净植,有点不耐烦地问,"你跟她真的分手了吧,你分了,我就要追她了。"

薛灵乔点点头:"她是我前女友,如果她同意,我没意见。"

从那天起,云臻没事就去田净植家晃一圈,其他的时间都不见人,四处寻欢作乐。

云臻活得年纪再大,也没吃过什么苦,又没心没肺想得开,每日纵情欢乐,根本就是个没长大的孩子。田净植接触了几次,倒是很喜欢他的个性,除了他趴在窗户上伸长舌头装鬼吓她的时候。

不过田净植有一件事很糟心,本来薛灵乔回来,她快乐疯了,以为有复合的可能。现在她明白了,薛灵乔回来只是因为她怀孕了,只是来负责的。

她一个二十一世纪的女性又不是裹脚小媳妇,都分手了,还要他负责干什么。

她蹲在院子里开放的一朵月季花面前，一个花瓣一个花瓣地揪："生……不生……生……不生……"她痴痴呆呆的揪掉最后一个花瓣，"不生……"她拿着花瓣看了半天，突然开始生气地对着花发脾气，"为什么不生，你给我说清楚！"

　　花自然是不能说话的，何况还被她揪秃了脑袋。

　　田净植纠结死了，想到自己以后一个人拉扯孩子，做个单亲妈妈，觉得人生都灰暗了。

　　"你害怕了？"

　　田净植回头，发现云臻正蹲在她身后，跟只猴子一样。

　　"害怕什么？"田净植说，"你来别人家怎么不敲门？"

　　云臻"哦"了一声，一脸真麻烦的表情，真的跑到门口，重新敲了敲门。

　　田净植笑容满面地说："晕针，好久不见了啊，你怎么来了？"

　　"……"

　　"做戏要做足，我可是个演员。"田净植坐下来，正儿八经的样子跟薛灵乔一模一样，朝他摆了摆手，叫小狗一样，"晕针，过来坐，你刚才说什么害怕什么？"

　　云臻觉得她比自己还像个神经病，走进来，坐在她旁边说："你一定是害怕生孩子，我在医院产房外面听见过女人生孩子叫得好惨。"

　　"我不是怕生孩子。"

　　"那你怕什么？"

　　田净植苦恼地捂住头，不好意思跟云臻说，自己很爱薛灵乔，可是薛灵乔不能跟自己一起了，他们人妖殊途。

　　"殊途啊……"

　　"属兔？你不喜欢孩子属兔？"云臻松了口气，"那你跟我在一起以后，我们生个不属兔的。"

　　田净植一句话都说不出来了，薛灵乔说自己一孕傻三年，晕针不孕不育都会傻三百年。为什么要跟他在一起，全世界那么多男人，为什么她的第九任男朋友还要从妖怪里挑？！

薛灵乔觉得田净植最近很怪。

田净植知道自己怀孕后很平静，然后整个人愈加地消沉下去。除了睡觉、喝果汁牛奶，剩下的时间都是呆呆的，不知道想什么。薛灵乔不放偶像剧，放她喜欢的《海贼王》，她搂着抱枕坐在那里，人的魂却不知道跑到哪里去了。

薛灵乔以为她不想生孩子，后来发现也不是。原本爱笑爱闹的人转变了性格，整日里冷清清的，薛灵乔也焦急起来。

"我们去度假。"薛灵乔把旅游杂志扔在她面前，"你看一看，想去哪里，我马上订机票。"

田净植翻了翻，后知后觉地说："不行，我得去工作。"

"没关系，你也没有签公司，之前接的戏也拍完了，代言也到了续约的时候了……嗯，那个死人妆粉底看来没有要跟你续约的意思了，从今天起你退出演艺圈好了。"

田净植愣了愣，依旧是木然地点头："好，那就退吧。"

"好。"薛灵乔指着杂志说，"去度假。"

田净植翻了翻，海岛特辑，每一个都大同小异，阳光沙滩海浪比基尼，随便指了一个说："就这个吧。"

第二天薛灵乔就带着田净植和保姆冯冻冻登上了去巴厘岛的飞机。

田净植一路睡过去，过海关的时候才醒，完全是没精打采的样子。冯冻冻倒是个没见过世面的样子，到了酒店就换上了泳裤，大呼小叫地跑出去，真当自己是度假来了。田净植不过是换了个地方睡觉，穿上比基尼躺在沙滩椅上呼呼大睡。薛灵乔仔细研究了一下她的肚皮，好像鼓了一点，手指头戳一戳，硬硬的。

薛灵乔可没想过自己将来会有孩子，就算事实发生了，他也没有任何的真实感，直到现在，那硬硬的肚皮里有什么东西动了动，抵着他的手指。

半夜里，田净植醒来，发现薛灵乔躺在自己旁边，自己抱着他的一只手臂。

她一动，他就醒了，微光里眼珠亮亮地看着她："你饿吗？"

田净植摇摇头，她不想打破这梦一样安详的相处，小心地玩着他的手指，问："你已经照顾我够久了，你什么时候走？"

"再等等吧。"

"不行，看到我肚子大起来，你在这里，秋女士会不高兴的。"

"等她不高兴的时候再说。"薛灵乔知道自己在得过且过，不过他以前可不是这样的人。

田净植有点开心，笑了笑，却又开始哭了。

今天下午别人看到一群海豚在海面上跳跃都在鼓掌大笑，她却突然哭了，哭笑都没了逻辑。

"别哭了。"

"哦。"田净植也很疑惑，"我坏掉了，我明明有点高兴。"

薛灵乔搓了搓她的脑袋，看着她小心翼翼的表情，有点心酸。

"薛妖怪，你还喜欢我吗？"

薛灵乔问："我不喜欢你，你就要去喜欢云臻吗？"

田净植撒娇似的打他一下："你又提晕针干吗，他就是个神经病。"她耍赖似的整个人都扑上去，下巴磕在他的胸膛上，柔顺地看着他，"你不说也没关系，你只要保证，在我有生之年不喜欢别人。"

"你怎么这么霸道？"

"我就是这样的。"田净植又得意了，摸了摸肚子，"晕针说，能生孩子是特殊情况，说不定只有我一个人能生。"

薛灵乔喷了一声："你怎么又提云臻？"

"是你先提的。"

"哦，我忘了。"

"……"

两个人静静地对视了一会儿，许久都没有这么温馨过了，田净植觉得很舒服，懒洋洋的，不想动。怪不得别人说男女结婚后，会由爱情转变成亲情，拉起也是左手摸右手，完全不会小鹿乱撞，激动不起来了。但是也没有谁能砍掉自己的左手和右手。

薛灵乔看她眼珠骨碌碌地转,不知道她又在想什么。

"你在想什么?"

"我在想你什么时候走。"

"咳。"薛灵乔逃避着这个话题,"再等等。"

"那你要保证不能喜欢别人。"

"哦。"

"什么哦。"田净植生气了,"我都怀孕了你还哦。"

薛灵乔含糊地又哦了一声,在她身边,他发现自己失去了反驳的能力。

她问他还喜欢不喜欢自己,他当然喜欢,只是他不想说了。他知道自己即使不说,也在一点点地失去更多。

于是就这么拖着。

他开始考虑自己能不能当一个合格的爸爸,还能不能一次次承担二人之间可能面对的风险,还能不能守住他的底线……虽然现在他好像也没什么底线可言了。

那一场车祸,是救了他,也是他的劫。

什么时候走,再等等吧。

薛灵乔想着,这么艰难的决定,等轻松一点的时候再做。

他胡思乱想着,一低头,田净植已经趴在他的胸口睡着了。屋外涛声阵阵,哗啦哗啦,风也唱着摇篮曲。

可薛灵乔不知道的是,他这一辈子从此,就再也没了轻松的时候。

番外二
小卖部家的儿子

冯冻冻和冯热热是一对双胞胎，从两岁起，冯热热被祖父母带去国外生活，据老妈说，他们是去越南当保姆。

冯冻冻觉得老妈在骗自己，他们家开那么大的超市，里面什么好吃的都有，为什么祖父母要带着哥哥去越南当保姆呢。难道是爸妈都不孝顺，不给祖父母钱。可是爸妈的钱不是祖父母给的吗？他不懂，但也不问，因为他是个很内向的孩子，内向到有点窝囊。

他也没觉得不好，在学校里被同桌周默拧青了屁股，回家也不会跟他妈说。

他小学上的贵族学校，很贵族的那种，班上的每个同学都非富即贵，开学的时候，在讲台上自我介绍，他说："我家是开小卖部的，我爸妈砸锅卖铁送我来读书的。"

全班的孩子都没见过这么穷的，哄堂大笑。

从此周默就欺负他，拧他的屁股，叫他"小卖部家的儿子"。

别的同学都是开着豪车来接送，只有他爸每天骑着一辆名牌自行车来接他。他爸的车技很好，穿梭在豪车之间。豪车和豪车挤在一起，大家谁也不让谁。冯冻冻跟爸爸都到了家了，他们还在学校门口堵着。有一天，他和同桌都在出了学校不远的路口等爸爸来接。路口停下一辆车，那俩人下车问路。问完路，他们又问："你们都是那个贵族小学的学生吗？那你们家都很有钱啦？"

周默指着冯冻冻的鼻子说："他爸他妈砸锅卖铁把他送我们学校来的，他就是个小卖部家的儿子。穷鬼一个。"

"那你们家很有钱了。"

"当然。"周默得意洋洋的,"我爸爸开的是奔驰。"

那俩人对望一眼,"哦"了一声,一个去开车,一个走过来抱起他同桌塞到车里就走了。

留下二年级的小学生冯冻冻在风中凌乱。

他好像在那一刻有点明白了,为什么自己家开着那么多大超市,同学们每天带的进口零食都是在自己家买的,但老妈还是非要让他说自己是小卖部家的儿子。

冯冻冻记得同桌家好像花了不少钱把他赎回来,回来以后,同桌再也不掐他的屁股了,每日惊弓之鸟一样,比冯冻冻还窝囊。于是冯冻冻就窝囊惜窝囊,跟他成了朋友,从小学到高中都在一起,考上大学后又在一个城市。

他们一个是天生内向,一个是后天内向,在宿舍里都格格不入的,干脆租了个房子在外面合住,一起通宵玩游戏,业余爱好是学习黑客技术,除非上课,基本上不出门。

有一天周默迷上了一个三线小明星,该小明星叫田净植,参加综艺节目的一期"路人美少女"后大受欢迎,被广告商相中拍了一个广告,而后顺利出道。因为清新甜美的外形接拍服装杂志封面和内页,代言游戏,也接拍一些剧情简单的偶像剧。

周默给他的女神做了个论坛,给田净植组成了一个粉丝会叫莲花教。

冯冻冻看他游戏也不玩了,天天变态一样的给女神做各种图片,领着一帮崇拜者到处吆喝造势,真的不能理解他们追星的心理。

周默是个铁杆宅男,他小时候被绑架过,因祸得福,他爸妈抱着儿子开心就好,只要不打架不违法,不就是追星么,疯狂追!周家爸妈用实际行动支持儿子犯傻,每个月的生活费翻倍。周默看着账户,每天在家里唱:"我有一个好爸爸"或者"有妈的孩子像个宝"。

冯冻冻就没那么幸运了,他没被绑架过,他爸妈也不知道生命的真谛在于开心,从大四开始就喊他回家看超市。

小卖部的儿子长大去开小卖部，放羊的儿子长大去放羊，听起来是一模一样的道理。

可是冯冻冻不想去开小卖部，小卖部开得再好也是他爸的，要他每天对着小卖部，他觉得自己一定会疯掉，会变成他爸，以后生个儿子，继续开小卖部！子子孙孙无穷尽地开小卖部！

冯冻冻一想到自己的人生将与连成山的货架联系在一起，他就觉得可怕，恨不得逃离那个家。

他打电话跟妈妈说："我不想回小卖部。"

他妈温柔地问："那你想干什么？"

冯冻冻想了想说："我想出去找个工作，我想出去闯一闯。"

他妈说："你哥也说要出去闯一闯，你们都闯，咱们家小卖部以后谁管？"

"妈妈，我要那么多钱干什么？"

妈妈在电话的另一端沉默了很久，才说："你说得对，要那么多钱干什么，你去吧，按照你自己的方式活。"

冯冻冻看电视上那些父母拿着钱给穷苦的女一号要求她们跟自己的儿子分手，就是为了逼自己的儿子回来继承家业。他都做好跟妈妈死磕到底的准备了，结果妈妈平和地说，去按照你自己的方式活。他觉得心惊胆战的，总觉得哪里不对。

周默蹲在沙发上，嚼着垃圾食品，斩钉截铁地说："阴谋！这肯定是阴谋！"

"啊？"

"你妈一定会断了你的经济来源，逼你回去。"

"我怎么没想到呢？"冯冻冻一拍大腿，把电话回拨过去问，"妈，你停我的信用卡了吗？"

他妈说："没有呀。"没等冯冻冻舒口气，他妈感动地说："你倒是提醒我了，我这就打电话让秘书去停你的卡。没想到你这么坚定，儿子，你真让妈妈骄傲。"

接着冯妈妈又嘱咐了小儿子一通好好吃饭，好好睡觉，多喝水之类的话，就把电话挂了。冯冻冻开着免提，周默跟他大眼瞪小眼了半天，才幽幽地说："你妈是想认真整死你。"

"可是我觉得……我妈好像真的支持我……"

"天真。"周默说，"我劝你明天就出去找工作吧，我有一个好爸爸，你可没有。"

"我们是不是兄弟？！"冯冻冻大怒，"不是说好有福同享的？"

"亲兄弟也要明算账，我要是养着你，不是帮你，是害你。"周默说完，回去继续给她的女神做动态图，去论坛骂架。

冯冻冻第二天出去找工作，碰了一鼻子灰。

冯冻冻愈挫愈勇，隔天接着去找工作，遇到了一个中介交了500块钱的介绍费，中介承诺给他介绍一个坐办公室月薪不少于3000块的工作。冯冻冻美滋滋地回家，请周默吃了一顿火锅，二人开心地打了两天小明星田净植代言的游戏，始终没有接到中介要他去面试的电话。冯冻冻只能去中介问，结果人去楼空，几个大学生模样的人垂头丧气地坐在门口。

一直除了听妈妈的话，就是做宅男的冯冻冻，开始接触到世道险恶，无法从容面对，像个迷茫的少年一样缩在家里不出门。

还是周默看不下去了，任冯冻冻烂在家里也不好，想想他们十几年的交情，觉得得帮他一把。

"莲花妹跟着杂志拍海岛特辑，今天回机场，你去带粉丝接机，跑腿费两百块，车费报销，去不去？"不等冯冻冻拒绝，周默幽幽地叼着薯片说，"你不做我就找别人，别人150就去，还管录视频给我……就你这样躺着发臭，早晚哭着回家找妈妈。"

冯冻冻心里大怒，你能比我好得了哪里去。

不过周默说得对，冯冻冻现在穷得叮当响，为五斗米折腰，赶紧去了。

田净植那时候真的是个很小众的小艺人，他带着十个人去接机，这十个人只有两个是真粉丝，其他都是周默花钱雇来的。他们举着照片和牌子，田净植一出来，他们就开始整齐地喊着她的名字。有晕倒担当的粉丝直接躺在地上晕

倒，有哭泣担当的粉丝开始痛哭，有嗓门担当的粉丝开始喊口号。

田净植哪见过这样的场面，一时间吓蒙了，手脚都不知道往哪里放，僵着一张脸傻笑，被同行的平面女模们翻了无数个白眼。

有其他不明真相的群众虽然不知道是谁，还是跟着掏出手机给女明星拍照，一时间声势搞得像国际巨星。

那是冯冻冻第一次见田净植，人是长得挺清新可爱的，但是也没什么特别的。不过为了那两百块钱，他喊得比谁都卖力。

第二天一家娱乐网站的新闻上，这个接机事件占了很小的版面，一堆人在问：田净植是谁？

作为"幕后黑手"的周默拍了拍冯冻冻的肩，很欣慰地指着论坛上的一张照片说："小冯啊，我果然没看错人。"照片里的冯冻冻嘴巴长得巨大，额头上和脖子里都起了青筋，可见有多么的卖力。冯冻冻攥着这两百块钱，心里一阵唏嘘，钱真的好难赚啊。

周默给他的第二份工作是在论坛上"骂街"，只要一有人说田净植的坏话，他就要直接骂回去，把人骂得不敢吭声，删帖走人。不过也有那种嘴巴比下水道都脏的，冯冻冻气慑了直接人肉，给那人电脑里放木马。

第三份工作是去田净植出席的游戏展上当义工，在田净植的展台下吆喝，给女神做足面子。

冯冻冻也渐渐接受了自己这个工头的角色，天天带着人出席田净植的活动。

田净植每次有活动都能看到冯冻冻，她知道自己有粉丝会也是很激动的，摆出最可爱的笑脸问他："你就是我的粉丝会会长'周末小雨转多云'吗？"

冯冻冻说："不是，我是副会长，我叫冯冻冻。"

"你好，冻冻，希望以后我们能成为好朋友。"

田净植柔柔弱弱地跟他握了个手，又清仓大甩卖似的奉送了好几个可爱的笑容，这才离开。

回家后周默握着冯冻冻那只手亲了好几下，看在亲一口二十块钱的份儿上，他也就忍着恶心让大老板亲了两百块钱的。

他这份工作一干就是大半年，田净植之前接的电视剧播了，她在里面演了个嘴巴狠毒的女二号，那部剧播火了，田净植也跟着小红了一把，一堆女二号的片约纷至沓来。这些女二号唯一的共同点就是：讨厌。田净植不挑不拣，能接的全接了。冯冻冻看她演戏，分分钟都要给她跪下了，怎么有人能把一个很脸谱化的坏女人演成一个得了面部神经麻痹症的蠢女人？她不负众望地在年度金酸梅奖的海选上脱颖而出，成为影视圈一朵演技全靠瞪眼的小花。

没过多久，田净植就成了化妆节目《more than beauty（岂止于美）》的固定嘉宾，要不是田净植加入了那个节目，冯冻冻都忘记了自己还有个双胞胎哥哥冯热热是这个节目的主持人。

冯热热打来电话问："你是田净植的粉丝？"

"是呀。"

"专职追星？"

"是呀。"冯冻冻叹气，"我不追星我吃什么？"

冯热热作为主持人完全不明白为什么追星可以赚钱，只当他是好吃懒做，"你真不回家管小卖部？"

"不回去，我不喜欢开小卖部。"

冯热热在电话那边想了半天，说："你不是喜欢田净植吗？田净植在电台有一档午夜节目你知道吧？"

"知道，我天天听。"听了要录下来给周默大老爷存档。

"我认识他们总监，你过去做导播吧。"

"钱多吗？"

"试用期两千。"

"我去！"

"你怎么骂人？"

"……"

周默知道冯冻冻去了电台做导播，每日都能见到田净植以后，对他的态度就不同了。以前他是周大爷，是周老爷，现在他迅速将自己的地位摆正成"认识了十几年的好兄弟"。冯冻冻扬眉吐气，觉得自己做了个非常英明的决定。

况且田净植除了演技差了点，性格还是很好的，每次见了粉丝都非常的温柔甜美，根本叫人讨厌不起来。

他这种追星工头，每天都喊十遍"莲花妹真女神"。世界上本来没有女神，没事给自己洗脑，洗着洗着就变成了女神。

而冯冻冻对这个女神也是很尊敬的，每天都准备好柠檬蜂蜜水，搞得另一个关系户的女导播每天都在背后翻白眼骂他，巴结鬼。不过看着自己的女神接过蜂蜜水后那灿烂的笑容，冯冻冻觉得被骂几句巴结鬼也没什么。

直到有一天女卫生间的厕所堵住了，冯冻冻被赶鸭子上架去修，听到自家女神在外面洗漱台关起门来打电话。

"小晏！我不管，你帮我查他们户口！为什么要骂我？我不就是在节目里念错了个成语吗？他们语文就天天考一百分？……我不管！人肉他们！给他们寄罚单！你是警察你不管，那你给我找个能管管的，太不像话了……"

冯冻冻抱着马桶刷，打击太大，呆住了。

田女神发完火挂了电话，没到半分钟手机又响起来，外面响起女神招牌的甜美声音："热热哥……"

为什么要叫哥，他比你小好几岁好吗？！

"对，冻冻对我很好，每天都泡蜂蜜柠檬水给我的……你放心，我会好好照顾他的……"

冯冻冻又唏嘘起来，田小姐其实还是很好的，只是一时间太生气了。

田净植挂了电话，阴森森冷笑："天天蜂蜜柠檬水，我最讨厌柠檬了，这个混球小子，看我不好好照顾他！"

冯冻冻受到惊吓，手里的马桶刷"啪"地掉了。

田净植吓了一跳："谁？"

冯冻冻捂住嘴，正想着要怎么办，突然听到外面安静下来，冯冻冻松口气，正在缝补自己受伤的心灵，只听到头顶传来幽幽的叹息声："你都听到了啊……"

冯冻冻一抬头，田净植正趴在隔间上，一脸幽怨地看着他。

下一句的台词应该就是"那我就不能活着放你离开这里了"，女卫生间，天时地利人和，绝妙的杀人场所。

"我绝对不会说出去的！"冯冻冻莫名地颤抖着，好似看到了隐藏在游戏里不起眼的小姑娘，竟是终极幕后大老板，"我发誓！我发誓！"

田净植趴在那里沮丧地看了他半天，不知道在想什么。

她叹口气，一副觉得很无聊的样子："算了，整天在你面前装可爱我也累了，终于可以卸下偶像包袱了。你要去网上说什么都随便，我无所谓。"

"啊？就这样？"冯冻冻想着，不再威胁我一下吗？

田净植翻个三百六十度无死角的白眼，冷笑一下："那么多骂我的，多你一个不多。"

说完田净植转身走出洗手间。

冯冻冻心情很复杂，回到家看到周默在打包行李。

"你这是干什么呀？"

周默坐在沙发上，一本正经地说："我要骑自行车去环游中国。"

他个娇生惯养的大少爷旅游就旅游，骑什么自行车环游中国。冯冻冻摸了摸他的额头，心想着，不是病了吧？

"你不是最讨厌出门了吗？"

周默一本正经地说："今天田净植的微博说，受伤后的人无论在家里窝多久，总要走出门，反正黑暗过去，天就会亮的……我觉得这就是在说我，我要走出小学时的阴影，我只是在逃避，我必须走出去。"

"……"

"我交好了两年的房租，记得帮我守护好田小姐。"

"……"

周默说完就走了，留下冯冻冻一个人在家里风中凌乱。

他晚上失眠了，想了很多很多。

第二天下午冯冻冻早早去上班，把休息室打扫得干干净净。

田净植一进门，看到桌面上摆着几种饮料：咖啡、百香果茶、奶茶、西瓜汁、可乐。

"干吗，想药死我？"

"田小姐不喜欢柠檬，这里面总有喜欢的吧？"

田净植古怪地盯了他半天，缓缓地说："我还是比较喜欢喝手冲的咖啡。"

"那我明天给你买手冲的。"

"哦。"田净植坐了半天，突然问，"你不发我的负面消息吗？"

没有人是完美的，如何开始并不重要，就像他拿钱追星，就像田净植不是那么甜美可爱。但说喜欢简单，说讨厌也很简单，因为一句话讨厌一个人，那就是没有真正的喜欢，所以才绝情。

冯冻冻看着她的眼睛，真诚地说："田小姐，我发誓，我永远是你的粉丝。"

田净植没说什么，但明显愣了愣，有点不知所措地低头看手机。

昨天装酷的田小姐回家因为多了个反对者，难过得哭了半个小时，发了一条微博：受伤后的人无论在家里窝多久，总要走出门，反正黑暗过去，天就会亮的。她在安慰自己，却也安慰了他人。

而这件事的背后故事，冯冻冻和周默将永远也不会知道了。

（全文完）

后记
填坑的路漫漫无尽头

与上一本的后记时间隔得太近,以致完全不知道要说些什么。

说多了,又觉得你们会嫌我啰嗦。

《我的奇妙男友》到此完结,即使电视剧以后继续拍第二季,新书也不会有第二季了。

2016年的图书重点会放在《九国夜雪》这个系列上,《九国夜雪·早春宴》出版之后,可能会把之前写过的九国背景的短篇系列结集,"狐仙系列"和"六大杀手系列",当然还有我本人爱得要死要活的合集"夜留宫系列",争取早日让夜猫子们集齐这些放进书柜里。

除了九国系列的文章,现代文也有准备着(我才不会告诉你们,有一部已经写了一半了),会用实际行动告诉大家,我真的没有在偷懒,但是总有计划赶不上变化快的时候,请大家保护好零花钱。

不过我一点都不讨厌大家催稿这件事,因为我很变态的享受被

你们惦记的感觉。

另外，大家拿到书的时候，应该已经是2016年了，希望大家新年顺利。新的一年请继续握紧我的手。

永远都没神乐萌的水阡.墨
2015年11月19日

如果你对作者感兴趣，可以关注：
水阡墨新浪微博：@水阡墨呼叫钢铁侠
水阡墨微信公众平台：sqo1314

（打开微信，扫一扫即可关注）

我的奇妙男友2

著者
水阡墨

总策划
周政

总监制
王雄成

视觉策划
木子棋

封面设计
小鱼

版式设计
李映龙

封面人物
吴倩　金泰焕

营销推广
冯展

特约编辑
云湘暖　沈暮蝉

流程编辑
李晶

运营发行
曾筱佳

出版者
湖南人民出版社

出品

官方微博
http://e.weibo.com/wuliangweiye

平台支持

本作品中文简体版权由湖南人民出版社所有。
未经许可，不得翻印。

图书在版编目（CIP）数据

我的奇妙男友. 2 / 水阡墨著. — 长沙：湖南人民出版社，2016.2
ISBN 978-7-5561-1275-3

Ⅰ. ①我… Ⅱ. ①水… Ⅲ. ①长篇小说—中国—当代 Ⅳ. ①I247.5

中国版本图书馆CIP数据核字（2016）第011354号

WO DE QIMIAO NANYOU
我的奇妙男友2

著　　者　水阡墨

总 策 划　周　政
总 监 制　王雄成
责任编辑　夏光弘
特约编辑　云湘暖　沈暮蝉
封面设计　小　鱼
版式设计　李映龙

出版发行　湖南人民出版社　[http://www.hnppp.com]
地　　址　长沙市营盘东路3号
邮　　编　410005
经　　销　湖南省新华书店
印　　刷　湖南天闻新华印务有限公司
版　　次　2016年2月第1版
　　　　　2016年2月第1次印刷
开　　本　710mm×1000mm　1/16
印　　张　16
字　　数　275千字
书　　号　ISBN 978-7-5561-1275-3
定　　价　28.80元

版权所有·侵权必究

凡购本社图书，如有缺页、倒页、脱页，由发行公司负责退换。